JN298008

岡田靖雄

精神病医 齋藤茂吉の生涯

思文閣出版

齋藤茂吉（1911年）
『呉教授在職十年記念写真帳』より

はじめに

　齋藤茂吉とはわたしにとって、学校および病院の先輩であった精神病医であり、戦前の精神病院長としての苦悩をしるした膨大な日記をのこした人、そして歌人でもあった。かれの師であった呉秀三《くれしゅうぞう》の跡をわたしはたどっていた。仲間とともに『呉秀三先生　その業績』をあもうとしていて、かれの日記に呉秀三のことがどうでているか、さぐろうとしたのが、かれとの出会いである。こんなにおもしろい日記があるかと、目をみはった。出先にかかってきた電話にでようとして、病院になにか事故でもあったかとおののく姿がよくでている。それはみずから phobia telephonica（電話恐怖症）と称したものである。また、いかっては、おなじ文句をくりかえししるすかれの習いもわかり、この日記がかれの人となりをよくあらわしていることにも興味をひかれた。また、あの日記にでている精神科医療に関する事柄をよみとけるのは、おれしかいないだろう、といった自負もうまれてきた。

　わたしは和歌をならったものではない。かれの歌をよんで共鳴したものが口にでてくることがある、といった程度の感性をもつだけである。わたしが興味をもつのは、あくまでも精神病医としてのかれである。よんでいくうちに、性にたいする、また自らの病いおよび老いにたいするかれの姿勢にも興味をもった。医学者としてのかれについては、幸いにも加藤淑子『斎藤茂吉と医学』（みすず書房・東京、一九七八年）の著がある。

東京府巣鴨病院―東京都立松沢病院の先輩方からは、ふるい話しをだいぶうかがえた。そのなかには、かれにふれるものもいくつかあり、「茂吉っつぁん」という呼び方もきいた。かれには、あったことはないが近所の小父さんという親しさもいだいてきた。そこで、主としてかれの日記、手記、書簡により、自分の興味のなかにみえてきたかれの生涯をたどってみたい。かれわたしは、日本の現代精神科医療史をかくことをこころざしている。この本は、齋藤茂吉という人を切り口としての、精神科医療史の一断面となるだろう。

かれの生涯の一般的事項については、藤岡武雄『新訂版・年譜　斎藤茂吉伝』（沖積舎・東京、一九八七年）などによってしるすが、周知の一般的事項とおもわれるものについては引用文献はあげない。かれがかいたものの引用は主として『齋藤茂吉全集』（岩波書店・東京、一九七三～一九七六年）によった。引用文のなかで〔　〕にいれたのは、わたし自身による注である。藤岡あるいは加藤によると、と、しるしたのは、前記二著によるものである。呉秀三および巣鴨病院―松沢病院についてしるすのは、わたしの『呉秀三　その生涯と業績』（思文閣出版・京都、一九八二年）および『私説松沢病院史』（岩崎学術出版社・東京、一九八一年）による。

精神科に関するかれの歌はできるだけひろったつもりだが、いくつかまとまっているところでは、かれの足跡をよりよくしめすとおもわれるものをとった。

また人名は、原字体と新字体とがおおきくことなるものは原字体によることにした。呉秀三の「吳」は新字体の「呉」にしてある。旧字体にある程度こだわるのは、たとえばこの「齋藤」にしても大半の人が「斉藤」とするすようになっているからである。ご本人は、「かれ」としるす（「茂吉」としるすのが一般的だろうが、いかにも気やすげなこの種の表記をこのまぬので）。そこで、ほかの人につきかいているなかでも、「かれ」とあるのは齋藤茂吉のことである。

いままでこの人についてしらべてき、また今回これをかくについて、栗生敏春（故人）、青木義作（故人）、青木公平、青木典夫、遠藤美智子、金子準二（故人）、齋藤玉男（故人）、齋藤淑子、佐々晶子、水津和夫、渓さゆり、藤原豪、武藤琦一郎、森まゆみ、の諸氏にお世話になった。記してお礼をもうしあげる。かれの直接のご家族から今回お話しをうかがうことは、あえてしなかった。

目次

目次

第一章　精神病医となる

一　医科大学入学まで

少年時代　齋藤茂吉は一八八二年（明治一五年）五月一四日、山形県南村山郡金瓶《かなかめ》村七三番地（現上山市）の農家に、守谷熊次郎（一八五一～一九二三）、いく（一八五五～一九一三）の三男としてうまれた（届け出がおくれて、戸籍面では七月二七日出生となる）。茂吉の名は曾祖父のそれをついだものである。当時の守谷家は四町五反二畝二〇歩を所有し、自作農地は一町八反、年貢米は五〇俵ほどであった。養蚕もおこない、女中五、六人、下男三、四人をおいていた。村では上位の農家であった。

上には兄二人がいた。一兄廣吉（一八七四～一九三一）は家をついだ。つぎの兄富太郎（一八七六～一九五〇）は、二六歳で済生学舎にまなんで、北海道で医師としてはたらいた。一八八五年にうまれた妹松は一か月半でなくなった。弟直吉（一八八七～一九七二）は、上山町で旅館山城屋を経営する高橋四郎兵衛家へ婿入りし、高橋四郎兵衛の名をついだ。つぎの妹なを（一八九一～一九八〇）は、守谷家の上隣り齋藤十右衛門にとついだ。かれがのちに疎開するのは、この家の土蔵である。

一八八八年四月、生家の西隣りにあった金瓶尋常小学校に入学、当時兄廣吉は授業助手をしていた。一八九〇年四月、小学校合併のため堀田村半郷尋常小学校三学年にうつった。一八九二年に半郷高等尋常小学校を卒業し、四月同校高等科にすすんだ。増改築中だった上山尋常高等小学校の落成にともなって、同年九月一八日同校高等科第一学年に転校。一八九六年四月二七日、同高等科を一〇人中の首席で卒業した。五月から七月にかけては、同校の補修科にかよって中学校の受験準備をした。

卒業のすこしまえに、東京の齋藤喜一郎（紀一）方にうつって医学をまなぶことがきまっていた。

齋藤紀一という人　齋藤三郎右衛門家は守谷家とおなじ金瓶にあって、両家はいりくんだ血縁関係にあった。喜一郎（のちに改名）は、一八六一年九月五日（文久一年八月一日）に、齋藤三郎右衛門（豊太郎から改名）の第一男（第三子）としてうまれたが、本家にあたりまた母方祖父でもある齋藤文三郎の子としてとどけられた。だが喜一郎は農業をきらって上京し、書生をしながら中学程度の学力をえドイツ語をおさめて、一八歳ごろ家にもどった。その頃養父文三郎が死亡し、その弟があとをつぐことになった。喜一郎は一反五畝の田地をもらって家をで、それをうって学資とした。一八八七年には守谷家は喜一郎の田地一畝二歩をかって登記している。

図１　齋藤紀一（1911年）『呉教授在職十年記念写真帳』（あとは『記念帳』としるす）より

喜一郎（図１）は山形医学校をでて、前記開業試験に合格した。この医学校は、いまもつづく山形市立病院済生館に一八七四年五月に併設された医学寮で、一八八五年に乙種医学校となったが、一八八八年に閉校となっている。つづいて、東京の本郷区湯島にあった東京医学専門学校済生学舎にまなび、後期開業試験に合格した。かれの医籍は、明治二一年、試験合格第二三五二号である。

　喜一郎は一八八八年（明治二一年）一二月に大宮で開業した。のちに齋藤紀一家の奥女中としてつかえた松田なか（一八六三～一九三八）は、齋藤三郎右衛門家に女中としてはたらいていたが、一八九〇年二月七日に喜一郎の病院に看護婦見習いとしてつとめた。

　一八九一年青木ひさと結婚した。入籍は一二月二日。ひさは一八六六年五月二日（慶応二年三月一八日）、埼玉県秩父郡皆野村のまゆ問屋青木丑松の第一女としてうまれた。肺結核にかかって喜一郎の治療をうけて、したしくなっていたのである。翌一八九二年一月一日には二人の間に第一女いく子がうまれたが、一八九五年三月二八日になくなった。同年一二月一一日に、第二女てる子（輝子としるされることがおおい）がうまれた、茂吉夫人となった人である。一八九七年には第三女きみ子、一八九九年に第四女きよ子と女子がつづいた。一九〇一年に第一男西洋《せいよう》、一九〇七年に第五女あい子、一九〇九年に第二男米國《よねくに》がうまれた。このほかに養子が何人かいた。ひさは病弱で、子どもの養育は松田なかにまかされた。また、病いにかつの意味で、紀一は勝子と名のらせたが、戸籍はひさのままである。茂吉は齋藤家にはいっては、ひさの気にいられるようにしていた。ひさは夫によくつかえ、また毎朝病室をみてまわるなど、大病院の管理につとめた。病院には、紀一側の山形出身者とひさ側の秩父出身者とがおおく、ひさは秩父出身者をかわいがっていた（かれはこの点に黙していたが、のちにその憤懣は青木義作にむけられたようである）。ひさは一九四八年一月二六日に八一歳で没した。

さて、喜一郎は結婚とおなじころに浅草区東三筋町五四番地にうつって、浅草医院を開業した。また帝国大学医科大学選科で研鑽をかさねた。一八九九年には喜一郎を紀一と改名（はじめ紀一郎として、間もなく郎をとる）、この頃に、浅草医院ではせまくなって、神田区和泉町一番地に別に東都病院をおこした。紀一は内科を主として開業していたが、当時の開業医であるから、患者に応じてなんでもやっていたらしい。

一九〇〇年（明治三三年）三月二〇日に、精神科に関する日本で最初の全国的法令、精神病者監護法が公布された。この法律の名はしばしば「看護法」と誤記されるが、「監護法」である。「監護」とは、監禁、保護の中間であるなどとも解されたが、法律の内容をみると、監護とは監置＝監禁そのものである。監置を必要とする精神病者を私宅監置室（いわゆる座敷牢、もちろん本屋とはべつの小屋もあった）、公私立精神病院または公私立病院の精神病室に監置することが、監護義務者（のちの保護義務者）の義務とされた。精神病院、精神病室は監置の場であり、監置なき治療はみとめられていなかった（そこで、監置を要しない程度の、比較的軽症の精神病者を収容治療するところは、精神科でなく、脳病科などと称していた）。監置を要する精神病者に監護義務者がいないか、監護義務者がその義務をはたせないときには、住所地または患者所在地の市区町村長が監護にあたることにされた。

精神病院または精神病室には監護義務者が患者を入院させるほかに、前記のように市区町村長が入院させることもあった。後者のばあいは、依託とよばれ、その患者は自費患者にたいし依託患者または公費患者とよばれた。もっとも一九〇〇年の数字をみると、全国で精神病院は一四、医育機関や一般病院の精神病室は六で、精神病床は一、六〇四床。というのは人口一万対〇・三六六床であった（一九九八年六月末の人口一万対精神病床数は二八・七床）。しかも、その病床は東京、京都、大阪の三府に集中していて、三府で九四・八％、東京府だけで六一・二％をしめていた。そこで、公立の監置室がもうけられたり、市区町村が私人に監置をうけおわせることもおおかった。いずれにせよ、病院内監置（つまり、入院）よりは病院外監置の数がうわまわる時期がながくつづいた。

企業家精神の旺盛な紀一は、依託なら公費で取りはぐれがない、と目をつけた。留学して精神病学をまなび、また箔をつけてこようとおもった。一九〇〇年一一月一七日に横浜をたったかれは、ドイツのハレ、ついでベルリンにまなび、ハレ大学の卒業試験に合格してドクトル・メヂチーネの称号をえた。つづいて、フランス、イギリスを視察して、一九〇二年一二月五日にロンドンをたった。帰宅は翌年一月二四日。なお、かれの第一男は一九〇一年六月二一日にうまれ、自分のヨーロッパ留学中のことなので、西洋と名づけた。

帰国すると紀一はまず、東都病院を改築して、帝国脳病院とした（この「帝国」という名称に紀一の高揚した気分がうかがえる)。四月には赤坂区青山南五丁目に二、七六〇坪の土地を購入して、病院建築にかかり、八月三〇日に青山病院が設立された。病院には増築がくりかえされて、一九〇七年には威容をほこる青山病院が完成した。この病院の「威容」はのちにのべることにして、ここでは呉秀三「我邦ニ於ケル精神病ニ関スル最近ノ施設」(『東京医学会創立廿五年記念文集』第二輯、東京医学会事務所、東京、一九一二年)の記載をひいておこう、

(十七)青山病院(東京市赤坂区青山南町五丁目八十一番地)ハ明治三十六年八月三十一日齋藤紀一ノ創立セルモノニシテ三十八年五月中脳病室ヲ新築シ地坪参千六百三十五坪建坪一千百五十六坪三合六勺(内二階二百二十坪)病室数三十二棟百四十六室収容定数二百五十人収容現数百八十人(男百十女七十人)職員医員九名薬局員五名事務員七名看護人九十名(男二十五、女六十五)院長齋藤紀一ノ事歴ハ前ニ既ニ掲出セリ本院医員中ニハ先ニ医学士古川榮アリ(三九—四二)後ニ医学士田澤秀四郎同望月温象医学博士石川貞吉等アリ田澤ハ四十年十一月新任四十二年一月乃至四十三年九月其院長ノ任ニ当リ居タリ望月ハ四十二年ヨリ四十四年マテ在職シ石川ハ四十四年一月ヨリ目下猶ホ在職ス

「青山病院」、「青山脳病院」の関係はのちにしるす。ここで、東京府に当時あった精神病院をしるすと(カッコ内は開設の年)、小松川精神病院(一八七八年)、東京府巣鴨病院(一八七九年)、根岸病院(一八七九年)、東京脳病院(のち田端脳病院、一八九九年)、戸山脳病院(一九〇〇年)、王子精神病院(のち王子脳病院、一九〇一年)、東京精神病院(のち保養院、

一九〇一年）があり、一九〇三年設立の青山病院は八番目であった。新宿脳病院（のち井村病院、一九〇六年）、大久保脳病院（一九〇八年）、巣鴨脳病院（のち巣鴨病院、一九一三年）などがこれにつづく。青山病院開設の頃は、精神病院開設のブームがあったことがわかる。紀一はこのブームにのりおくれなかった。

　青山の病院が軌道にのりだした一九〇八年（明治四一年）一二月、紀一は二度目の外遊にたった。まず合州国からヨーロッパにわたって、フランス、スペイン、オランダ、イギリス、ドイツ、オーストリー、イタリヤ、スウェーデン、デンマーク、ハンガリーなどなどをまわって、一九一〇年七月二一日に帰国した。かれが合州国滞在中の一九〇九年二月二四日にうまれた第二男は、米國と名づけられた。

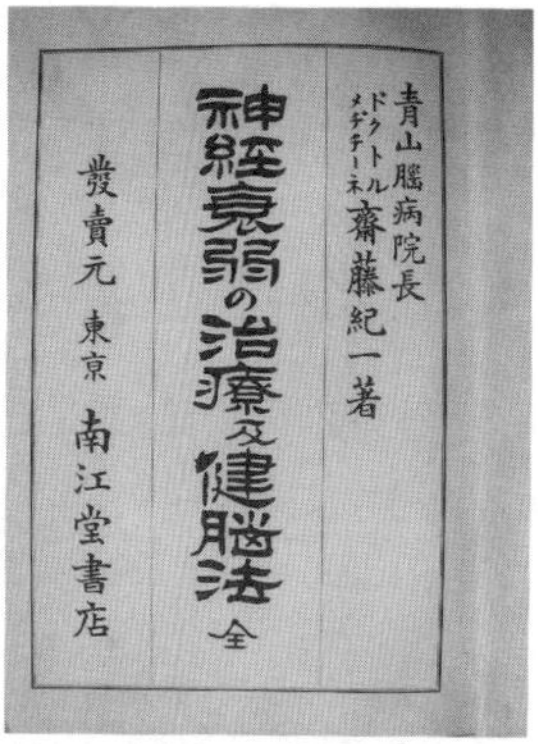

図2　齋藤紀一『神経衰弱の治療及健脳法』

　一九一六年（大正五年）一月一七日には、著書『神経衰弱の治療及健脳法』（発行人齋藤紀一、発売元南江堂書店・東京）を発行した（図2）。いま手にしているこの本は、二月一〇日の再版である。一月一七日にだして二四日後の再版とは、はじめからそう予定してあったのだろう。菊判で一六一ペイジ。当時にあって神経衰弱とは、いまの「ノイローゼ」と同様に、かるい精神疾患の代表であったし、その患者は精神病院でなく「脳病科」の病院で治療するのが適当であった。目次にみるその症状には、精神的病状としては疲労性、記憶力減退、注意の転導、感覚過敏、苦悶、心気性思想、強迫観念、身体的症状としては頭痛頭重、眩暈、睡眠障害、五官障害、疼痛、脊髄過敏症、消化機障害、心臓血管障害、呼吸器障害、生殖機障害、分泌障害、言語障害、腱反射高進、筋肉疲労、震戦、栄養障害、発熱傾向などがある。いまいう不安神経症、神経症性心気症、心身症、軽うつ状態などをひっくるめたような病態であった。

紀一は、結論、神経衰弱の本態、原因、種類および症状、先天性神経衰弱者の性格およびその変型、治療法、予防法、修養、と順序だてでのべている。

その書き出しは、「肉を離れて霊なく、霊を去ツて肉無し。霊肉元是れ一如。霊豈無形と云はん、肉必ず有形ならんや。霊の去々妙々も畢竟するに、神経系統の一機能たるに過ぎないのである。肉体は実に精神の殿堂であつて、喜怒、哀楽、嫉妬、怨恨、恋愛等変幻複雑極りなき世相人事も、詮じ来れば、凡て是れ、心の問題に帰着するのである。而して其心なるものが、実に神経系の作用であるとせば、人間万事皆悉く神経系のからくりであると云ふて宜からう」とあることから察しられるように、これは学術書でなくて一般向けのものであった。

奥付のあとには、

予約広告

精神病学全書　総論　各論　全二冊

洋装クロース美製金文字入約八百ペイジ
定価金五円
予約金参円五十銭　但し予約金は全部出来の上申受くべし
本書は青山脳病院長ドクトルメヂチーネ齋藤紀一先生の多年実地経験と欧米各国諸学士の説を採り読者の領解し易き為め数多の図画を挿入し編纂せし良書なり
東京市本郷区湯島切通坂町八番地
予約申込所　南江堂書肆

とある。この本の原稿が実際にかかれたものかどうか。だそうという気はあったのだろう。

一九一七年四月二〇日、山形から衆議院議員選挙に立候補していた紀一は、三、四三二票で当選した（立憲政友会所属）。だが、一九二〇年五月一〇日の衆議院議員選挙では落選。一九二四年（大正一三年）一二月二九日には青山脳病院は全焼した。一九二六年四月七日に、東京府松原村に青山脳病院はやっと復興開院したが、この頃には院長としての責務を充分には遂行できない状態であった。監督官庁であった警視庁の示唆をうけて、一九二七年四月二七日に紀一にかわって養子茂吉が院長となった。一九二八年（昭和三年）一月一七日に心臓麻痺のため没した。六七歳。

一九二六年一二月発行の『日本医籍録』第二版（東京医事時論社・東京）でかれのところをみると、政友会東京支部幹事、同院外団幹事、（赤坂）区会議員、区医師会幹事、区教育会理事、区民会副会長、市所得税調査委員、東京医師会幹事、日本開墾会社長、前代議士、と肩書きがズラリならんでいる。気のおおい活動家だったことがわかる。女性関係も派手で、大宮に開業した頃には婚約不履行でうったえられたことがあり、また青山には愛人宮崎永野にうませた子紀仁が同居していた。病いとまではいかなくても、派手ずきで、事業欲・行動欲がつよく、交際がひろく、前をみても後をふりむかない性質をもちつづける人を、軽躁者というが、紀一は軽躁者といってよいだろう。かれの夫人となった輝子も紀一の性質をうけついだようで、その程度はあるいは紀一をうわまわっていたのかもしれない。

開成中学時代　紀一は、親戚の者をはじめ何人かを書生としておいて修業させていた。書生をおくことがよくおこなわれた時代であったし、医業が拡張していったとき自分をたすけてくれる者をそだてたいという気も紀一にあったのだろう。それに男の子がまだいなかった。自分の手許にひきとって、出来のよい子なら養子にしようと紀一が佐原窿應和尚を通じてかれの父にもうしいれたのは、一八八五年の終わりごろであった。

一八九六年（明治二九年）四月二七日に上山尋常高等小学校を卒業したかれは、同年八月二五日、父にともなわれて上京の途についた。仙台をへて、二八日夜上野駅についた二人は、人力車で浅草医院についた。

そして、九月一一日東京府開成尋常中学校第五級（第一学年）に齋藤姓（未入籍）で入学した。同校は当時、神田淡路町のニコライ堂の下にあった。そして、第一高等学校への入学率が当時の東京の中学校のなかで一、二位であった。中学校へは小学校高等科二年を修了すれば進学できた。四月に新学年がはじまっていたところに、試験なしで二学期から編入されたのは、かれが高等科四年を卒業していたからだろう。かれは英語においつくのに苦労したほかは、二学期からの編入でもこまることはなかった。

同学年に内田祥三《よしぞう》、小泉親彦《ちかひこ》、吹田《すいた》順助、橋健行《けんこう》、渡邊幸造などがいた。内田祥三（一八八五～一九七二）は建築学者。東京帝国大学工科大学を卒業、建築構造学を専門とし、一九二一年東京帝国大学教授となった。同大学の安田講堂を設計。一九四三～四五年に東京帝国大学総長をつとめた。吹田順助（一八八三～一九六三）はドイツ文学者、東京帝国大学文科大学独文学科を卒業し、札幌農科大学予科、第七高等学校、山形高等学校、東京商科大学、中央大学の教授を歴任。かれの留学中はベルリンで交友があった。渡邊幸造（一八八二～一九五六）はかれの親友だった人で、同級のかれにつよい文学的影響をあたえ、かれに短歌の手ほどきをした。中学四年生のとき胃腸病のため中退したが、その後も茂吉との親交がつづいた。

おなじく帝国大学医科大学に入学したのは、小泉と橋との二人だが、ともに入学は一年、卒業は二年はやい。小泉親彦（一八八四～一九四五）は、一九〇八年に東京帝国大学医科大学を卒業すると軍医となった。一九三四年陸軍軍医総監兼陸軍省医務局長になった。一九三七年中将となり、翌年予備役にはいった。厚生省は一九三八年に設置されたが、厚生省設置運動の中心人物であった。一九四一～四四年と第三次近衛内閣、東條内閣で厚生大臣。敗戦後戦争犯罪人容疑者に指名された直後、取り調べを拒否して一九四五年九月一六日に割腹自殺した。かれは小泉と交友はふかくなかったようであるが、随筆「グレエの詩」（『全集』第六巻）にかれの思い出をかたっている。また、「短歌拾遺」には、「中学同級生小泉厚生大臣を祝ふ」として「この時にあたり集《つど》ふわがどちは大臣《おとど》の君にこころ頼《よ》りゆく」がある。厚生大臣就任は一九四一年なのに、これは一九四二年にはいっている。同年五月一九日「三信ビルニテ井上信君ノ骨折ニテ開成同級会ヲ開ク」とあるときのものか。

　橋健行（一八八四・二・六～一九三六・四・二〇）（図3）は、当時開成中学校で漢文・倫理をおしえていて、のち校長になった橋健三の息子で、精神病学者。一九〇八年東京帝国大学医科大学を卒業すると、呉秀三について精神病学を専攻。東京府巣鴨病院医員、戸山脳病院長、東京府立松沢病院医長をへて、一九二五年東京府立松沢病院副院長となった。一九二七年千葉医科大学助教授となり、一九三一～三三年とヨーロッパに留学して、とくに応用心理学的方面を研究。一九三三年一〇月には千葉医科大学教授（精神病学担当）。橋があたらしい組織染色法を導入したので、精神病学教室では組織病理学面の研究がさかんになった。一九三五年四月には附属医院長になり多忙になった。肺炎より蜂窩織炎性肋膜外層炎および膿胸

図3　橋健行（1991年）『記念帳』より

を併発して五二歳で死去。中学時代の齋藤とはそうしたしくもなかったが、かれが精神病学を専攻することにして巣鴨病院で呉にあったとき、かれを案内したのは橋である。

中学校時代のかれの成績は上位であった。卒業のときは一〇五名中一六番。友人はおおくはなかったが、山形弁でまた目をつぶって舌をペロリとだすかれは目だつ存在であった（「ペロリさん」の仇名がついた）。

当時第一高等学校三部（医科）志望の者はドイツ語で受験しなくてはならなかったので、三年生の時から独逸協会別課にかようようになった。徒歩で浅草から学校へかよい、午後三時の終業からドイツ語を習いにいって、五時半におわると一里の道をかえり、夕飯、一二時ごろまで勉強、煙草などのんでねる、という日常は、一九〇〇年二月二八日（四年生の終わり近く）の、兄守谷富太郎あて書簡にしるされている。かれがすきだった煙草をすいだしたのは中学三年ごろだった。

かれが文学への目をひらいたのは、一八九七年、二年生のときだった。幸田露伴の文学にしたしみ、また紀一が患者から病気全快の謝礼にもらった賀茂真淵書き入れの古今集をゆずりうけた。渡邊らの働きかけもあってかれが短歌をつくりはじめたのは、一八九八年、三年生のときである。

一八九七年は、将来精神病医となるかれにとっても運命的な年であった。呉秀三とであったのである。

『精神啓微』ほか　まず、かれが「呉先生」（はじめ、一九二二年一〇月一〇日発行の『呉秀三教授莅職二十五年記念文集』、呉教授在職二十五年祝賀会・東京、にのった、『全集』第五巻では『呉秀三先生』）にしるしているところをひこう、――

私がいまだ少年で神田淡路町の東京府開成中学校に通つてゐるころである。多分その学校の四級生今の二年生ぐらゐであつただらうか。学校の課程が済むと、小川町どほりから、神保町どほりを経て、九段近くまでの古本屋をのぞくのが楽しみで、日の暮れがたに浅草三筋町の家に帰るのであつた。ある日小川町通の古本屋で「精神啓微」と題簽した書物を買つて、めづらしさうにひろひ読みしたことを今想起する。その古本屋は今は西洋鞄舗（旅行用鞄製造販売）になり、その隣は薬湯（人参実母散薬湯稲川楼）になつてゐる。「精神啓微」は呉先生がいまだ大学生であつたころに書かれたもので。初版は明治二十二年九月廿日の刊行である。その後私が第一高等学校の学生になつた時、本郷のある書舗で「精神啓微」の第二版を求め得た。第二版は明治二十三年十月十日の刊行で、表紙の字が初版のよりも少し細くなつて居り、巻末に世評一般がのせてあつて、その中には国民の友記者の評に対する森林太郎先生の弁駁文などもある。「精神啓微」は脳髄生理から出発して形而上学の諸問題に触れ精神の本態に言及されたものであるが、『万象ヲ鑑識スルノ興奮ハ視官ニ於テ最盛ナリ。光線ノ発射ト色沢ノ映昭トハ吾人ノ終身求メテ已マザル所ナリ。耳モ亦之ニ同ク、響ト音トハ其常ニ欲スル所タリ。光ヲシテ絶無ナラシメバ聴［ママ］覚ノ困弊果シテ如何。天地皆暗ク満目冥冥タラバ眼ナキト別ツベキナク。万物尽静ニシテ千里簫条タラバ耳ナキト別ツベキナシ。何ヲ以テ吾人ノ心情ヲ慰スルニ足ランヤ」といふごとき荘厳簡浄の文体からなつてゐるので。いまだ少年であつた私がいたく感動して、著者である呉先生の名を今でもよくおぼえてゐることは、極めて自然的な心の過程であつたやうな気がしてならない。

「精神啓微」の初版を買つてから幾年ぐらゐ経つてからであつたろうか。私は冨山房発行の「人身生理学」（明治二十六年九月十日初版発行）を買つた。〔中略〕「人身生理学」を求め得てひどく喜んだことを想起する。「人身生理学」は中学校程度の教科書としては甚だくはしいもので。そのころ智識欲の熾であつた私の心を刺戟したのみでなく。その文章はたとへば『作業ノ健康ニヨキハ其休止ト適当ニ交代スルニアリ。精励強勉ノミアリテ逸予休竭ナケレバ精神身体共ニ頽廃スベシ』。あるひは『人既ニ生ルレバ皆各其体質アリ。筋骨強堅ニシテ肩広ク胸膛大ニ毛髪叢生シ。膚色潤沢ニ。歯整ヒ且強ク。臓腑善ク発達スルモノ之ヲ強壮ノ体質トシ。之ニ反スルヲ瀛弱ノ体質トス』など、云ふが如きものであつて。いまだ見ぬ著者呉先生を欽慕する念の募りゐたことは推するに決して難くはない。

ある時また私は、「人体ノ形質生理及ビ将護」といふ合本講義録を買ひ得た。どこの講習会で講ぜられたものか。明治何年ごろに講ぜられたものか。もはや今の私には分からないが。はじめの方で男子の形態を記載した条ニ『稜々トシテ鋭シ』の句があり、脳髄を説かれた条に『大脳ハ精神ノ物質的代標タリ』とあるのを、私は忘れずに居た。今春呉先生を祝ひまつる会に参列するために、私は東京に帰つて来て、中学校時代のいろいろの書物をさがしたが、大方は売つてしまつてゐたのに、不思議にもこの講義録は行李の隅の方から出て来た。そこでしらべてみると『女子ニハ皮膚下ノ脂肪富瞻〔ママ〕ナルガ為ニ形態豊満ニシテ、男子ニハ筋肉腱骨ノ強大ニシテ挺起スルガ為ニ其形態稜々トシテ鋭シ』といふ文章であつた。いまだ少年であつた頃の私が紅鉛筆で標を打つてある文章の一つに『精神的養生ト云ヘルモ亦然リ。整然タル休養ヲナシツツ絶エズ習練スルコト最モ須要ナリ。知覚ノ能ハ実歴親験ノ重ナルニ随ヒテ長ジ、記憶ノ能ハ同一ノ観像ヲ屢反復スルニヨリテ長ジ、弁別ノ能ハ原因結果ノ比較ヲ屢スルニヨリテ長ズ。他ノ高等精神作用亦皆習練ニヨリテ育成セラルルコト此ニ同キモノナリ』といふのがある。此の如く呉先生の著書の幾通が偶然か否か私の手に入つた為か。其の頃まだ少年であつた私が未見の呉先生に対する一種の敬慕の心は後年私が和歌を作るやうになつて、正岡子規先生の著書を何くれとなく集め出した頃の敬慕の心と似てゐるやうな気がする。私の中学校の同窓に橋健行君がゐて、橋君が私よりも二年はやくやはり呉先生の門に入つたといふことも。私に取りては極めて意味の深いことである。

呉秀三についてはのちにくわしくのべる。『脳髄生理精神啓微』（図４）は、呉が医科大学四年生（呉の学年は五年課程だった）のときの著で、四六判。序・目録ほか一五ペイジ、本文一

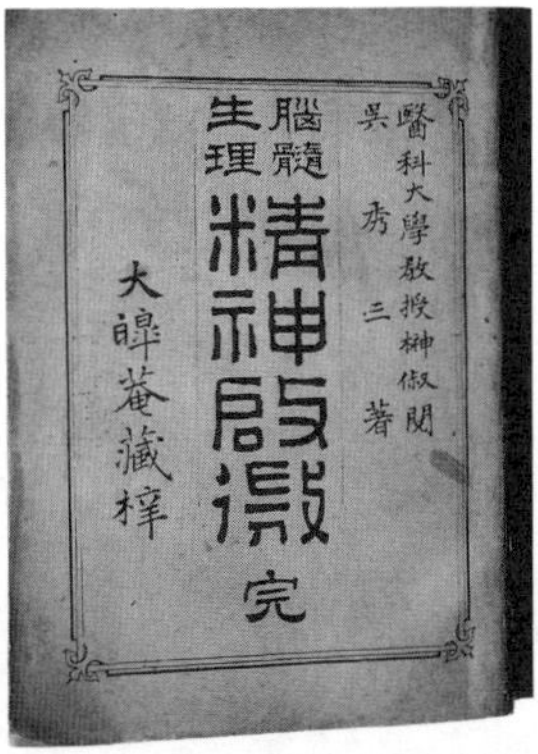

図4　呉秀三『脳髄生理精神啓微』

六二ペイジ、別図三、付図一八。発行は一八八九年九月二七日、発行者は松崎留吉。呉の漢学の師であった必山秋月新の序、生理学の教授であった大澤謙二の題言、帝国大学総長加藤弘之の題字（加藤は呉の遠縁にあたるが、序文は絶対にかかない主義で、この断り状がそのままのせられている）。自序について、目録（目次）がある。目録によって本書の組み立てをみると、緒論／骨筋神経／脳脊髄中枢神経繊維ノ行路／大脳ノ外観及ビ其皮質中枢／大脳ト智力トノ関係　附各人種、年齢、動物ノ種類、ニヨリ脳髄ニ差別アリ／脳髄ハ以テ精神ノ機関タルニ足レリ／精神作用ニハ物質的経過ヲ要ス／精神作用ノ略説上／精神作用ノ略説下／物質勢力相関ノ説／人間ノ動物ニ異ル所以、となっている。表紙に「医科大学教授榊俶先生閲」とあった榊俶《はじめ》は日本で最初の精神病学専門の教授で、こののち呉は榊についた。

ここからもわかるように、進化論、唯物論にたって、当時の脳解剖学・脳生理学・脳病理学の成果をまとめた、いわゆる精神生理学の概説がこの本である。この本はまた名文をもってなった。「秋風飄々トシテ孤月寒松ヲ吹キ、征雁行ヲ為スニ由ナクシテ其影敗茅ノ穂ニ懸ル四顧寂寞トシテ天地悽愴ナリ烈霜降テ草樹離落咄咄、何者ソ来テ吾人ノ心胸ヲ動カシ胆寒膚起セシム」、「今試ミニ脳脊髄ノ一摧片ヲ取リ細針之ヲ割キ微水之ヲ湿シ顕微鏡下ノ一小天地ニ彷徨シテ其所謂知覚運動ノ媒介タル神経細胞ヲ捜求スルニ形、明星ノ如ク離離トシテ眼底ニ散処シ其光芒四方ヲ射ルモノハ即チ神経繊維ナリ」、「独リ彼ノ筋骨ノ間ニ流布シテ燦乎タル白光、月夜ノ銀河ニ類シ垂垂タル細条黄絹ノ素糸ニ似タルモノニ至リテハ誰カ能ク容易ニ其両種ノ秘力アリテ運動ヲ筋肉ニ致シ知覚ヲ脳髄ニ輸スルノ能アルコトヲ知ランヤ」など、二四歳の若さであろうが、すこしく文にはしりすぎている。なお、かれがひいているところの「聴覚」は呉の原文では「視覚」であるが、この誤りは『全集』でも訂正されていない。

『精神啓微』は大反響をよびながらうれて、一年たらずで第二版をだした。表紙の著者名のうえには「医学士」がつけられた（じつは、呉の卒業は一一月一七日なので、まだ医学士見込みである）。今回は菊判になり、表紙の題字もすこしおおきくなっている、「表紙の字が初版のより少し細」いというのは、あやまっている。内容はかなり増訂された。「大脳ト智力トノ関係」が「大脳ト智力」に、「脳髄ハ以テ精神ノ機関タルニ足レリ」が「脳髄の結構」に、「精神作用ニハ物質的経過ヲ要ス」が「知覚」に改題され、そのあとに「運動」の章がはいり、「精神作用の略説下」が「言語」に、ついで「精神作用ノ略説上」が「精神作用ノ略説」に、「物質勢力相関ノ説」が「物質ト勢力」に、「人間ノ動物ニ異ル所以」は「人間ト動物」に改題された。この改題からもわかるように、初版の主張の鮮明さがややぼやけてきた。本文は一八六ペイジ。

本文についで、和田の御崎による「後序」、この本のために挿し図をかきその著書から挿し図の引用をゆるしてくれた解剖の今田束《いまだつかぬ》助教授の死をいたむ呉秀三「嗚呼今田先生歿セリ」がのる。和田の御崎とは、呉と鞆絵小学校でいっしょだった、のちの国文学者和田萬吉である。

最後に「評藪」の題で、初版にたいしだされた書評一二篇が収録されている、二三ペイジ。その一つに引用されている『国民之友』にのった批評（それははいっていない）に、「然れとも著者の如く軽卒〔ママ〕にも医学者の地位より一躍して直ちに哲学者の領分を蚕食せんとするハ如何にも分別を踰る者と謂ハざるを得ず」が、この本のおこした波紋をよくしめしている。一二のなかには、心理学の教授であった元良《もとら》勇次郎、および森林太郎のものがある。森の「精神啓微ノ評」ははじめ『医事新論』第一号にのったもので、「我邦ノ識字社会ハ又タ一ノ民間学《ポプレール》ノ書ヲ得タリ中野（呉）氏ノ精神啓微是レナリ」とかきだされている（呉は一時期中野氏の養子となっていた）。森の「民間学」とは、「専科ノ学者間ニ行ハル、ー一種ノ学問上ノ符牒ノ如キモノニテ記シタル書ヲ余所《ヨソ》ニシテ世ノ字ヲ識リ文ヲ学ビシモノ、翫味ニ供スベキ悃誠ナル著述ヲ謂フ」。森は民間学の性質を論じ、『国民之友』に高橋氏がかいた批評に反論している。呉は森の弟篤次郎と予備門でいっしょになったことから森としたしかった。呉が訳した「医学統計論」によせた森の「医学統計論ノ題言」が「統計論争」のきっかけになったのは、周知のことだろう。

なお、かれはのちに、「呉芳渓先生莅職二十五年賀歌竝正忓心緒謌二十五章」の一つに「中学の四級生にてありけむか精神啓微をわれは買ひにき小川町にて」をつくっている。

かれがあげる呉の著書あと二つもここでみておこう。

わたしがみている『人身生理学　附衛生一斑』（冨山房・東京）は、一八九四年七月一六日発行の訂正増補再版の上巻と、一八九九年七月二八日発行の第五版とである。してみると、かれがかった一九九三年発行のものは二冊本だったろう。第何版から一冊本になったかはたしかめていないが、一八九三、九四、九六、九七、九九年と版をかさねている。第五版の本文は三七五ペイジ。もう一つ「人体ノ形質、生理及ビ将護　特ニ学校ニ関スル衛生ニ就テ」は『教員文庫教育学本領』第四冊の一つとして、一八九五年一一月一〇日に金港堂書籍株式会社・東京からだされた。中学校教員あたりのための講義録だったのだろう。わたしがみているのは呉の著作分だけだが、その表紙裏に印刷されている「教員文庫教育学本領第四冊目録」には、倫理学・服部宇之吉、心理学・湯原元一、能勢榮、管理法・田中敬一、教授法・町田則文、生理学・呉秀三、教育史・三宅米吉、国語・和田萬吉、ヘルバルト及ヘルバルト派教育説・能勢榮、とある。「第四冊」とあるのは、第四回配本のことか。かれもかくように、この両著にもきらめく文章がちりばめられている。

呉がこういったものをかいたのは、大学院で大澤教授にもついたことからわかるように、生理学へのふかい関心があったからだが、「乏しい財嚢を補給する意味もあったらしい」（呉茂一「亡父呉秀三のことども」、一九七四年）。この系列のものとしてはさらに、『新撰生理衛生教科書』、東京開成館・東京、一九〇三年）および『最新生理学及衛生学』（普通学講義全書）（冨ている。

山房・東京、一九〇七年）がある。「普通学講義全書」は、清国留学生のために漢文でかかれ

第一高等学校時代　かれは一九〇一年三月二八日に開成中学校を卒業した。そして七月に第一高等学校の試験をうけた。この年からイギリス語でも受験できることになった。前述のように、ドイツ語の勉学につとめてきたのに、かれはイギリス語で受験して不合格（教師らは、かれの落第は不審だといったが）。開成中学校補習科に籍をおいたかれは、午前中だけのその授業をうけて、午後は正則英語学校にかよって、受験勉強にはげんだ。翌年には七月一〜四日に受験し、同校の三部（医科予備科）に九番の好成績で合格した。三部の二組になる（二組はイギリス語で受験したもの）。

当時の第一高等学校は、いまの東京大学農学部の地にあった。のちにかれがつとめることになる東京府巣鴨病院の前身、東京府癲狂院が一八八一〜八六年とあった所である。校長は狩野亨吉《こうきち》であった。狩野（一八六五〜一九四二）は、数学についで哲学を専攻した人だが、世俗になかば背をむけた独得な思想家であった。かれはここでは守谷姓を名のった。

第一高等学校はこの年から全寄宿制となったので、かれは中寮七番室にはいった。同室の一〇名のなかに、戦後に文部大臣になった前田多門がいた。三部では藤懸廣が同室であった。卒業生名簿でみると、藤懸はのち血清学、内科学をおさめ、軍医となって、軍医中将までいった。中寮にはほかに、新詩社の平野久保（萬里）、茅野儀太郎（簫々）がいた。当時は、新学年は

九月にはじまり、七月に一学年がおわっていた。九月一五日に第一学期の授業がはじまった。かれは体操のほかには洋服をきることがすくなく、くたびれた着物でとおし、山出し姿であった。

養父は一九〇三年一月二四日に東京にかえりついたが、のってきた日本郵船博多丸では夏目金之助がいっしょだった。その夏目は四月三〇日に、第一高等学校の英語教授となり、かれは一年間その授業をうけた。なお、夏目は熊本の第五高等学校に在職中に留学していたが、熊本にもどるのがいやで、神経衰弱との診断書を呉にたのんだらしい。

この呉の顔（図5）をみる機会があった。「呉先生」をひこう。

図5　呉秀三(1911年)『記念帳』より

> 明治三十五年の秋頃か、明治三十六年の春のころかに、第一高等学校の前庭で故第一高等学校教師プッチール氏 Fritz Putzier (1884-1901) の胸像除幕式が行はれた。其時第三部一年生であった私がおほぜいの生徒らの後ろの方に立つて、式の行はれるのを見てゐた。独逸公使伯爵ワルライ氏 von Arco Valley 明治三十四年から明治三十九年迄独逸公使であった の演説があり。当時の第一高等学校独逸語教師メンゲ氏 Menge の演説があり。第三部三年生から片山久壽頼氏、二年生からは關口蕃樹氏などが、生徒代表として出て、何

か言ったのであったが。独逸公使の次に額ひろく、眼光鋭く、鬚が豊かで、後年写真版で見たニイチエの鬚のやうな鬚をもったひとりの学者が、プッチール氏から教を受けた人々の総代として演説された。私のそばにいた三年生のひとりが『あれは呉博士である』とをしへて呉れた。「精神啓微」「人身生理学」「人体ノ形質生理及ビ将護」などの著者を私はその時はじめて目《ま》のあたり見たのであった。そして私は目を瞠《みは》ってふかいなつかしい一種の感動をもつて瞬時も免《のが》すまいとしてその人を見たのであった。

一九〇三年（明治三六年）五月二二日に、一部一年二組の秀才、藤村操が、「万有の真相は唯一言にして悉す、曰く「不可解」、我この恨を懐て煩悶遂に死を決するに至る」などの「巌頭の感」をかきのこして、華厳の滝に身を投じた。かれは阿部次郎（一八八三〜一九五九、哲学者、のちドイツでかれと会した）などと、この死についてかたりあった。全国の青年の心をふるわせたこの事件に、かれはむしろ批判的だったらしい。上山尋常高等小学校高等科でいっしょでその地にとどまっていた吉田幸助にかれが九月八日にかいた手紙（鈴木啓蔵『増補・茂吉と上山』、茂吉と上山刊行会、上山市、一九七一年）には、「しかはあれど死人口なし如何なる理由で死んだか眞に分るものにあらず　宇宙の真相を不可解と観じ棄てて死せりとはいへどああ思へ〔ママ〕給へ君よ、古来より大頭脳の哲学者輩出せしにあらずや然も未だ分らざるにあらずや、分らざるが為に生きて居て何の不都合がある彼の昆虫を見ずや蠢々として動けり彼宇宙の真相を解せるか然も彼は生きて居るなり而して何の不都合かある」、「是処に至りては哲学者などは屁の役にも立たず候（日本の似而非哲学者）人情の真などは少しも知らず候　されば哲学者でも一家を丸々持って行くもの幾人かある。これ宇宙真相を知れりと云ふ顔付する哲学者の有様に候」、「死する迄挊《かせ》がむ、死せば其迄の事なり、後は空々寂々土と化するのみ」などとある。

鉄道学校をでて上野駅につとめたりしていた、すぐ上の兄守谷富太郎は、一九〇三年九月、医師をこころざして済生学舎にまなびはじめた（一九〇七年医師開業試験に合格）。

同年九月一一日に第二学年第一学期がはじまり、寮は三部生だけが同室となり、かれは東寮四番室にはいった。ところが、翌年二月になって腸チフスが寮で流行しはじめ、一か月に二〇名近くがかかって死者四名。三月四日に寮が一時閉鎖になった。かれはこれを機に退寮して、養父の経営する神田和泉町の帝国脳病院の蔵の二階にすむことになった。

当時の第一高等学校には、いままで名をだしたほかに、安倍能成、野上豊一郎、小宮豊隆、穂積重遠、石原謙、岩波茂雄などがいた。当時のかれはこれらの人とふかい交友はなかったろう。同学年で、かれより一年はやく医科大学を卒業した高野六郎（卒業後は、北里研究所にはいり、のち厚生省予防局長にまでなった）は、「一高時代の茂吉」（『アララギ』第四六巻第一〇号〔齋藤茂吉追悼号〕、一九五三年―あとは「追悼号」と略記する）に、「一高時代の茂吉は格別出色の存在でもなかつた。学校の成績はだいたい中ぐらいで、ときどき注意点ももらつたようである」、「どうも茂吉には寮歌が歌えなかつたのではないかと思ふ」、「卒業まぎわの頃になつて、茂吉が歌を作るそうだと聞いて、人は見かけによらぬものだなあと感じ入つたような情況である」、「茂吉の山形弁は著しかつた。茂吉の風貌も何となく山形弁的である。どう見ても颯爽たる一高生型ではなかつた」、「一高生三年の間、茂吉は儕輩から畏敬されることはなく、寧ろ軽愛されて過ぎたように思う」とかいている。

当時の高等学校は三年制で、卒業試験の成績によって、日本中の高等学校の卒業生を按分比例で東京、京都、福岡の医科大学にわりふる仕組みになっていた。かれは、福岡行きをも覚悟しながら、図書館通いをして頑ばった。一九〇五年六月一九～二五日におこなわれた学年末試験でかれは、六四名中一五番の成績をえて、東京帝国大学医科大学へ進学できることになった。第一高等学校卒業は七月五日。

七月一日には養父紀一の二女てる子（九歳）の婿養子として入籍した。結婚はずっとあとである。なお、紀一の第一男西洋は、すでにかいたように、一九〇一年にうまれ、かれは紀一家の家督相続人ではありえなくなっていた。七月末にかれは養父から、酒、煙草をやめるようにさとされたという。煙草はすでにかなりの本数にのぼっていたのか。

二　医科大学の時代

当時の医科大学　一九〇五年（明治三八年）九月一日にかれは東京帝国大学医科大学に入学した。〔あと、単に「医科大学」とするところもある、あるいは「東京医科大学」―現在の同名のものではない〕。

東京帝国大学は当時、いまのような学部制でなくて分科大学制であった。青山胤通が医科大学長。当時の教授をふるい順にあげると、大澤謙二（生理学）、緒方正規（衛生学）、高橋順太郎（薬物学）、小金井良精（解剖学）、三浦守治（病理学・病理解剖学）、青山胤通（内科学）、佐藤三吉（外科学）、片山國嘉（法医学）、河本重次郎（眼科学）、弘田長（小児科学）、隅川宗雄（医化学〔今の生化学〕）、三浦謹之助（内科学）、山極勝三郎（病理学・病理解剖学）、近藤次繁（外科学）、土肥慶藏（皮膚病学黴毒学）、大澤岳太郎（解剖学）、入澤達吉（内科学）、呉秀三（精神病学）、岡田和一郎（耳鼻咽喉科学）、木下正中（産科学婦人科学）、田代義徳（整形外科学）、横手千代之助（衛生学）がおり、そのほかに口腔外科学の助教授石原久がいた。これらのうち、大澤謙二、緒方正規、高橋順太郎、青山胤通、佐藤三吉、片山國嘉、弘田長、隅川宗雄、三浦謹之助、入澤達吉、岡田和一郎、田代義徳はその講座（教室）の初代教授であった。

これらのうち、かれがとくに指導をうけた教授の略歴をみておこう（呉についてはのちにのべる）。

三浦守治《もりはる》（一八五七～一九一六）一八七一年卒業。一八八七～一九一〇年と病理学・病理解剖学第一講座を担任。一九一〇年病気休職となり、一九一二年退官。脚気につきとくに研究。移岳と号する歌人で『心の花』に属し、『移岳集』がある。

青山胤通《たねみち》（一八五九～一九一七）一八八二年卒。一八八七～一九一七年と内科学第三講座を担任（一八九二～一九〇一年は、和泉橋にあった第二医院内科を主宰していた、一九〇一年に第二医院が全焼し、第一医院〔現在の附属病院〕のほうに統合された）。一八九四年には香港に流行したペストの研究に出張し、ペストに感染して危篤になった。一九〇一～一七年と医科大学長。一九一四年伝染病研究所が文部省に移管されて北里柴三郎所長はじめ各部長が辞任し、翌年その所長に就任した（このときは、文部省への移管が青山らの策動によったと取り沙汰された）。がんにより在職中に死亡したが、臨終近くに男爵の位をさずけられた。

青山はながく大隈重信の家庭医をつとめ、また医科大学長を一六年つづけて、各方面に人脈があり、その権力は絶大といわれていた。のちにみるように、精神病学教室は大学の構外におかれていて、精神病科外来診療所が構内にもうけられるのは、一九一〇年のことである。青山医科大学長は、精神病患者が構内をウロウロしてはこまる、という意見をつよくもっていた。呉と同級だった近藤は、精神科の施設の拡張を呉が青山に請求し、青山がそれをはねつけたところ、呉があかい顔の大声で、そういう専横なことはない、と、なぐりつけんばかりにくってかかった、という思い出をかたっている。

片山國嘉《くによし》（一八五五～一九三一）　一八七九年卒業。一八八一年助教授に任ぜられて、翌年から別課（邦人教師が日本語で教育する三年半の短期課程）で裁判医学・衛生学を講義した。留学ののち、一八八八～一九二一年と法医学講座担任（一八九一年に裁判医学を法医学と改称したのは片山である）。緒方とともに国家医学会を主宰し、国家医学講習科をひらき、また中国との親善のために同仁会を設立した。退官後は禁酒禁煙運動にとりくんだ。

片山はまた、精神病学担当の榊俶《はじめ》教授が死亡して助教授の呉が留学しているあいだ、一八九七～一九〇一年と精神病学講座を兼担し東京府巣鴨病院医長も嘱託されていた。片山は留学先で精神病学もおさめ、その法医鑑定中に精神鑑定もおおく、かれの精神病学は片手間のものではなかった。精神病学講座担任としては、片山が二代目で呉が三代目となる。

三浦謹之助（一八六四～一九五〇）　一八八七年卒業、ベルツの助手となる。一八九五～一九二四年と内科学第一講座を担任。フランス医学を日本に紹介、また神経学（いまは神経内科学とよばれることがおおいが）の開拓に力をつくした。一九〇二年には、呉とともに日本神経学会（現在の日本精神神経学会）を創立した。臨床に徹した人で、往診の途中死去した。

山際勝三郎（一八六三～一九三〇）　一八八八年卒業。一八九四～一九二三年と、病理学・病理解剖学第二講座、ついで第一講座を担任した（一八九四年助教授、一八九五年教授）。一

九一五年には家兎の耳にタールをぬって人工がんを発生させ、がん研究の進歩におおきく貢献した。俳句をたしなんで、曲川また信山と号した。

入澤達吉（一八六五～一九三八）　一八八九年卒業、ベルツの助手となる。一九〇一～一九二五年と内科学第二講座を担任した。文章家としてきこえ、何冊かの随筆集をだしている。また岩波版『鷗外全集』の医学篇の編集にたずさわった。

一九〇二年に改正された医科大学医学科（当時三年課程の薬物科も医科大学にあった）の学科課程はつぎのようであった（『東京帝国大学五十年史』下巻、東京帝国大学・東京、一九三二年）、──

第一年

解剖学	第一期	毎週	十二時
	第二・三期	同	三時
解剖学実習	第二期	同	十二時
組織学	第一期	同	二時
	第二期	同	同
組織学実習	第三期	同	七時
生理学	一年間	同	四時
医化学	同	同	二時

病理総論	第三期	同	五時
病理解剖学実習	時々		
第二年			
解剖学実習	第一期	毎週十二時	
（比較解剖学及胎生学）	第二期	同	二時
	第三期	同	同
生理学	第一期	同	三時
薬物学	一年間	同	三時
薬物学実習	第三期	同	（六時）
医化学実習	第二期	同	（六時）
	第三期	同	同
処方学	第二期	同	二時
病理総論	第一期	同	二時
病理解剖学	第一期	同	四時
	第二期	同	六時
病理解剖学実習	同	時々	
病理組織学実習	第二期	毎週	六時

	第三期	同	同
診断学	第二期	同	二時
	第三期	同	同
外科総論	一年間	同	二時
婦人科学	第三期	同	三時
内科各論	第二期	同	六時
	第三期	同	六時
外科各論	同	同	四時
第三年			
局所解剖学	第一期	毎週	二時
	第二期	同	同
病理解剖学デモンストラチオンクルヅス	同	同	二時
内科各論	第二期	同	六時
	第三期	同	同
内科臨床講義	一年間	同	四時
内科外来患者臨床講義	同	同	六時
外科各論	同	同	四時

外科臨床講義	一年間	同	六時
外科外来患者臨床講義	同	同	六時
繃帯学実習	第三期	同	(四時)
産科学	第二期	同	四時
	第三期	同	二時
婦人科学	第一期	同	三時
眼科学	第一期	同	三時
	第三期	同	二時
検眼鏡実習	第三期	同	(六時)
衛生学	第二期	同	二時
	第三期	同	同
法医学	同	同	二時
耳鼻咽喉科外来患者臨床講義	同	同	(六時)
第四年			
内科臨床講義	一年間	毎週	四時
内科外来患者臨床講義	同	同	六時
外科臨床講義	同	同	六時

外科外来患者臨床講義	同	同	六時
外科手術実習	第三期	同	三時
産科婦人科臨床講義	一年間	毎週	二時
産科婦人科外来患者臨床講義	一年間	同	(六時)
産科模型演習	第一期	同	(六時)
眼科学	同	同	一時
眼科臨床講義	一年間	同	一時
眼科外来患者臨床講義	第二期	同	六時
	第三期	同	六時
皮膚病学黴毒学	一年間	同	二時
皮膚病黴毒臨床講義	同	同	二時
皮膚病黴毒外来患者臨床講義	同	同	(六時)
精神病学	同	同	二時
精神病臨床講義	同	同	二時
衛生学	第一期	同	二時
黴菌学実習	第二期	同	六時
	第三期	同	四時

法医学	第一期	同	二時
小児科臨床講義	一年間	同	一時
小児科外来患者臨床講義	同	同	（六時）
耳鼻咽喉科臨床講義	一年間	同	一時半
耳鼻咽喉科外来患者臨床講義	同	同	（六時）
歯科外来患者臨床講義	同	同	（六時）

備考

時間ニ（　）ヲ附シタル学科ハ一級中数組ニ分ケ適宜ノ学科ヲ聴講セシムルモノナリ

学科ニ（　）ヲ附シタルハ聴講セシムルモ学年試験ヲ挙行セサルモノナリ

明治三十九年四月四日勅令第六十八号を以て整形外科講座一講座新設せられたるにより、整形外科外来患者臨床講義（一年毎週三時）を医学科第三年の課程中に加へたり。

試験は二期にわかれていた。第一期試験は第二学年の終わり、六月一〇日から三〇日までに、第二期試験は第四学年をおわったのちは九月一一日から一二月四日までに施行、第一期の試験科目は、解剖学、生理学、医化学、薬物学、病理総論。第二期試験科目の第一種は病理解剖学、内科学、外科学、産科学婦人科学、眼科学で、これは全員が受験する。第二種は、第一部類が衛生学、法医学、精神病学、第二部類が小児科学、皮膚病学黴毒学、耳鼻咽喉科学。第二種では各学生は、夏休みまえに抽籤で両部類中各一課目をさだめて、それを受験する。病理総論、病理解剖学、内科学、外科学、産科学婦人科学、眼科学、精神病学、皮膚病学黴毒学の試験は、学説試験および実地試験、小児科学および耳鼻咽喉科学の試験は実地試験、そのほかのものは学説試験であった。

つぎに、同窓会名簿によって、かれの前後にどんな人がいたか、精神科の関係者を中心にかきぬいておこう（年は卒業年）、――

一九〇一年　三宅鑛一　吉川壽次郎
一九〇二年　森田正馬
一九〇三年　石田昇　川室貫治
一九〇四年　田澤秀四郎　山口（→松本）高三郎
一九〇五年　石原忍　影山勇蔵　中村讓　渡邊房吉
一九〇六年　樫田十次郎　齋藤玉男
一九〇七年　池田隆徳　氏家信　緒方知三郎　呉建　黒澤良臣　松本孟
一九〇八年　小泉親彦　小林千壽　橋健行　橋田邦彦
一九〇九年　伊藤晄　大成潔　荻野久作　木村男也　坂口康臓　佐々廉平　神保光太郎
　瀬川昌世　高野六郎　田澤鐐二　藤懸廣　村山達三
一九一〇年　後藤城四郎（旧姓小野寺）　齋藤茂吉　下田光造　武崎宗三　林道倫
一九一一年　太田正雄　勝沼精藏　竹内松次郎　中村隆治　三田村篤志郎

一九一二年　淺田一　杉田直樹　額田晋
一九一三年　樫田五郎　高瀬清　丸井清泰
一九一四年　小酒井光次　早尾庥雄
一九一五年　植松七九郎　谷口本事
一九一七年　金子準二　児玉昌　高峰博

のちにみるように、かれは卒業試験の間際に腸チフスにかかって一年おくれたので、卒業後は一九〇九年卒の同級会〇九《マルク》会に属していた（「マルク」は丸く、またドイツ語で骨髄、心髄）。また、ふるい名簿では、上記の卒業年次はそれぞれ一年あとになっていた。というのは、卒業試験は年末におわって次年はじめにはそれぞれ就職するが、卒業式は七月におこなわれていた。そこで、正式の卒業年は実質的卒業年の一年遅れになっていた。実地試験は数人ずつの組みでなされたので、卒業試験の終わりも人によりちがっていた。同級の人の履歴書をならべると、卒業の年、卒業の日がくいちがっていることにもなった。

医学生としてのかれ　医科大学にはいるまえからかれは、俗な医者としていきねばならぬ運命とみさだめていた。一九〇五年五月六日の渡邊幸造あて書簡（『全集』第三三巻）にはこうある、──

〔前略〕元来小生は医者で一生を終らねばならぬ身なれば先づ身を丈夫に医学士へでもなり髯でも生やし。彼とか何人とか言つて金でも出来るだけモーケ父母にも安心させ、妻を貰へば妻にも衣服の一つも着ねばならず子を作れば教育もせねばならず今の病院を受けつげば目が廻る程多忙ならむ、斯くて小生は骨を砕き精を灑いで俗の世の俗人と相成りて終る考ひにて又是非なき運命に御座候、又小生もこの様な分に安んじて居る考へにて今の勉強し居るもツマリ金をモーケル為めなるべくと存じ居り候〔後略〕

金をもうける俗の世の俗人とは、かれにうつった養父で、「この様な分に」やすんじきれぬところが、その後のかれの生涯におおきくあらわれた。

同級だった村山達三（一八八二～一九六四、一九〇九年医科大学卒、当時の避病院であった東京市立の駒込病院、本所病院の院長をつとめた）によると（「大学時代の茂吉」、『アララギ』追悼号）、「偖学生時代の齋藤茂吉は当時は守谷姓で卒業間近かに改姓されたのである」。「齋藤茂吉翁の文化勲章を祝いて―茂吉翁を囲むの会―」（『日本医事新報』第一四四四号、一九五一年―あとこの記事は「文化勲章座談会」と略記）では、坂口康藏（第一高等学校、医科大学と同学年で、のち一九三四～一九四五年と第三内科学講座を担任した）は、「どうも僕は齋藤君と言うとピンと来ないので直ぐ守谷君と出ちやつてね」とくりかえしている。すでに齋藤姓になっていたはずなのに、どうして守谷でいたのだろうか。ふるい同窓会名簿にかれは、「齋藤（守谷）茂吉《しげよし》」とでている。養父が、モキチでは威厳がないからシゲヨシと名のれ、といったのはいつだったか。ドイツ語の論文にはどれもSh. Saitoとしるされている。数年まえまでの名簿（アイウエオ順）に齋藤姓の人は、茂吉、周藏、清次とならんでいた。

講義がはじまってみると、席取りがたいへんだった。一九〇五年九月二〇日渡邊あて書簡には、「高等学校とチガヒ教授連が少しも休まず候、僅か三時間か時によりては四時間の筆記に候へども小生にとりては大変な仕事の様で疲れてシマイ候家にかへりて毎日寝てばかり居り候」、「今の処は何分にも元気つかず筆記の直しも下読もせざればドンドン進む解剖の名前(イヤな羅テン語に候)は益々分らなく相成り申候、それに席をとるために皆が早く行くゆゑ近日の小生も早くゆかねばならずコレニハ又一困ナンに御座候」と、また一一月五日渡邊あて書簡には、「この頃寒い様に相成り朝起きられなくて困り居り候幾度も幾度も時計を見ては又ね一分でも寝て居たき処など千金といふはウソでなく候、教室の善い処をとるために皆の競争が大シタものに候近い処に居るものは飯くはぬ内に行つて帳面を置いて来るので候。赤門が開かない前から行つて待つて居るとの事に候、小生弱行にて恥かしけれどトテモ左様もする事は出来ずさればとて近眼にて誠に困る始末なれば友に御頼み申して置き候」とある。とくに解剖学、組織学の教室は、真中に柱が何本もある仮教室で、へたな席では柱が邪魔になった。「今迄の豚小屋見たいな解剖教室がスバラシイ立脈《〔ママ〕》な新築の解剖教室に移転」(一九〇六年三月一四日渡邊あて書簡)したのは、第三学期からか。

解剖学のラテン語学名に目を白黒させるのは、いつになってもおなじことである。ところで、「文化勲章座談会」で高野六郎は、「僕は、茂吉の解剖のノートに雄大なペニスのかいてあるのを見た記憶があるよ」とかたったのに、瀬川昌世が「吾々はどのぐらい啓発されたことか知れないのだからね」とつけくわえている。ペニスの大小はあとにも問題になるが、かれはこの頃ペニスの大きさを気にしていたのだろうか。

解剖実習がはじまった。「昨日大シタ雪がふり解剖実習中小便が出で、困り候」（一八〇六年二月一〇日渡邊あて）。かれはかなりおそくまで寝小便があり、そののちは生涯を通じて小便がちかかった。また、この頃に額がはげかかった（三月二三日渡邊あて）、かれ二三歳であった。

かれは試験勉強の要領がわるかったようである。「皆々が試験の順備《〔ママ〕》に忙がはしき様子に御座候、小生近頃先輩に試験の問題を貸して呉れる様に頼み候処、モー人に貸したとの事にて、早き人は夏休み前にすべ《〔ママ〕》に借りたる人も多きとの事にて今頃ではすでに遅いと忠告をうけ申候」（一九〇六年一一月七日渡邊あて）。「ソレに試験の用意何にも手がついて居らず明日小林兄を訪ひて用意の方法をきいて来る処に候、今まであまり呑気して居た故五月になりてから困る事ならむと存ぜられ候」（一九〇七年一月二一日、渡邊あて）。そしてやっと第一期試験がおわって、「試験中は度々小生の体の事を御心配下され御かげにて病気もせずに受け申候成績は甚だマヅクして面目なき次第に御座候番号は遊ぶので有名なる小林兄よりワルク御座候、これも頭がワルイ為めかもしれずとあきらめ申候、試験休み中は毎日内科と外科の方に通ひ居り見物だけいたし居し申候」（一九〇七年七月二四日渡邊あて）。この小林とは、開成中学がいっしょで、かれより一年はやく医科大学にはいっていた小林千壽《せんじゅ》であろう。小林は外科をおさめて、朝鮮の京城市に開業していたが、わりあいはやくなくなったようである。

「三年になって学生一同、鼻下に八字髭を蓄えた。これは三年から患者に接するので威厳をつける為である〔中略〕君のひげもその頃からのものである」（村山達三「茂吉あれこれ」、『齋藤茂吉全集月報』〔あとは『月報』と略記する〕第二期25、一九五六年）。かれは九月に青山病院所在地、赤坂青山南町五丁目八一番地にうつった。「青山から毎日電車で学校にゆき居り申候実地が初まり候処悲しい事には小生には何にも分らず困つて居り候その中には何か分る時が来るだらうと自惚れて居り候何時まで自惚れて居る事やら小生近頃は馬鹿だといふ事を分つた様な気がいたし候今夜から一ツ診断学を勉強して見べく決心いたし申候ドレ位進歩するかを見たくおもひ居り候、今日橋本助教授から叱られ申候ソレは胃をも検査せずして胃カタルと診断いたしたる為めに候如何にも馬鹿に候」（一九〇七年一〇月三日渡邊あて）。「今度は青山から学校にゆくのでなかな《〔マヽ〕》道が遠いのでつかれてしまつて手紙も書けない」（一〇月一一日高橋直吉〔弟〕あて）。

同級生の目にうつつたかれ　山形弁、黙考などが同期生が共通していだいた印象であった。村山達三の「大学時代の茂吉」（『アララギ』追悼号）には、こうある、—

〔前略〕君は初め筒ぽ袖の和服を着て居た。仲間からゴールデンバットを一本けろや、けろや（呉れよ）と貰つてるのを覚えて居る。〔中略〕

君のノートは文字が一つ一つ孤立して兎糞の様に丹念克明に書いてあつた。学生時代から小形の手帳を持つて居て自分で興味を覚えた事項を記入する事をした。これは晩年迄続いたのであつた。

君は剽軽でトボケて居りユーモラスで朗かであつたから仲間から親しまれて居た。人の話をききながら目をつぶる癖もあつた。君は当時から感心居士であり感激居士でもあつた。〔中略〕要するに君はむしろ平凡な目立たない方であつた。

佐々廉平（一八八二～一九七九、内科をおさめ杏雲堂医院長をながくつとめた）（「大学時代の茂吉・診療記」『アララギ』追悼号）はこうかく。

茂吉の日常行動の内一番印象に残つているものは、一風変つた態度である。彼は対談の間でも折々何か黙考してとぼけた返事をした。これは歌でも考えていたひと時であろう。も一つは徹頭徹尾山形弁で押通したことである。よく「けーろ」（呉れろ）と言うて煙草を無心する癖があつた。

「文化勲章座談会」で神尾友修は、「この頃ボオーツとしておると今言われたが、昔からそれは変つていないよ。ボオーツとしておりましたよ。あれにはずいぶん困つたことがある」とかたつている。

坂口康蔵（「齋藤茂吉君を偲ぶ」『日本医事新報』第一五〇六号、一九五三年）は、「大学では佐々廉平、田澤鐐二、藤懸廣（陸軍軍医中将）、戸川篤（故慈大小児科教授）の諸君と茂吉君及び私は一つのグループで、学校では常に行動を共にして居り、時には学校の帰途、茂吉君の主唱で馬肉を食いに行つたこともある」とかいたあとに、つぎのようにいう、――

茂吉君が何時から万葉を始めるようになり、又これを始めた動機は何であるかは私は知らないが、学生時代から熱心なもので、当時二〜三銭の小学生や中学生の持つ雑記帳を常に和服の懐に入れて居て、授業時間の合間など我々が雑談して居る時々もよく眼をつぶり頭を抱えて歌を考えては何か書きつけて居た。時に友人がからかつたり、いたづらをしても、エヘラエヘラと笑つて居るだけで怒る事は無く、又人と議論するような事も無く、何でも友人の云うことは「ソーケー〳〵」と山形弁で傾聴する癖があり、同級生の間には愛嬌者として皆から愛されて居り、茂吉君と仲が悪かつたり、同君の悪口を云つたりする人は一人も無かつた。体裁は少しも構わず、学生時代から田舎のおやじさんと云う感じがして居た。

「けろや」は、もちろん、かれの煙草好きをしめしている。中学三年ごろからすっていた煙草は一年ぐらいで禁煙して、第一高等学校の三年のときまたのみだしていた。一九〇六年一月友人のところはカルタ会にいって、とられてばかりいたが、「只密柑《ママ》とすし食ふ事は人にまげ申さず人のタバコもづい分吸つてやり候」（同年一月一三日渡邊あて書簡）。それにしても貰い煙草つづきとは、すこし気になる。養子あるいは養子を予定されている食客の身で、小遣い銭はどうなっていたのか。台湾守備隊に属していた兄守谷富太郎に、めずらしい物をどんどんかっておくれ、金が不足すれば鈴木敬親〔故郷よりの金がおくられてくる〕からかりてもおくる、と（一八九九年五月一五日）、また、「余は日曜等に浅草に遊びに至り湯に入り菓子等を食ひ金を貰ひ等して帰るなり」と（同五月三一日）、懐がゆたかなようでもある。そのあと山形県の歩兵隊にうつっていた兄に、時事新聞三か月分といわれていたのに五か月分おくったことについて、二か月分の代金「一円三十銭は少々には御座候ども。若し小生が貰ひ《〔ママ〕》ば大なるものに御座候〔中略〕若し小生が半分でも貰へば書籍をも買ふ事が出来申候」、軍人だから、たのんでない二か月分はおくれぬなどそんな不徳義のことはしないでしょう、と、金銭に執着するところをみせている（一九〇一年一月七日）。

　さらにあと、勉学のため浅草医院に食客となっていたこの兄が紀一、ひさとうまくいかずにそこをでたとき、一兄廣吉に富太郎をいさめてくれとだした手紙（一九〇三年五月四日）は、食客としての心得をといて、「小生の経験によれば初めの中は出来るだけ手まめに働くか然からざるも働くフリさへもするは信用を得るの道なり小生等にても今こそ信用を得て我儘なれど初めは成るべく斯くなしたるものなりき」とかいている。のちのかれの言行からは想像しにくい言だが、かなり苦労をかさねたことと察しられる。さらに、一九〇九年八日七日高橋直吉あて書簡には、「私に銭呉れる相《ソー》だが、私は銭もらうのが一番嬉《うれ》しい。書生は貧乏で困る」とある。さらに、「酒は、素質からいへば決して嫌ひではないから、大学を出て助手になりたてあたりは可なり飲んだが、殆ど『機会飲』といふ奴で、晩酌なども先づしたことがない。併しこれは境遇がさうさせたので、自分は病院の官費患者と一しよの米を食べてゐた程の生活だつたからである」(「茂吉小話」中「食」、『アララギ』一九四七年一二月号、『全集』第七巻)。
パッとせぬ服装に貰い煙草。食客あるいは養子であれば、ひさにそう多額の金は要求できなかったろうし、また古本、とくに歌書にかなりの金をつかっていたのかもしれない。

第一高等学校時代の一九〇五年から『読売新聞』に歌を投稿しはじめていたかれは、一九〇六年三月一八日には本所茅場町の伊藤左千夫をおとずれて入門した。一九〇八年一〇月一三日に『阿羅々木』(アララギ)が創刊され、伊藤が編集担当。翌年九月一日にアララギ発行所は伊藤方にうつされた。このまえ一九〇九年一月九日にかれは伊藤につれられて、森鷗外宅での観潮楼歌会に出席した(このあと、すくなくとも二回出席している)。もう、立派な歌人である。

「文化勲章座談会」で坂口康藏がかたったところでは、始終伊藤のところにかよっていたかれはある夜、電車がなくなって両国橋まであるいてきたら焼き鳥屋があって、その匂いに我慢できずに、くったら、うまいこと。翌日学校でかれが「うまい、うまい」というので、だれかが晩飯のあと焼き鳥をかわせてくったが、まずい。翌日その男は「まずいじゃないか」とかれを攻撃した。ともかくも、かれは両国橋からさらに赤坂まであるいてかえったのである。

田澤鐐二(一八八二〜一九六七、入澤内科で脚気、ついで結核を研究、ながく東京市療養所長をつとめた)は、「文化勲章座談会」でこうかたっている、——

君(齋藤茂吉氏)の大学卒業の時の話だが——君は歌は詠むが、字が上手だということは知らないでいた。ノートなどを見て、変つた字だが別に上手だとも想わないでおつたのだ。そのとき、卒業試験の何か入院患者のことで齋藤君がしくじつたね。覚えておるかも知れないが、回診に随行した医局員はみんな知つていることなので、入澤（達吉）先生が医局でそれについて話し出された。その時、俺は、齋藤君は万葉の歌詠みで大した人ですよと言つた。すると先生が、何んだか知らないが、字は上手だ、あんなうまい字を書く者はない、と激賞の様子だつた。
かれは一年遅れの卒業試験で、田澤はすでに医局員になっていた。

呉教授の講義　一九〇六年七月（かれ一年生）に呉秀三の講義をはじめてきいた。また「呉先生」をみよう、――

明治三十九年七月はじめから法医学教室の講堂で先生の心理学講義があつて、七月十一日に終了した。その時私ははじめて先生の講義を聴いたのであつた。また先生の助手として森田正馬さんなどが、その席に居て、私は西洋語の綴り方を訊《たづ》ねたりした。私はもう医科大学の二年生にならうとして居り、父上が独逸から帰つて精神病医として立つて居たのであるから私が先生の門に入る機縁はそのあたりから形成されて居たのである。私は学生として先生の講莚に出席してゐる間に精神病学集要・精神病学要略・精神病鑑定例・精神病検診録・精神病診療法等の書物を知り、傍ら柵草紙の文章や医学雑誌（中外医事新報）に連載された徳川時代の医学といふ論文などを読んで見たりした。

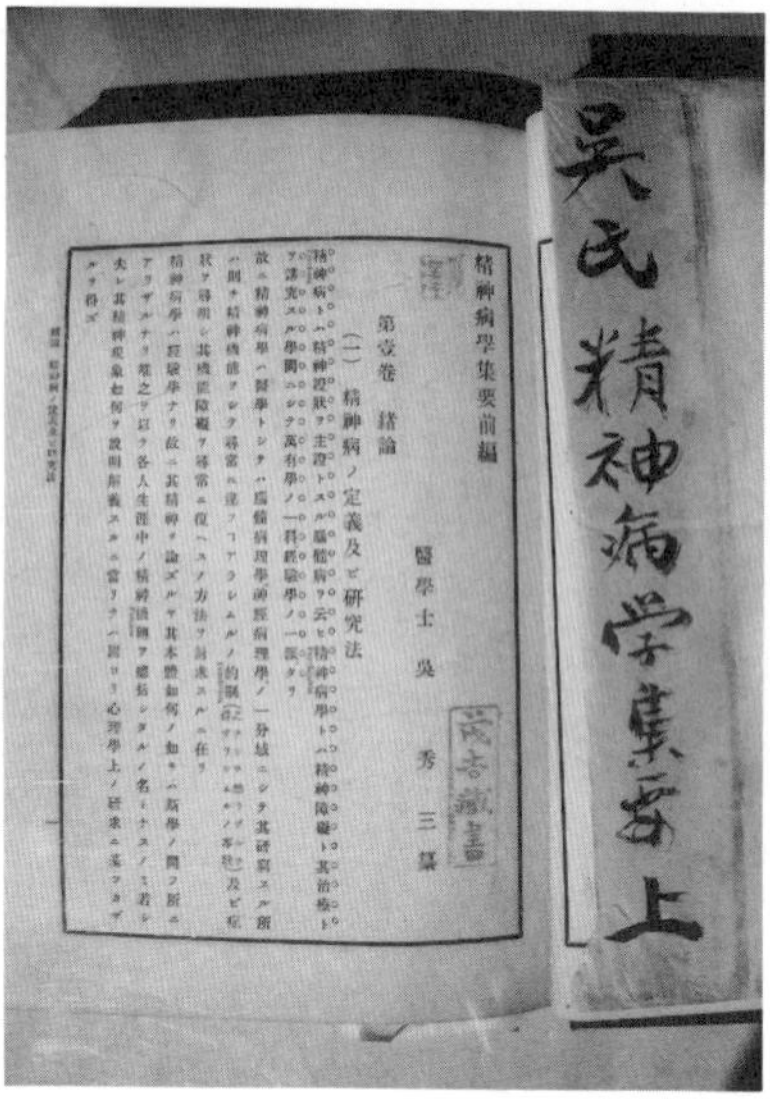

図6　かれが蔵していた『精神病学集要』前編

呉教授の精神病学講義はもうすこしあとになる。ここではかれがあげている本などをみておこう。『精神病学集要』は前編、後編の二冊本で、一八九四年、一八九五年の発行。日本で三番目の、しかも本格的なものとしては最初の、精神病学教科書である。縁あって（だろう）、わたしはかれが所蔵していたこの本の前編を手にしている（図6）。これにかかっていたカバーの字もかれのものらしいが、たしかではない。なお、呉はこの初版をまったくかきあらためた超大冊（当時としてはそういってよかった）の第二版を一九一六年からだしたが、完結にいたらなかった。一八九七年にでた『精神病学要略』は、『集要』の要約本である。『精神病鑑定例』は、一九〇三～〇九年と、第四集までだされた、全四五例。『精神病検診録』はともに一九〇八年出版。後者は、病床日誌のひながたと、前者からかきぬいた診察、検査の項目、方法をならべたものとからなる。

森林太郎の『文学評論しがらみ草紙』に呉は、「有声の画、無声の詩」（第二号、一八八九年）、「衣袖漬記」（第四号、一八九〇年）、「書吉川元春手記写太平記後」（第五号、一八九〇年）、「西詩雑話一則」（第七号、一八九〇年）、「西詩雑話一則」（第九号、一八九〇年）、「西詩雑話二則」（第一〇号、一八九〇年）、「妙義山の記」（第一一号、一八九〇年）をのせた。そのあと『めさまし草』にも呉の文章がのった。呉は精神病学とともに医学史にうちこんでおり、『中外医事新報』には一八九二～九六年と、一九二七～三一年と医学史に関するおおくの論文を掲載した。同誌は一九二八年から、呉が理事長となった日本医史学会の機関誌となった（のち『日本医史学雑誌』と改題）。かれがあげているのは、『中外医事新報』の第二九七号（一八九二年）から第三一五号（一八九三年）に一七回にわたり連載された「江戸幕府時代ノ医学」であろう。同文のものは一八九三年の『史学雑誌』に「徳川時代の医学」の題で三回にわけて掲載されたが、これは『中外医事新報』分のほぼ半分でおわっている。

いま名前のでた森田正馬《まさたけ》（一八七四～一九三八）は、一九〇二年の卒業。一九〇三～〇六年と巣鴨病院医員（医科大学助手）、一九二五～二七年と東京慈恵会医科大学教授。いまは世界的に評価されている、日本独自の精神療法、森田療法をはじめた。

この心理学講義は、正規の学科課程にははいっていないものであった。東京帝国大学医学部精神病学教室医局同人「東京帝国大学医学部精神病学教室ノ歴史」（『呉教授莅職二十五年記念文集』第三部、呉教授在職二十五年祝賀会・東京、一九二八年）にこうある、――

明治三十九年以来、呉教授ハ随意科トシテ毎年六月末ニ凡ソ二十時間ノ予定ヲ以テ心理学

図7　東京府巣鴨病院の玄関と左手の講堂

ノ講義ヲナシ、聴講者ハ医学科全体ノ有志者ヨリ之ヲ募リ、且ツ大学学生以外ノ人ノ聴講ヲモ許スコトトセリ。コハ自由講義ノ嚆矢トシテ大ニ歓迎セラレ、学生外ノ聴講者モ少ナカラザリシナリ。蓋シ心理学講義ハ単ニ精神病学ノ聴講上及ビ研究上ニ必要ナルノミナラズ、一般医師ノ医学的素養トシテモ甚ダ必要ナル、而モ医学部学生トシテコレガ講義ヲ聴クベキトコロ之ナキヲ以テ大ニ人々ニ迎ヘラレタルナリ。

精神病学講義は第四年にくまれていた。おなじ「精神病学教室ノ歴史」によると、

呉教授時代ニ講義ハ前時代ト同ジク医科大学第四学年級学生ニ課セラレタルモノニシテ、同学年ノ三学期ヲ通ジテ一年間一週二回（火曜及ビ土曜日〔中略〕二時間宛（午後三時内至五時）ナリキ。殊ニ最初ハ火曜日ニ学説講義ヲナシ、金曜日ニハ臨牀講義ヲナスコト前代ノ通リナリシガ。明治四十年以来ハ二回トモ臨牀講義トナシテ学説講義ハ只僅ニ時々コレニ加ヘラレタルノミナリキ。当時ノ臨牀講義ハ東京府巣鴨病院講堂ニテ行ハレ、学

説講義ノミガ大学ノ法医学教室又ハ病理学教室乃至ハ衛生学教室ニテ行ハレタリ。

四年生のかれは週二回東京府巣鴨病院にかよったのである。巣鴨病院についてはのちにのべるが、一八八七年（明治二〇年）五月に、その玄関左側に臨床講義用の講堂が新築されたのである（図7）。医科大学から巣鴨病院へいくには、赤門から本郷通りにでて北上し、第一高等学校（いまの東京大学農学部）前から左にほぼ平行してはしる道をたどり、それが白山通りに合流すると、すぐそこに巣鴨病院の門があった。およそ三キロ、四〇分ぐらいの道程だったろう（春日町から巣鴨にかようガタ馬車で、白山にでて巣鴨病院にかよう行き方もあり、それを利用する学生もいた）。あるいていって、五時まで二時間の講義をうけて帰途につくと、いい加減腹もへっている。病院近くの露路をはいったところにある馬肉屋（「牛肉」の缶詰めをつくっている）をみつけたのがかれで、その店の片隅でうっている馬肉の味噌汁がうまくて、帰りに何人かでよった。佐々廉平の記録では、一人あたり三一銭と、当時としてはたかかった（「文化勲章座談会」）。さらに佐々は、「もともとこの馬肉屋は、斉藤〔ママ〕茂吉が見つけたものである。彼は勉強こそしなかったが、その歌人的性格は、こういう世情にはたけていた」ともかたっている（『平和の父　田沢鐐二』、財団法人平和協会・東京、一九六九年）。

ここで呉秀三の生涯をみておこう。呉は、広島藩支藩の藩医（洋方）呉黄石《こうせき》の三男として、一八六五年三月一四日（元治二年二月一七日）江戸青山にうまれた。母は箕作阮甫《みつくりげんぽ》の第一女セキ。その関係で、叔父に洋学者箕作秋坪《しゅうへい》、従兄には数学者菊池大麓《だいろく》、動物学者箕作佳吉、歴史学者箕作元八、法学者箕作麟祥がおり、兄文聡《あやとし》は統計学を日本に根づかせた人である。さらにそれらの子にも学者が群発しており、たいへんな学者一族である。といっても、金銭面はゆたかではなかった。予備門から東京大学医学部本科にすすむ頃には、文科に転じて史学をおさめたいとの志がつよかった。一八八八年末あたりに、広島県出身の富士川游としりあい、のちにこの二人が日本の医学史研究を推進していくことになる。一八八九年には『医学統計論』の訳と、『脳髄生理精神啓微』とをだした。一八九〇年一一月一七日医科大学を卒業。近藤次繁、土肥慶蔵が同級であった。

こののちしばらく大学院にはいって、榊俶教授（精神病学）および大澤謙二教授（生理学）についた。一八九一年には医科大学助手（精神病学）、東京府巣鴨病院医員となった。当時の精神病学教室は、大学構内でなくて巣鴨病院におかれていたので、実質的に巣鴨病院への完全勤務である。一八九二年から富士川游とともに『中外医事新報』に、医学史に関する論文をつぎつぎとかきはじめた。一八九四年から翌年にかけて、『東京医学会雑誌』に「精神病者ノ自殺症ニ就キテ」を連載。一八九四年『精神病学集要』前編、翌年後編。一八九六年『シーボルト』。同年医科大学助教授に任ぜられた（医学史への志を一旦たちきった）。

ところが、一八九七年に榊教授が三九歳で死去した。榊は、日本で最初の精神病学担当専任教授として一八八六年に講義をはじめた。日本の精神病学を建設することがその目標であったが、それははたせなかった。後任となるべき呉助教授が留学することになって、しばらくは法医学の片山教授が精神病学講座を兼担した。

　留学のときの送別文集『長風万里集』がいまものこされているが、そのなかには、かれが「呉先生」にひいた、

　病中呉学士の洋行をおくる　　正岡子規
瓜なすびいのちがあらば三年目

もある。一八九七年八月八日にたった呉は、サラヂー号で廣瀬武夫と同船していた。まず、オーストリーのヴィーンで、精神病学のリヒャルト・フォン・クラフトｰエービングおよび、神経病理学のハインリヒ・オーベルシタイネルについた。一八九九年にはドイツにうつって、ハイデルベルクで神経病理学のフランツ・ニスル（脳の神経細胞をそめだすニスル染色を開発した）および精神病学のエミール・クレペリン（現在の精神病患分類体系をあみだした）についた。一九〇一年八月一八日にはパリから、木魚生、和田英作、満谷國四郎と連名の手紙を正岡子規あてにおくった。八月三〇日、ロンドンのアルバート・ドクをたったときは、夏目金之助がみおくっている。一〇月一七日帰朝。

　一九〇一年（明治三四年）一〇月二三日。東京帝国大学医科大学教授（精神病学講座担任）に任じられた。同一〇月三一日には東京府巣鴨病院医長を嘱託されると、ただちに手枷足革を廃止するなど、病院改革にとりくんだ。一九〇二年四月四日には、内科学教授の三浦謹之助とともに日本神経学会（現日本精神神経学会）を発足させた。同一〇月一〇日、患者救援を目的

とする日本で最初の精神衛生団体、精神病者慈善救治会を設立。一九〇四年四月一日、東京府巣鴨病院院長（医長、院長の関係は後述）。

一九一〇年から一九一六年にかけて、夏休みに教室員を各地に派遣して、私宅監置の実情を調査させた。その結果を樫田五郎とともにまとめた「精神病者私宅監置ノ実況及ビ其統計的観察」は一九一八年の『東京医学会雑誌』に発表された。これは、患者を治療せずに非衛生的な座敷牢にとじこめることを国が公認している精神病者監護法をはげしく批判し、「我邦十何万ノ精神病者ハ実ニ此病ヲ受ケタルノ不幸ノ外ニ、此邦ニ生レタルノ不幸ヲ重ヌルモノト云フベシ」とのべている（しかも、この論文が、一九六四年までわすれられていたことも、日本の心やむ人にとっての不幸であった）。

せまい精神病学面で呉は、クレペリンの精神病学体系を導入し、またニスル染色法をいれて脳研究の基礎をつくるなど、現代精神病学の礎石をおいた。師榊が早逝したこともあって、呉が「本邦精神病学の建立者〔中略〕即ち、“Begründer”」（かれの表現）と称される所以である。だが、大学構内に精神科の病室をもうけたいとの宿願はなかなか実をむすばなかった。精神病者を大学構内にはいれられぬ、との声がつよかった。一九一四年に精神病科外来診療所ができた。一九一六（大正五年）になってやっと、一三床の精神病科病室ができたが、それも精神病者慈善救治会の寄付によるもので、運営費のかなりの部分も同会が負担した。

呉らの運動もあって、一九一九年には精神病院法ができた。これは公立精神病院設置をすすめようという趣旨のものであったが、予算がつかず実績はあまりあがらなかった。一方、精神病者監護法はそのままのこり、これが廃止されるのは一九五〇年、私宅監置制度は一九五一年までのこった。他方、東京府巣鴨病院の拡張移転計画はすすんで、一九一九年一一月七日に東京府巣鴨病院の入院患者は、荏原郡松沢村上北沢の東京府立松沢病院にうつった。これらにともない、精神病学教室は大学構内にうつり、教室員が病院医員を嘱託されることもなくなった、ただし院長は教授の兼任。呉は松沢病院をいちおうは自分の理念にあわせて設計できた（ただし、その後物価暴騰に予算がおいつかず、患者死亡率の上昇、薄給による看護人の労働争議などの問題が続出する）。

呉は、クレペリンの体系によって『精神病学集要』第二版をだすことをこころみた。その総論部分・前編は一九一六年にだされたが、後編は一九一八年の第一冊から一九二五年の第三冊までだしただけで未完結におわった。とくに早発癡呆（精神分裂病）など肝腎なことがかかれぬままだった。

一九二一年三月三〇日および一九二二年一一月四日に、二回の在職二五年記念会がもよおされた。一九二五年三月三一日に東京帝国大学教授を定年退職（六〇歳）、六月三〇日には東京府立松沢病院長も退職した。

一九一四年に外祖父の伝記『箕作阮甫』をかいたときから、呉はまた医学史にたちもどった。一九二三年『華岡青洲先生及其外科』、一九二六年に『シーボルト先生其生涯及功業』（一五〇

○ペイジをこす大冊)、こののちシーボルト、ケンプェルの翻訳がつづく。一九二七年(昭和二年)一一月四日には、富士川游などとともに日本医史学会を創立し、その理事長におされた。そして、シーボルト伝のドイツ語訳にとりくんでいるさなかに尿毒症を発して、一九三二年(昭和七年)三月二六日死去、六七歳。

呉の第一男茂一《しげいち》(一八九七〜一九七七)は、はじめ医師となるべく第一高等学校三部をへて東京帝国大学医学部にすすんだが、三年生のときに文学部英吉利文学科に転学し、のち西洋古典学をおさめた。第一高等学校では、青木義作、内村祐之と同学年であった。そののち東京大学教授、名古屋大学教授、ローマ日本文化館長などを歴任した。兄文聰の第一男建《けん》(一八八三〜一九四〇)は、東京帝国大学医学部をでて、心臓病、自律神経系の研究で業績をあげ、一九二五〜一九四〇年と東京帝国大学医学部の内科学第二講座を主宰した。

また、齋藤茂吉にもどって、

卒業試験　なんといっても第二期試験は大事《おおごと》で、「これから真剣に医者勉強いたし居り候」(一九〇八年一二月一四日古泉幾太郎〔千樫〕あて)。「小生今年歌は止め候。今年の十二月学校を出づる都合に候」(一九〇九年一月一八日久保田俊彦〔島木赤彦〕あて)。「まだ試験じゅんびにも取りかゝらない。今年は大いに怠けた」(同二月一三日高橋直吉あて書簡)。おなじく二月一三日長塚節にあてて「仰せの如く小生の本領は医学に候」とかきながら、試験勉強に集中できていない。「昨夜までウント勉強して漸く一問題書き上げた。今日はガツカリしてまだ何にもせせぬ、内科ばかりで三十題ある、しかしやって見ると勉強も面白くなるやうだ」(同年三月二八日古泉幾太郎あて)。勉強はまだ軌道にのっていない。

延期になっていた徴兵検査は一九〇九年五月二六日にうけて、丙種で不合格。

ところが、六月三〇日から発熱、四〇度近くまでなり、自らもチフスをうたがった。それでも、はじめは元気で、歌に関し癪にさわってならぬ旨のはがきを古泉あてにだしている。七月二〇日の古泉あてはがきは、「小生まだ熱いで、今度のはズイ分ヒドイハガキを書くのがいやであります」などと、みじかい。七月二七日のはがきは代筆。八月四日古泉あてはがきには、「熱も追々下るが身体のつかれがヒドくて困る話しない事もあるけれど又口きくのがいやだ」とある。そして八月二九日古泉あてはがきには、「まだ電車でなど遠い処にゆくなと母上がいふから今までグヅグヅして居た」とある。八月下旬にほぼ回復していたのである。九月三日古泉あてはがきでは、「試験は断念いたし候」。九月二六日になって「明日から学校に参り申すべく候」(古泉あてはがき)。ところが腸チフス再発。「十一月初めから再び熱病(腸チプス)にかゝり赤十字病院に入院いたし申候。正月も来る事なれば一先づ今月廿八日退院いたし候。まだ全く痩せ衰へて寐てばかり居り候」(一二月二一日高橋直吉あて書簡)。体力ももどって学校へではじめたのは、翌年五月二日であった。

法定伝染病患者数でみると、腸チフスは一九〇八年が二四、四九二名、一九〇九年が二五、一〇一名、一九一〇年が三五、三七八名。一九〇九年にとくに流行したわけではない。この年の人口一〇万人対罹患率は五〇・八、その後罹患率はあがっていき、一九二四年の一〇〇・一にいたる。一九〇九年の腸チフスによる死亡は六、〇一八名で、患者の死亡率は二四パーセントであった。昔の教科書でみると、腸チフスの全経過は五～一〇週で、平均五五日。再発は下熱後七～一〇日してのことがおおく、再発率は四・五パーセント。再発の症状は、はじめよりかるいことがおおいが、よりおもいこともある。

『赤光』（『全集』第一巻）から、このあたりをいくつかひろってみよう、――

○おとろへて寝床《ふしど》の上にものおもふ悲しきかなや蠅の飛ぶさへ

○ぬば玉のふくる夜床《よどこ》に目ざむればをなご狂《きちがひ》の歌ふがきこゆ

（「細り身」、自宅療養だった）

○この度《たび》は死ぬかも知れずと思《も》ひし玉ゆら氷枕《ひようちん》の氷《こおり》とけ居たりけり

（「分病室」、ここには四首だけ）

一九一〇年の歌は前年よりすくない。そこで田螺をうたっているのは、病後のおとろえた気分を背景にすると理解しやすいようである。

○をさな妻ほのかに守《まも》る心さへ熱病みしより細りたるなれ

（「をさな妻」）

五月から、留年して学校へではじめたが、どの程度に出席していたのか。九月には、試験に集中するため、本郷五丁目三七番地の成蹊館に下宿、一二月二六日にいたる。この間すこしずつ歌をつくったり、一一月二三日には下宿の自室で東京歌会をひらき、そのほかにも伊藤左千夫が自室にたずねてきたりもしている。勉強に余裕ができたというより、歌への志をおさえきれなかったのであるまいか。

卒業試験は、入澤教授の実地試験でしくじったことは、さきに田澤の証言でみた。そのほかの成績もよくなかったのだろう、一二月二七日に試問をおえて東京帝国大学医科大学を卒業。成績は一三二名中一三一番と一般にしるされている（卒業生名簿では、この年の卒業生は一二七名）。やはり、あまり勉強しなかったのだろう。

なお、「齋藤茂吉《さいとうしげよし》略歴」（『全集』第二五番）には、「四十四年東京帝国大学医科大学卒業」とある。これは前述のように、卒業式は翌年の七月におこなわれたことによる。

三　巣鴨病院の時代

「齋藤茂吉年譜」（『全集』第二五巻）には、

明治四十四年（三十歳）

二月二日、東京帝国大学医科大学副手を嘱託せられ、同日、附属病院勤務を嘱託せらる。七月二十八日、東京府巣鴨病院医員を嘱託せらる。この年より、呉教授、三宅助教授のもとにありて精神病学を攻む。

とある。まず、巣鴨病院のことをみよう。

東京府巣鴨病院　江戸時代に老中首座松平定信は一七九一年に、江戸惣町に令して町費節約の一〇分の七を積み金とする「七分積金」制度をはじめた。この「七分積金」所管の役所として翌年、江戸町民が主体となって運営する町会所《まちかいじょ》が設立された。一八七二年（明治五年）に、町会所の財産をうけつぐ営繕会議所が設立された（すぐに「会議所」と改称）。その一〇月にロシヤ帝国のアレクセイ大公が来日することになり、府下に徘徊する乞食をとりしまる必要が生じた。一〇月一五日に、約二四〇名の乞食浮浪の徒が、本郷加州邸跡（今の東京大学の地）の通称めくら長屋に収容され、会議所付養育院とよばれた。一九日には養育院は、非人頭車善七の浅草溜にうつり、さらに翌年二月四日には上野護国院の地に移転した。その病室には瘋癲人もいれることがきめられていた。会議所の事務は、一八七六年五月に東京府に返納されて、養育院は「東京養育院」とされた。養育院の狂人室は一八七五年（明治八年）一〇月七日にもうけられ、最初五名を収容していたが、一八七九年七月一日にはその数は七一名に達していた。養育院の医療は、一八七三年から一八八一年と存続していた東京府病院附属の形でおこなわれていた。実際に患者治療にあたっていたのは、東京大学医学部から派遣されている医員であった。ところで収容する瘋癲人がふえることは養育院にとってたいへんな負担であった。

この頃脚気が日本の都会では大問題であった。東京府は、永田町二丁目一六番地に府病院本院・癲狂病院・脚気病院を建設することを計画したが、その場所は御所にちかいからと宮内卿が反対したらしい。その地は宮内省買い上げになった。けっきょく、一八七九年七月一日をもって養育院内癲狂人は予算上府病院所管とすることになった。さらに七月二五日には、府病院が養育院の癲狂室をかりうけて、病者七三名の治療の責任をおうことになった。この一八七九年（明治一二年）七月二五日が東京府癲狂院の実質的創立の日で、医務統計も七月からになっている。巣鴨病院時代に創立記念日とされていたのも七月二五日である。

一〇月一〇日には、養育院は神田和泉町に移転して東京府癲狂院は独立形態をとり、さらに一〇月二四日に東京府病院長、長谷川泰《たい》が院長を兼任することになって、組織としての形態もととのった。一八八一年七月八日には府病院廃止にともなって長谷川院長が辞任し、中井常次郎が二代目院長となった。

同年八月三〇日に東京府癲狂院は向ケ岡に移転した、一五〇床。ところが、隣接する宮内省用地に射的場がつくられていて、そこで警視庁がおこなう射撃練習の弾丸がしばしば癲狂院構内や付近の民家にとんできた。射的場廃止をもとめる癲狂院長の申し入れに、樺山資紀警視総督は、費用がかかるので射的場移転はできない、病院こそうつってほしい、と一二月九日に回答した、一八八二年になって向ケ岡射的場は廃止された。一八八三年になると徳大寺宮内卿から、射的場を再開するので、皇宮地につづく府用地がほしい、との申し入れがあった。東京府はこの申し入れをうけて、癲狂院移転の方針をきめた。

一八八六年（明治一九年）六月二〇日に東京府癲狂院は小石川区巣鴨駕籠町四一番地に移転した。二〇〇床か二二〇床になっていた。敷地の三分の二は小石川区で、三分の一は本郷区上富士前町にはいっていた。いまの六義園の南側で、東洋文庫や都立小石川高等学校などのある土地である。正門は西側にあり、板橋街道に面していた（いまの白山通り）。向ケ岡の癲狂院跡地にはのちに第一高等学校ができることになる（向陵である、癲狂院跡に天下の秀才があつまるとは、おもしろい巡り合わせであった）。

一方、一八八〇年に東京大学医学部を卒業して眼科学をおさめていた榊俶《はじめ》（一八五七〜一八九七）は、精神病専門として三年間ドイツ国に留学することをもうしわたされて一八八二年二月四日に横浜をたった。主としてベルリン大学でまなんで、一八八六年一〇月二一日に帰国、医科大学教授に任ぜられて、一二月三日に第一回の精神病学講義をおこなった。

図8 東京府巣鴨病院正門

ところが、医科大学附属病院には精神科の病室はなく、臨床講義（患者をだしての講義）がおこなえない。榊は帰国後間もなく、帝国大学総長と癲狂院設立のことを談じたりしている。年末から帝国大学と東京府との交渉がはじまった。一八八七年四月一六日には、東京府癲狂院の治療は医科大学が負担して、医長、医員、調剤掛を大学から派遣し、自費患者をのぞく患者を臨床講義に充用するとの了解が成立した。四月三〇日に榊が医長に就任し、中井院長は辞任した。それまでの院長制が、このときから東京府癲狂院の医療面は主として医長が統轄し、その他の主として管理面は事務掛長が統轄するという二頭制になった。これから東京府癲狂院（東京府巣鴨病院）―東京府立松沢病院は、大学の附属病院的な地位をつづけることになる。それまでの医員四名のうち二名がのこり、医科大学助手、第一医院（本郷の大学構内にあった附属病院）勤務とされた（つまり、形式的には第一医院勤務とされて、実際は癲狂院につとめる）。医員の給料は、大学の助手給である。精神病学教室も院内におかれた（図8）。

東京府癲狂院―巣鴨病院が大学附属病院的存在となったことは、大学の精神病学が臨床的実践の場をえ、また日本を代表する精神病院の医学的水準がたかめられた、と評価されてきた。そうだろうか？　精神科はながく大学構内からしめだされていた、このことはのちの他大学にも影響せざるをえなかったろう。病院の側では、第一に二頭制の弊害があり、院内風紀紊乱の事態も生じた（二頭制はのちに解消されるが）。もう一つは、病院の医者と大学の先生との違いである。大学の先生にとっては研究が第一で、臨床はいわば従である。榊医長になって一番はやい変化は、当直医員が夜半に病室巡視をしていたのをやめたことである。

一八九八年一二月一六日づけの『東京府巣鴨病院』と題する患者手記がのこされている。そこには、ふるい患者からの伝聞によるものだろうが、「中井常次郎ノ院長ニナリテヨリ囚人ノ如ク患者ニ手錠足錠及「ホタ」ヲ掛ケタルヲ解キ且ツ毎日天気ナレバ檻《オリ》ノ錠マデモ開《ア》ケ凡ノ患者ニ運動ヲ許シ寧日運動ヲ勧メタリト云フ、中井氏院長ノ時代ニハ日々日曜日ヲ除キ回診セシ故看護人ノ患者ヲ虐待セシ事稀ニシテ随テ周囲厳重ナラザリシモ逃亡セシモノナカリシト云フ十四年十月〔中略〕手錠足錠ハ用ヰズ多ノ点ニ於テ今日ヨリモ寧ロ勝レル所アリタリト、当時ハ患者百二三十名ニ対シ看護人ハ僅カ七八名ニテ看護セシト云フ」とある。中井常次郎（一八五一～一九一四）は、東京大学医学部の前身、大学東校にまなび、東京府病院につとめていた。東京府癲狂院長をやめたのちは、芝区に開業していた。かれは産婆学講習などもした一般医で、精神病学を専門とするものではなかった。

さて、癲狂院の名は世人がいむものであるからと、榊の発意によって、一八八九年三月一日に院名は東京府巣鴨病院と改称された。帝国大学から派出される医長・医員と東京府との関係はあいまいなままだったが、一八九四年七月九日に、それぞれ医長、医員を嘱託する辞令が東京府からだされ、ひきつづき病院規則、職務章程などが整備されていった。この年の患者動態をみておくと、年初在院三四三名、入院四二九名、退院四一八名、うち死亡五八名。

ところが、一八九六年はじめから榊医長が病いにたおれ、一八九七年二月六日に病没。呉秀三（一八九六年助教授）が一時期医長になったが、八月八日に留学の途についた。八月五日から法医学の片山國嘉が呉の帰国まで医長となっていた（大学の精神病学講座も兼担、―法医学と精神病学との相補関係は当時よくみられた、かれのばあいもふくめて）。

呉は一九〇一年一〇月一七日に帰国して、一〇月三一日に医長を嘱託された。呉はさっそく病院改革にのりだして、翌日には、手革足革などの拘束具を病室におくことを禁じ、本格的作業治療を一一月末からはじめた。ところが、手革足革はつかわれつづけたので、翌年一月一二日患者慰安のための音楽会がもよおされたさいに、手革足革を医長のもとにあつめたのちに廃棄した、資料としてのこした分をのぞいて。二月二八日には、のちに副院長となる三宅鑛一が医員となった。

ところが、入院患者をできるだけ束縛せずに治療しようとの呉医長の方針には、院内にも批判があった。患者逃走がつづいたのを機に、東京府は一九〇三年一一月四日に、呉医長の放縦主義をたしなめる内訓をだした。いまも東京都公文書館に保存されている内訓の原案およびその説明には、「現医長ノ方針ハ患者ノ治療ニ偏重シ精神病者監護法ノ命スル監置ノ実行ヲ粗漫ニ付スルノ嫌アル様被存候」、「監置ハ主トシテ公益ノ為メニシ療養ハ専ラ私益ノ為メニスルモノナルカ故ニ主従ノ別軽重ノ差自ラ存スルアリ乃チ患者ノ療養ハ監置ノ実行ヲ妨ケサル範囲内ニ於テ之ヲ行ハサルヘカラス」などとある。

こういった曲折はあったものの、呉医長の方針は東京府庁のうけいれるところとなったのだろう。一九〇四年（明治三七年）四月一日に東京府巣鴨病院はまた院長制に復帰し、呉が院長となった。外来診療がはじまったのも同日からである。病院の規則などの大改正もすすみ、一九〇六年三月には巣鴨病院規則の集大成がなった。翌年には規則に副院長の規程がくわわり、三宅鑛一が副院長になった。こうして、巣鴨病院改革がいちおうの完成に達した頃に、手狭で増床できないなどの理由で、病院移転のことが論じられだした。一九一〇年一二月一六日に、東京府会における調査委員会は、巣鴨病院新築移転案を可決した。かれが医員になったのはこの頃である。

この頃の完成した巣鴨病院は、敷地約二万三〇〇〇坪、建物は木造三〇棟、煉瓦造り七棟で、計約二四〇〇坪。病棟の裏には畑、豚小屋があり、敷地の西北に老樹鬱蒼とした岩崎邸（昔の柳澤吉保邸、いまの六義園）があった。

ここで一九一一年の患者動態をみると、一月一日の在院は四四一名、入院一四四名、退院は一五八名（死亡三六名）、年末在院は四二七名。年末在院の四二七名中で、在院五年以上が二〇四名、同一〇年以上が八〇名。死亡のおもな原因は衰弱一二、心臓麻痺六、脚気五、麻痺性発作四、肺結核三、腎炎一、尿毒症一、縊死一であった。この頃あった治療は、催眠剤および鎮静剤、作業治療、持続浴（ぬるめの湯に長時間つけておく）といったものであった。梅毒の治療薬として登場したサルヴァルサン（六〇六号）は巣鴨病院では、北里柴三郎の供与をうけて一九一〇年から試用されていた。当時、梅毒性慢性脳炎である麻痺性癡呆（進行麻痺）は入院患者のほぼ四分の一をしめていた。だが、サルヴァルサンは麻痺性癡呆にはきかなかった。要するに、今日からみると、当時の精神科には治療といえるほどのものはあまりなかった。

一九一七年に移転候補地は府下荏原郡松沢村に決定。一九一九年（大正八年）一〇月三日に東京府立松沢病院開院式がおこなわれ、患者は一一月七日に新病院に移転した（松沢病院では一一月七日を創立記念日と称していたが、移転記念日なのである）。当時の府知事井上友一は呉の理解者で、呉は自分の理想にかなりちかい病院をつくれた。巣鴨病院の定員は四四六名であったが、新病院の定員は七〇〇名（自費二〇〇名、公費五〇〇名）。院長だけが東京帝国大学医学部教授の兼任で、医員は東京帝国大学の籍（常勤の）をはなれた（医長などの非常勤講師はのこった）。東京都立松沢病院長が、東京大学教授の兼任でなくなったのは戦後、一九四九年のことである（国家公務員法の規程による）。

呉院長定年のあとは、一九三六年まで三宅鑛一院長、一九四九年まで内村祐之《ゆうし》院長であった。

図9　巣鴨病院の先輩たち(1910年7月)　左手前より、齋藤玉男、木村男也、中村譲、黒澤良臣(ボールに手をおいている)、氏家信、橋健行、池田隆徳、水津信治(手前)

三宅院長の時代に、東京帝国大学教授との兼任でない専任院長をおきたいとの動きが東京府庁にあったが、具体化しないでおわった。内村につぐ林暲《すすむ》は専任院長であった。なお、東京大学医学部精神科の付属病院といった風潮は、すくなくとも一九六〇年代までのこっていた。

当時の医員など　かれが巣鴨病院に医員として在職したのは、一九一一年(明治四四年)七月二八日から一九一七年(大正六年)一月三一日までである。その前後の医員の名をあげておこう(*をつけたものは、東京帝国大学医科大学卒業)(図9)。

＊三宅鑛一　一九〇二・二・二八―一九〇五・三・三一、一九〇七・一二・四副院長
＊中村　譲　一九〇六・一・二一―一九一四・四・二七
＊齋藤玉男　一九〇七・一・二三―一九一四・四・二一
＊黒澤良臣　一九〇八・一・一四―一九一〇・一・一七、一九一七・一一・六―一二・三一、
一九二一・七・二　医長
＊池田隆徳　一九〇八・二・二一―一九一〇・六・二九
＊氏家《うじいえ》　信　一九〇八・二・一―一九一二・九・三〇
＊橋　健行　一九〇九・一・一四―一九一三・一・二八、一九一四・一二・一四―一九一
五・五・一五、一九二二・五・一四医長
杉江　董《ただす》　一九〇九・三・三一―一九一五・七・一四
水津《すいつ》信治《のぶはる》　一九一〇・一・一七―一九一一・一一・一六
＊大成　潔　一九一〇・七・七―一九一一・七・六、一九一四・一一・三〇―一九一七・
九・三〇
＊下田光造《みつぞう》　一九一一・一二・二―一九一九・三・三一、一九一九・四・一―一九二一・
五・二三医長
＊林　道倫《みちのり》　一九一二・九・三〇―一九一四・七・三〇、一九一六・九・一四―一九一八・
七・三一

中村隆治*　一九一三・一・三一—一九一四・四・二一
樫田五郎*　一九一四・四・三〇—一九一六・三・一〇
高瀬　清*　一九一四・四・三〇—一九一六・九・三〇、一九一八・一二・三一—一九一九・三・三一、一九一九・四・一—一九二一・三・七医長
栗原　清　一九一四・四・三〇—一九一四・八・三一
佐藤眞直　一九一四・七・三一—一九一四・一二・一四
長谷川文三　一九一四・八・三一—一九一四・一一・三〇
菊地甚一　一九一五・五・三一—一九一六・八・三〇
後藤城四郎*　一九一五・七・三一—一九一七・六・三
谷口本事*　一九一六・三・一五—一九一八・二・一八
植松七九郎*　一九一六・一〇・五—一九一七・九・一二

病院にはそのほかに、二宮昌平（薬局、一九〇五・二・二〇—一九二一・一二・八）、奥川恭安（事務長、一九〇五・四・七—一九一六・一・二三）、清水耕一（男子部看護長、一九〇六・一・二九—一九一一・一一・九、一九一二・三・二五—一九一八・七・二三）、石橋ハヤ（女子部看護長、一九一七・二・一七—一九四六・三・三一）などがいた。そのほかに教室員として、伊藤晄*（助手、一九一〇）、木村男也《おなり》*（助手、一九一〇—一九一二）、武田全一（介補、一九一四）、稲尾卓藏（介補、一九一六）、鈴木梅吉（介補、一九一七—一九一八）がいた。こ

れらの人も巣鴨病院内につとめていたのだし、診療にもあたっていたのだろう。助手および医員の定員の関係で、木村などは助手になっても医員の辞令はでなかったのだろう。医員になった人は多くは同時に大学の助手であったが、医学専門学校卒とおもわれる人はだいたい大学のほうの身分としては介補であった。

上記のうち半分あまりの人については、それぞれのところで略歴をのべることになろう。

医員齋藤茂吉　「呉先生」には、「明治四十三年十二月のするゑに卒業試験が済むと、直ぐ小石川駕籠町の東京府巣鴨病院に行き、橋健行君に導かれて先生にお目にかかつた。その時三宅先生やその他の先輩にも紹介してもらつた。明治四十四年一月から、いよいよ先生の門に入り専門の学問を修めることになつたのである」とある。副手、医員などの辞令がでるまでは研究生という形であった。その頃巣鴨病院にいたのは、呉院長（教授）、三宅副院長（助教授）、中村、齋藤（玉男）、氏家、橋、杉江、水津、大成の各医員、大学助手の木村で、また、医員をやめて間もない池田、黒澤がよく出入りしていた。

図10　下田光造（1911年）『記念帳』より

下田光造は「巣鴨医局時代」（『アララギ』、追悼号）に、「茂吉君とわたしは同期で、明治四十四年一月しよに巣鴨の医局に入つた。その時、入局したのは四人で、林道倫君と、後藤城四郎君と茂吉君と私とであった」とかいている。医局とは、ある病院なりある科の医師集団であり、またその医師集団があつまる部屋である。その医師集団にくわわることが入局で、入局と医員としての発令はかならずしも一致しない。下田は同期の四人いっしょ、とかいているが、すこしずつずれてはいた。これからみるように、下田は病気で卒業が三か月おくれた。林は、卒業して間もなく呉教授に入局の挨拶をしたあと、一年ちかく病理学教室の助手として研鑽してきた。

ところで、すでにみたように、呉の教授在職はほぼ二四年におよんだ。一時期、日本の精神病学担当教授のほとんどは呉門下であった。呉門下の逸材として名をあげるべきは、教授・院長として呉をついだ三宅鑛一、森田療法の創始者森田正馬、同期であった下田および林、名古屋の教授になった杉田直樹、教授・院長として三宅をついだ内村祐之、そして精神病学者としてではないが、齋藤茂吉である。かれの病気によるとはいえ、かれ、下田、林の三巨人がそろったのは、ふしぎな縁であった。

下田光造（一八八五―一九七八）（図10）は、一八八五年三月一四日鳥取県にうまれた。第四高等学校をへて東京帝国大学医科大学に入学。卒業試験のとき病気で、卒業がわずかおくれた一九一一年三月になった（第二期試験のとき病気または事故で受験できなかったときは、翌年の一月八日から三月三一日までに受験できた）。卒業生名簿で一九一〇年卒業となっているのは、まえにのべた七月卒業式という事情もあって、一九一一年三月は一九一〇年の延長にあたるからである。一九一一年一二月東京府巣鴨病院医員、一九一四年四月東京帝国大学医科大学助手。一九一七年四月東京帝国大学医科大学講師兼東北帝国大学医科大学講師。一九一九年四月東京府巣鴨病院医長。この間おもに脳の組織病理学を研究していた。

一九二一年五月慶應義塾大学医学部教授となり、一九二三年五月—一九二四年八月と、ドイツおよびオーストリー、主として、ベルリン大学のボネファ教授（Karl Bonhoeffer）のもとに留学した。一九二五年一二月に九州帝国大学医学部教授にえらばれた。持続睡眠療法の変法を躁うつ病患者に応用して好成績をあげ、躁うつ病患者の病前性格として執着性性格があることをあきらかにした（この点はのちに世界的評価をえた）。また、当時みとめる人のすくなかった森田療法を実施した。一九四五年九月九州帝国大学を退職。

そのまえ一九四五年四月に米子医学専門学校長となる（↓米子医科大学長↓鳥取大学医学部長）。一九五一年七月に鳥取大学を退職したが、のち一九五三年七月—一九五七年七月と鳥取大学長をつとめた。この間に、一九四九年七月におこった下山事件については、精神医学的にはうつ憂性疾患による自殺とみるのが妥当であろう、との意見を発表した（「下山総裁変死事件と精神医学」、『日本医事新報』第一三二九号、一九四九年）。一九七八年八月二五日死去、九三歳。

林道倫（一八八五—一九七三）は、一八八五年一二月二一日うまれ。第二高等学校をへて、一九一〇年一二月東京帝国大学医科大学を卒業。一九一一年一月病理学教室の助手となって、ほぼ一年山極勝三郎教授のがんの研究を手つだった。同年末に精神病学教室にもどって、一九一二年九月―一九一四年七月、一九一六年九月―一九一八年七月と巣鴨病院医員。この間に、麻痺性痴呆患者の脳神経細胞に鉄反応を発見した。しばらく、みずから研究所を開設し、また開業していたこともある。一九二一年六月―一九二四年六月と、ドイツ国ハンブルク大学のヴァイガント教授（Wilhelm Weygandt）のもとに留学し、直接には神経病理学のヤコプ教授（Alfons Jacob クロイツフェルト・ヤコプ病の発見者）の指導をうけた。

一九二四年六月岡山医科大学教授、一九四六年七月岡山医科大学長。一九四九年六月岡山大学長となり、一九五二年七月辞職。この間に、一九三三年の日本脳炎小流行のさいには、日本脳炎を猿に接種することに成功して、病因解明への道をひらいた。一九三五年には日本神経学会の改革にとりくんでそれを日本精神神経学会と改称し、一九三七年の「神経精神病学用語統一委員会試案」づくりに主導的役割をはたした。Schizophrenie の語に「精神分裂病」の訳があてられたのも、林の主唱による。戦後には、精神分裂病の生物学的研究（主として生化学面）にいちはやくとりくんだ。

岡山大学辞職後の一九五三年八月には、林精神医学研究所を開設して、その付属病院での診療と研究とにとりくんだ。一九七三年三月二八日死去、八七歳。

後藤城四郎（一八八二―一九四四）は、一八八二年一一月一一日に宮城県の医家小野寺家にうまれ、第二高等学校をへて東京帝国大学医科大学に入学。おそらく在学中に縁続きの後藤家の婿養子となった。一九一〇年に医科大学を卒業すると、精神病学教室にはいったが、さきに内科学、病理学を専攻した。一九一五年七月―一九一七年六月と巣鴨病院医員。一九一六月九月、養父省吾の病気引退のために東京脳病院長となった。のち院名を田端脳病院、さらに田端病院とあらためた。一九四四年四月に死去、六一歳。

当時の巣鴨病院では、正式に医員になるまでは病室にはいらなかったのだろう。「回顧」(『人間研究』第一号、中山書店・東京、一九四九年、『全集』第七巻)には、「私は入局しても医員になることが出来なかつたので、研究室に入り、毎日木村男也君のそばにゐて、染色を習ひ、脳の解剖を学び、脳の組織学を習つてゐた〔中略〕また呉先生が来られて手づからニッスル染色法を教へられたこともある」とある。

この木村は、一八八三年二月一〇日うまれ。一九〇九年東京帝国大学医科大学を卒業すると、精神病学教室に一年ほど助手をしていたのち、東北帝国大学の病理学教授候補としてドイツに留学。のちその教授として病理学を担任し、脳の病理解剖に関する研究がおおい。呉の二女カツと結婚した。「教不厳師怠也」がその座右銘。一九四三年からクアラルンプールの熱帯医学研究所所長、ついで国立弘前病院の院長を二年した。そののち東北大学名誉教授でありながら、一九五四年六月二九日になくなるまで、仙台で保健所長の職にあった。

すでにひいたように、かれは一九一一年七月二八日に巣鴨病院医員を嘱託された。医員にたいし府からは、はじめ一回一〇銭の宿直手当がでるだけであったが、一九〇二年から一人四〇円ぐらいの年末慰労金がでるようになった。そして、一九〇四年から月二〇円の報酬がでるようになったようである。かれはさらに、一九一二年一一月一四日に東京帝国大学助手に任ぜられて、附属病院勤務を命じられた。医科大学卒業者である助手の月給は二〇円であった。両方あわせて四〇円は、大学卒業者としてたかい額ではなかった。

附属病院勤務といっても、巣鴨と本郷と両方に勤務することではない。巣鴨病院は附属病院の延長とみなされていたのである。そこで「十八頃《（ママ）》より呉教授の課外講義が始まるにより小生が本郷まで毎日出張せねばならず」（一九一一年六月一三日古泉あてはがき）ということになる。この課外講義とは、かれもきいたとおなじ心理学講義であったろう。

かれはこの年の一月から『アララギ』の編集を担当していたが、「この夏から、巣鴨病院の医員になるから、雑誌の方は止めねばならぬ」（六月一二日古泉あてはがき）とおもっていた。それでも、巣鴨の医局から下田をアララギに入会させ二、三人から寄付をえ、呉院長にも『アララギ』をおくった。

医員になるとかれははじめ、齋藤玉男が長をしていた女子部に属した。呉院長、三宅副院長の回診（呉は座り込み、三宅は駆け足）に随行し、齋藤（玉）に臨床の手ほどきをうけた。当直がたいへんだった。「小生九月三日以后ならでは三日に一度の当直にならず、現今は一日置きゆゑ、いそがしく候」（八月二一日古泉あてはがき）。新人は当直がおおく、とくに夏休みはそうだった。三年後にも、「今は当直の日つゞき—夏休み中は医者は三人づゝ交代で休むゆゑ小生は前半期の勤務で、毎日汗ばかり流し、目が廻るほど忙しいのです」（一九一四年七月二六日長塚節あて書簡)。

当直の様子は「回顧」をみよう、—

医員となれば、当直をせねばならぬ。当直には夜の回診がある。夜のは未だ馴れないうちは気味が悪い。男の方は男の看護長、女の方は女の看護長が随行する。この全体の回診は優に一時間はかゝりかゝりした。重症などがあると、まだまだ時間を費す。そのころの有名な将軍、芦原金次郎といふ者がゐて、長い廊下の突あたりに、月琴などを携へて待つて居る。さうして赤酒の処方を強要したりする。これは前例で既に黙許のすがたであつたから、又気味悪くもあるから、私は彼のために赤酒の処方を書くといふ具合であつた。

それから医局に帰つて来て、今夜必要な、患者のための催眠薬を与へる処方を書く、看護長が待つてゐてそれを済ますと、長々と巣鴨病院の歴史などを話す。又巣鴨病院の慣習しきたりのことなどを話す。呉先生が未だこゝの医員であつた時代のことなどを話す。なるほどさういふものであつたかと感心するやうなこともあつて、あとは当直室に入つて寝ころぶといふ具合であつた。

しかし、かれは医学に集中しきれない。下田が「巣鴨医局時代」(『アララギ』、追悼号)にかいているところでは、

茂吉君は医局で椅子に腰をおろし、眼をつむり、額にしわをよせて、沈思黙考してゐることが多かつたが、これは歌を考へてゐる時で、そのうちに次第に興が乗るらしく、空間

に文字を書きはじめる。わたし等は、彼が今のやうに偉い歌人になるとは思はぬので、「茂吉の緊張病が始まつた」などといつたものである。電車の中でも、歌を考へてゐるのか、乗越しなどは何時ものことで、遅刻の常習犯であつた。而も正直に汗だくだくで駆けつけたものである。

＊

茂吉君の頭の中は、当時常に歌のことばかりであつたらしく、専門の医学の方の勉強は一向しない。医局に入つて三、四年もすれば論文の二つ三つは出来るものであるが、茂吉君は何ひとつ書いてゐない有様であつた。養父齋藤紀一氏から依頼を受けてゐられた呉先生も、これには困つてをられたやうで、時々茂吉君を呼んで小言をいはれる。すると、茂吉君は非常につつしんでお小言を頂戴するが、いつもその時だけであつた。茂吉君にして見れば、どうせ洋行するのだから、論文はその時に書けばよいといふ腹だつたらしい。養家の青山脳病院の診療も決して手伝はず、日曜だけ私が行つて診療してゐた。親友の平福百穂画伯が病気の時も、自分は注射もせず僕にさせた。お蔭で僕は七面鳥を一幅貰つた。今も所蔵してゐる。

みずから「呉秀三先生を偲ぶ夕」（『日本医事新報』第八六九号、一九三九年、『全集』第二六巻）でかたっているところでは、「私はその頃もやつぱり歌の方の道楽をしてをりました。巣鴨に勤務してをる間にも外来診療所とか病棟の診療所などに行つて歌の原稿を書いたりして居ることもありました〔中略〕女の病棟の診療所に行つて万葉集古義をいぢつて居りますと、其処へひよつこり先生が入つておいでになりました。私は勤務以外の余計な事を先生に見つけられたわけであります。私は非常に恐縮致しまして、その時は全く穴にでも入りたいやうな気持が致しました。すると先生はちよつとその万葉集古義をおめくりになりましてそのままお帰りになりました。私はその後も何か御小言でもありはしないかとびくびくしておりましたが、さういふことも無しに過ぎました。」

呉教授が内科の三浦教授とともに設立した日本神経学会は、月刊の機関誌『神経学雑誌』をもっていた。名は神経学でも、精神病学と神経学（いまいわれる神経内科学）とがその内容で、外国の雑誌をよんで『神経学雑誌』にのせる文献抄録をつくることは、教室員の義務といってよかった。かれのかいた文献抄録は、『全集』の第二四巻に四八篇、第二六巻に一二編おさめられている（第二六巻収録分の多くは、第二四巻にもれているものがあるとの、わたしの指摘によったものである）。この計六〇篇は、ほかの熱心な人にくらべると、はるかにすくない。かれが文献抄録をかなり恒常的にだしていたのは、一九一三年一月発行の第一二巻第一号までで、このあと一九一三年四月発行第一二巻第四号、一九一五年一月発行の第一四巻第一号とのせておわる（第一四巻第七号からは外国文献の抄録はほとんどのらなくなった）。第一二巻第一号に七篇だしているのが最高だが、このときは全五六篇で、黒澤良臣一四篇、橋一四篇、齋藤（玉）一一篇、氏家九篇にくらべると、やはりすくない。これらからは、かれが外国文献をよくよんでいたのは一九一二年までだった、といえそうである。夢についての論文抄録が一つややながいことをのぞいては、とりあげられている主題の特徴はない。おそらく、新人のばあい、先輩がえらんだ論文をよまされていたろう。

当時精神病学における研究の主流は、脳の病理解剖学・組織学であった。つまり、精神病の物質的基体を脳にみつけだそうとするものであった。呉も、当人にならってきたニスル染色法で早発癡呆の病因をさぐろうと、ずいぶん努力したようだが、成果をあげられずにおわっていた。かれも、黒澤、齋藤（玉）、木村の指導で、その方向にふみだしていた。そこにまいこんできたのが、患者のワセルマン反応の係りをしろ、という要請であった。梅毒診断の決め手となるワセルマン反応が発見されたのは一九〇六年で、最新の検査技術であった。

この係りであった水津信治（一八八二―一九六四）が京城に赴任することになったのである。水津は一八八二年一月二日うまれ。山口高等学校をへて、一九〇八年一一月京都帝国大学医科大学を卒業。はじめ母校で外科をおさめたが、妻の父山根正次（呉と親交があった）の勧めで精神病学をこころざした。母校の精神病学教室はまだととのっていなかったので、一九〇九年なかばに呉門下となり、精神病学教室助手および巣鴨病院医員をつとめた。巣鴨病院医員在職は、一九一〇年一月―一九一一年一一月。この間に、精神病学教室による私宅監置調査に参加（一九一一年静岡県で一六室）、また日本医学校で精神病学の講師をした。一九一一年一一月朝鮮総督府済生院医療部（精神科）医官となり、一九一三年四月から総督府医院の学校（↓京城医学専門学校）で精神病学を講じ、一九一六年四月同校教授、一九一八—一九二〇年とヨーロッパ、合州国に留学。一九二五年一〇月より大阪で脳神経科を開業し、一九二九年六月から三年余り大阪高等医学専門学校教授をつとめた。一九三六年一〇月山口県に防府脳病院を設立した。一九六四年一二月二五日死去、八二歳。

かれは検査法の手ほどきを水津からうけて、手ほどき完了で水津は赴任した。ところが、抗原としてつかっていたレチチンの、伝染病学研究所からあたらしくかいいれたものでは、健康者の血清でもワセルマン反応が陽性にでてしまう。いろいろやってみたが、だめ。このあたりのことをかれは「回顧」にくわしくかいている。結局、駒込病院の二木博士のところに四日かよって、失敗しないところまでいった。駒込病院では抗原としてレチチンでなくて、モルモットの心臓をアルコールで浸出した液をもちいていた。このランドスタイネル法は病院でその後ももちいられている。このときはまた二木博士の「純粋なエキサクトな科学研究」のありさまにも感動した。ワセルマン反応係りは、中村隆治が入局すると中村にひきついた。中村の医員就任は一九一三年一月なので、かれは一年とすこしこの係りをしていたことになる。

二木《ふたき》謙三（一八七三—一九六六）は一九〇一年医科大学卒。駒込病院長、東京帝国大学伝染病研究所教授などを歴任。一九〇四年には赤痢菌の駒込A菌、B菌を発見（志賀菌よりこれらが圧倒的におおい）。一九五五年文化勲章受章。また、腹式呼吸、玄米食、一食主義よりなる二木式健康法を提唱した。

かれは自分の経験を一九一三年（大正二年）四月五日、第一二回日本神経学会総会で「東京精神病学教室にてなせるワッセルマン反応の第二報告」の題で二〇分の報告をした（抄録が『神経学雑誌』第一二巻第六号、一九一三年、『全集』第二四巻）。これは水津の第一報告につぐもので、ランドスタイネル法をもちい、髄液の量を一・〇までたかめた点がちがっているとして、麻痺性癡呆をふくむ各種疾患での検査結果をのべている。

ところで、水津報告は一九一〇年四月五日に第九回日本神経学会総会でなされ、すぐに「精神病学ニ応用セルワッセルマン氏反応ノ診断的価値」の題で、『神経学雑誌』第九巻第五号、第六号（一九一〇年八月、九月）に発表された。一九〇九年七月に水津も二木博士の指導をうけたのであり、抗原にはなんと、モルモットの心臓アルコールエキスをつかっている。髄液検査のさいの髄液量の記載はない。この報告のあと水津は抗原にレチチンを使用することになったということだろうが、かれは水津論文をよんでいなかったのだろうか？

一九一三年三月一七日久保田俊彦あてはがきに「小生儀この頃医者の方の仕事に手をつけ居り毎日勉強いたし居り」とあるのは、前記報告の準備だろう。「文学などに関係して居れば先輩や同役にどうせよくはおもはれず、今年は小生も一つ医学の方の仕事をミツシリとやつて見たく相成申候」というが、あまりやらなかったようである。同七月一八日古泉あて書簡に、鑑定の原稿を清書して三宅博士のところへもっていく、とあるのは、三宅の鑑定を助手として手つだったのだろう。一九一四年七月二六日長塚節あて書簡に、「とにかく明春は巡礼のやうな心持で西方へ旅立たうとおもひます」とあるように留学をかんがえていたが、第一次世界大戦勃発でそれも不可能になった。「精神病学の翻訳をすませて」とあるのは、一九一五年一月発行の『神経学雑誌』第一四巻第一号にのせた抄録六篇および、リープマン原著によりつくった「カール・ウェルニッケ（Carl Wernicke）先生の伝」のことだろうか。

一九一四年一〇月一二日に精神病科談話会例会で「精神病者の血圧に就て」の報告をしているが、これは自験のものでなくて、文献紹介である。精神病科談話会は、当時としては拡大医局集談会といえばよいだろうか、のちには東京精神病学会に発展する。

「回顧」にはこうある、―

私は足掛七年巣鴨にゐて、勤続満五年の賞（風呂敷）をもそのあひだに貰つた。患者の血圧をも沢山しらべたし、プレクシス〔ママ〕、ヒヨリオイデゥスも切つてみたし、麻痺性癡呆の脳血管も切つて見たが、何も纏めるやうなことがなくて、巣鴨を去つた。さうして、眞に『医学の哲学』には入ることが出来ず、七年のあひだただ治療医学のために長い途を歩いたやうなものであつた。

巣鴨病院の隣は、いはゆる岩崎の森で、岩崎氏邸は木立が鬱蒼と繁つてゐた。朝は雉子が鳴く、私は学問上の希望を失つても、その雉子の切実な声を愛した。

それから、病院の裏手には一群の豚を飼つてあつた。私は昼飯の後などには、よく独りで行つて、豚の交尾するのを見てゐた。学問上の大望は消失しても、や、現実のおもしろみを解し得たごとくであつた。

『あらたま』の一九一五年の「雉子」には、「こらへゐし我《われ》のまなこに涙《なみだ》たまる一《ひと》つの息《いき》の朝《あさ》雉《きじ》のこゑ」とあり、いかにも切ない。だが、学問上の希望をうしなって雉子の声に涙をうかべるほど真剣に、当時のかれが精神病学にとりくんでいたか、この点は疑問である。あれだけ歌に心うばわれていた人が、失望するほどに精神病学に力をいれたろうか。涙の源はむしろ身辺にあったのでないか。

かれの煙草好きはすでにふれた。巣鴨病院の公費（施療、委託）患者には小遣い銭のほとんどない人がおおかったのだろう、煙草が病院から支給されていた。病院年報には、莨は「多数患者ノ切望シテ已マザルモノナレバ時ニ之ヲ与フルコトアリテ」、また、「煙草ハ治療ノ一助トシテ之ヲ患者ニ与フルモノニシテ薬剤科ニ於テ之ヲ保管シ医員ノ処方ニヨリテ之ヲ施療及ヒ市町村委託患者ニ与フ　煙草ノ授与ハ特に作業ヲ奨励スルノ目的ニ応用スルコトヲ得」などとかかれている。その費用は薬餌費のなかに「薬莨」として施療委託患者一人一日平均〇・五匁相当ではいっていた。一九〇七年度決算でみると、薬餌費九、一三一円八銭七厘中に、煙草八四、五八〇匁五三二円二〇銭がはいっていた。

ところが、一九〇八年年報には「本年度ニ於テ治療中注意スベキハ四十一年四月一日ヨリ従来慣習上一般患者ニ給与シ来レル煙草ヲ全廃セルニアリ」とある。呉院長は煙草をすわなかったので、予算が逼迫していたなかで公費患者への煙草支給をやめたのだろうか。

かれは、一九三七年の「三筋町界隈」（『全集』第六巻）にこうかいている、——

〔前略〕その明治三十七年から大正九年に至るまでずつと喫煙して随分の分量喫つた。巣鴨病院に勤務してゐた時、呉院長は、患者に煙草を喫ませないのだから職員も喫つてはならぬと命令したもので、私などは隠れて便所の中で喫んだ〔中略〕

嘗て巣鴨病院の患者の具合を見てゐると、紙を巻いて煙草のやうなつもりになって喫んでゐるのもあり、煙管を持つてゐるものは、車前草などを乾してそれにつめて喫むものも居る。その態は何か哀れで為方がなかつたものである。また徳川時代に一時禁煙令の出たことがあつた。或日商人某が柳原の通をゆくと一人の乞丐が薦の中に隠れて煙草を喫んでゐるのを瞥見して、この禁煙令はいまに破れると見越をつけて煙草を買占めたといふ実話がある。昼食のとき私はこの実例を持出して笑談まじりに呉院長を説得したことがあつた。

こうしてみると、すくなくとも三年間この禁煙令がしかれていたのだろう。また、「呉秀三先生を憶ふ」には、「私などは後架に入り喫煙して先生から見つかつたことなどもある」とある。その後の病院決算に煙草の項目はでていないが、随筆「禁烟」（一九四九年、『全集』第七巻）には、「呉院長に話して、患者の禁煙を解いてもらつたことがある」とあるので、かれの説得により禁煙令はおわったのだろう。

一九一五年六月九日には、医科大学附属病院看護法講習会授業担当を命じられた。この担当がいつまでだったかは不明である。また『東京医科大学五十年史』（一九七一年）によると、その前身である東京医学講習所で、一九一六年九月から翌年にわたり講義を担当した。

ながくいると、勤務もかなり気楽になってくる。「回顧」にはこうある、―

〔前略〕私等の当直も追々気楽になり、鰌鍋をしたり、白山まで散歩したりして、院長からの突如たる電話に面くらつたことなどもある。七月の十六日といへば、地獄の釜のふたもあくといふ日である。その日に、院長がのこのこやつて来た。地獄の釜のふたのあくといふ日である。無論夏休みになつて、休暇取らぬ医員のみの来る日にである。盆の十六日の真昼まにである。

おなじことをくりかえすのは、感情が激したときのかれの語法だが、白山、院長電話などについてはのちにのべる。

一九一七年（大正六年）一月一二日には、東京帝国大学医科大学助手を依願退職し、同一月三一日には東京府巣鴨病院医員の嘱託をとかれた。やめる時点でかれは、院長、副院長をのぞくと、巣鴨病院の医者では最古参になっていた（かれより一年はやく医員になった大成は、一九一一年にやめて、一九一四年にもどってきてはいたが）。最古参ということで、どのぐらいの期間か医局長にはなった。だが、これは正規の役職ではない。また、男子部あるいは女子部の長にもなっていないようである。

一九一二年から一九一七年まで精神病学教室助手であったかれが、一九一〇年から一九一六年までの精神病者私宅監置調査に参加していないこと、また、『神経学雑誌』のほとんど毎号にのっていた呉教授臨床講義の筆記でかれによるものが一回もないことは、指摘しておく必要がある。この二点は、かれが頼み甲斐のある医員・助手とはみられていなかったことをしめすのだろう。

かれの身辺

まず『アララギ』関係から。さきにもかいたように、一九一一年一月からかれは『アララギ』の編集を担当していた、そして会計も。雑誌の定期刊行には随分と努力したようである。そして熱心に作歌し評論活動もはじめた。師伊藤左千夫との対立は一九一〇年からはじまっていて、だんだんに深化していった。それはすでに大をなしたものと、これからどんどんのびていくものとの、どこにもみられる対立であった。一九一二年九月の『アララギ』第五巻第九号をもって廃刊を予定したが、それは島木赤彦の反対でおもいとどまった。かれの留学をかんがえて、『アララギ』は一九一三年七月の第六巻第六号から会員組織をとり、古泉幾太郎を編集発行人とした。同七月三〇日伊藤左千夫脳出血で死去、四八歳。

一九一三年（大正二年）一〇月一五日、第一歌集『赤光』をアララギ叢書第二編として刊行。一九一四年六月から『アララギ』の編集発行人となる。四月に上京した島木が編集を手つだった。一九一五年二月、久保田（島木）が『アララギ』の編集発行人になった。同二月八日には長塚節が死去した。

齋藤玉男（一八八一—一九七二）は、一九〇六年医科大学卒。一九〇七年から一九一四年と巣鴨病院医員（新入局のかれを指導した人である）。一九一四年から一九一六年と合州国に留学。一九一六年から一九四四年まで日本医学専門学校（↓日本医科大学）教授。一九二三年には東京市品川区にゼームス坂病院を開設した（高村千恵子が療養したところ）。一九三一年から一九三八年まで東京府立松沢病院副院長をつとめた。この齋藤（玉）は「巣鴨医局時代の茂吉」（『アララギ』追悼号）で、医局でみえた歌人茂吉をかなりくわしくかいている。

まずかれの風貌は、「色白でヒヨロ高い東北弁丸出しの青年」、「医局時代から手先の不器用では聞えた」とかき、かれの感嘆癖、天来風発の憤激癖を指摘している。「正にレジスタンスを予定しない憤激である。だから気まり悪るさうに憤激を撤回する場合もある。それが彼を「愛すべき茂吉」として印象付けもした」とかく。

「アララギは市に売れたり」と彼が医局にとび込んだ、東京堂に二十部委託陳列したアララギが四部売れたのだと言ふ〔中略〕

赤彦時代のアララギ編輯所は小石川富坂にあつて、彼は連夜のやうにそこへ通つた。編輯方針では性格上彼の側で隠忍した場合が多かつたらしい〔中略〕彼の当直の晩に医局を訪れた顔触れには牧水、白秋、篤二郎、稀には夕暮などがあつた。歌人以外では阿部次郎、赤木桁平などを覚えて居る。杢太郎を彼から新橋の街頭で紹介されたのも其頃である。

〔後略〕

下田も齋藤（玉）も、かれの歌で一番におしているのは、「赤茄子」の歌である。たとえば齋藤（玉）（『八十八年をかえりみて─斎藤玉男先生回顧談─』、大和病院、大和市、一九七三年）で、「医局時代はもうそろそろアララギでは一家をなしてましたね。この人のは、出発の頃のが一番あの人らしいですね。たとえば、「赤茄子《あかなす》の腐《くさ》れてゐたるところより幾程《いくほど》もなき歩《あゆ》みなりけり」なんてああいう歌は老年になつては出来ませんね〔中略〕茂吉を本当に表わすつてのは若い頃ですね」とかたっている。

個人生活も多事であった。一九一三年四月に「おひろ」との別離があったらしく、また同五月二三日には母いくが死去した。両事件とも『赤光』の基調音をなしている。一九一四年四月には紀一の第二女てる子と結婚した。その日もはっきりしない。内輪だけの披露がおこなわれた。かれはてる子を幼妻としてみまもってきたが、てる子には別におもう人がいて、二人の仲はうまくいかない。「この世で一人のたふとい女人が小生とつれそふたならば、小生は何も彼も黙ります」（七月二六日長塚節あて書簡）とは、新婚四月目の男の言だろうか。それでも一九一六年三月二一日に第一男茂太《しげた》がうまれた。その届けにいった三月二七日に茂吉、てる子の婚姻届けもだされた。

紀一は一九一五年一月にかるい脳溢血にかかり、第一二回衆議院議員選挙への立候補を断念した。一九一七年四月には、紀一の選挙運動中、すでに巣鴨をやめていたかれは青山脳病院で診療にあたった。このとき紀一は当選、一回だけの。

かれの性生活はどうだったか？　医者ということをかんがえても、かれほど自分の性生活についての記録をのこしている人はおおくない、それもかなり即物的な。かれの初性交は、一九一〇年一二月のことらしい、二八歳だからおくてではあった。一九三八年にかいた「友を語る」(『全集』第六巻)のつぎの文章がそれらしいとされている、—

　私は一年遅れて卒業試験を受けた時は、神保はすでに病理学教室の助手をしてゐた。私が最後に長與教授の病理解剖学の試験を済ませ、成蹊館といふ下宿に寝ころんでゐると、神保がやつて来ていふに、『齋藤、なんだそんな不景気な顔しをつて、アルコホルを飲んで反吐《へど》でも突け、けふはお前に伝授することがあるぞ』。私は素直に彼から伝授を受けたが、もはや三十年近い過去になつてしまつた。

一九一三年五月、母の看病に帰省して、「表面の字を見てくれたまへ。これでもMacherinの字だよ。内証で僕の弟と来たのだ。母上の病気看護とMachenとHarmonieはどうだ」(五月二一日中村憲一あてはがき)。Machenは、つくる、する、の意のドイツ語だが、性交の隠語としてつかわれているのだろう。Macherinは娼妓の意か。「死にたまふ母」の絶唱のなかで娼妓買いをしているかれの「二面性」には注目しておかなくてはなるまい。一九一六年二月一七日、その息子敏雄につき相談をうけての兄守谷廣吉あて書簡には、こうある。

○性欲発動すれば、絶待《ママ》の交合禁断は無理かも知れず、しかし男児、まだ成年に至らずして女性と交合せざるもの世に甚だ多し。辛抱出来れば、辛抱せしむる方よし。もし辛抱せしめて、却つて害あり、村の某女と密通し、下女と交合するやうなる事ありて、却つて害あらば、遊女の許に至るも妨げず。ただし花柳病予防の方法を講ぜざるべからず。かかる事も大切なり。サック使用法。交合後の洗滌等。

雑誌『電気と文芸』一九二〇年九月号にのった、つぎの応答の文章（『全集』第二六巻）もあげておかなくてなるまい。

現代妖女の芸術的品隲

私は女性を余り知りません。歌を作ったり詩を書いたり小説をこしらへたりしてゐる現代の女性をいろいろ物色してみましたが「妖女」と名づけるのに充分な資格を有つてゐるものは無いと思ひます。日向きむ子さんには幾分その資格があるらしいが、彼女の房中に於ける所做が私には分りませんから断言は出来ません。想らく彼女も房中では平凡な女性でせう。私は女郎と私娼とを知つてゐますが私は性欲を満足させればそれで済むので、女性の趣味とか性格とかに興味を有つたことはありません。

いつからこういう姿勢になったのだろうか？

『卯の花そうし』の世界

巣鴨病院の医局落書き帳『卯の花そうし』の内容は藤岡武雄氏によりくりかえし紹介されてきた。わたしが松沢病院医員であった頃には、正規の業務記録としての当直日記（印刷された用紙に記入し、のち院長、事務長などの印もおこされる）と、かってなことをかく落書き帳とがあった。落書き帳に記入するのは当直のときがおおかったが、興いたって適時にかきこむ人もいた。医局にあったふるい引き出しの二箱に、巣鴨からのふるい医局日誌、落書き帳がつまっていて、かけたものもあったが、三〇冊ほどあったろう。それらをめくり、ふるい先輩の名をみいだすことは、当直で回診などおわってからの楽しみであった。わたくしは、そのほとんどに目をとおし、ノートをとり、『卯の花そうし』の全体は写真にとっておいた。仲間とともに『松沢病院九〇年略史稿』（精神医療史研究会・東京、一九七二年）をあんだときは、『大東亜雑誌』と題された七冊から抄録して、戦時中の窮乏生活をえがきだした。

それらの内容はさまざまで、重症者の容態をかなりくわしくしるし、それにすこしの私的感想をつけくわえている、業務日誌の性質をつよくもったものから、『卯の花そうし』のように、業務にはまったくふれていないものまであった。『全集』第二五巻には、大黒富治氏（この方は巣鴨病院、松沢病院の直接関係者ではない）所蔵として、一九一三年『巣鴨病院医局日記』から四日分があげられている。「三日廿六日　林代齋茂／死亡、□□□□□（午後七時四十分）（蘇生した夢を見て、さて困つた事をしたといひ、電報の打直をやる）下田君（イヅモ型）九時迄勉学　鯵坂君新橋出立す　□□□□体温上る、（精しく診る事）その他無事」とあるように、この巻は業務を主に記入しているようである（この現物はわたしはみていない）。

藤岡氏が紹介しているのは、一九一五年の『卯の花そうし』、一九一八年の『和光同塵』、一九一九年の『吉羊漫録』（題をかれがつけた）の三冊である。三冊ともわたしはみたことがあるが、当時の林暲院長からかりだして藤岡氏がもどされたという三冊のうち、『和光同塵』と『吉羊漫録』とはくわしくしらべる機会をえなかった。『卯の花そうし』の内容をみるには、当時の巣鴨病院医局の内情をみておかなくてはならない。

呉院長は、看護人にたいしてはきびしかった。患者虐待のことがあれば看護人はくびになった。医員にもはじめはかなりうるさかったが、だんだんに注意することがへってきた。その原因の最大のものは、精神科に医者をえがたかったことだろう。開業していて夏目金之助家の家庭医であった尼子四郎は、呉と同郷の人であるが、呉にひっぱられて巣鴨の医員だったことがある。穴をうめられなくて医員の数がへっていたこともある。あまりうるさくいっては医員がやめてしまう惧れがあったようである。

当直の医者が外に遊びにでることは、昔はかなりおおかったようである。戦後に九州の大学教授になった先輩から、当直医がちゃんと所定の場所にいるよう注意しなくてならなかった、ときかされた（もっとも、現在でも医療過誤訴訟の記録をみると、当直医が外にでていたため処置がおくれ大事にいたることは、まれでもないようである）。

氏家信「呉秀三伝余談」（『脳』第一四巻第四、六～九号、『精神と科学』〔『脳』改題〕第一四巻第一一号、一九四〇年）によると、氏家が経験した呉院長のお小言は一回だけ。花合わせがさかんで、夜当直室にあつまってやる、外からくわわる人もいる、病室からの迎えにも「いまいくよ」と勝負に夢中になっている、午前中にやっていることもある。これを院長に密告する人がいて、ある昼休み助手をあつめて院長が一時間「訥々と訓誨された。先生は助手の方を向かず、何れかと云ふと俯向き加減になつて話された」。また、当直の助手が病院をぬけだすという話しが院長の耳にはいった。

その当直抜出しの話を聞かれた先生は夜八時か九時頃に巣鴨病院に電話をかけられた。事務員が出ると「今夜の当直は誰ですか。電話に呼んで下さい」と来る。事務の方でも心得たもので、「○○先生ですか、只今病室の方においでになつて、手が離せませんので、此方らから後程お掛けいたします」と一度電話を切り、当直にあたつてゐる○○先生へ至急電話をかける。○○先生はのう〳〵と家にゐて、呉先生に電話をかける。「唯今はお電話でしたさうですが、病室に居りましたので失礼いたしました。何か御用でしやうか」とやる。ところが呉先生の御用は容易ならんものである。「ア、一寸調べ物をたのみ度いのですが、本箱の何処其処にツエントラールブラットの何巻がありますが、その中の何のところを一寸読んで見て下さい」と来る。当直は周章狼狽、家にそんな本があらばこそである。「ハイ、唯今調べて御返事いたします」と電話を切るや否や、スタコラサと巣鴨病院まで駆け込むのである。それから本を探して、更めて呉先生に電話をかける。其間冷汗三斗と云ふところである。

いるのが自宅ならまだよい。斎藤（玉）が『八十八年をかえりみて』でかたっているところでは、「巣鴨時代の人は遊治郎でしたね。あれは一つには板橋が近いんでね。だから薬局もそれから事務も当直は板橋でやるんだ〔中略〕丁度巣鴨病院の前を板橋から本郷三丁目まで乗合馬車で通つていて、ラッパを吹いてね……。それに乗つて行けばいやでも板橋へ……」。おな

図11　『卯の花そうし』の表紙

じようなことは他の人によってもかたられている。呉院長がよんでくれというのは、クレペリンの本であったり。院長回診のとき、受け持ち患者の名をきかれてこたえられぬ医者がいて、看護長が温度表をわたしてやった、という話しもきいている。

こういう、たるみきった医者をしかりつけられぬ院長とは、どういう人だったのだろうか。呉は几帳面で、しかもはげしい怒りをあらわす人だった。やはり、やっとあつまった医員だから、そうもしかれなかったのだろう。また腎臓病で気力がすこしおとろえていたこともあった。間接的な注意法しかとれなかったのである。

かれが「回顧」にかく「盆の十六日の眞昼ま」も、これで理解できよう。齋藤（玉）は「巣鴨医局時代の茂吉」に、「つまり医薬局総員が板橋へ遠征すると言つた梁山泊時代からはアプレに属する訳で」とかいている。かれの『卯の花そうし』期よりも、もっとはげしい時期があったというのである。またかれの時期の遊び場所は板橋でなくて、一九一二年六月に創立された白山花街であった。小石川指ケ谷町にあったそれは、近くの白山神社によって「白山」の名をつけられており、かれが巣鴨病院に勤務していたのは、白山花街の隆盛期であった。

さて、『卯の花そうし　巻之一　医局』と表題され、巻頭に「謹迎新年　乙卯元旦」とあるこれ（図11）は、東京府巣鴨病院とはいった罫紙一六〇枚ほどをとじた二三・八×一六・五㌢の冊子である（乙卯は一九一五年）。内容は七月にいたる絵日記で、絵のほうがおおい（これだけ絵のおおい落書き帳はほかにない）。墨書きだが、ところによりインク書き（墨書きの人物に、あとから赤インクで外性器のかきくわえられたものも）。

おもな登場人物は、呉院長、三宅副院長、杉江医局長、かれ、下田、橋、樫田、大成、高瀬、菊地の各医員。元医員の黒澤、池田、副手であったか木村。小使いの椎葉、小池。ちょっとだけ顔をだす元医員として、石川貞吉、小峯（旧姓大島）茂之、長谷川文三。

このおもな人の略歴をみておこう。副院長三宅鑛一（一八七六―一九五四）（図12）は、西洋医学所頭取もした祖父艮斎《ごんさい》、医科大学長もした父秀《ひいず》とつづく名家の出（息仁も東京大学医学部教授だった）。一九〇一年医科大学卒。巣鴨病院医員ののち、オーストリーのオーベルシタイネル、ドイツのクレペリンなどのもとにまなんで一九〇七年帰国。一九〇九年巣鴨病院副院長、医科大学助教授。一九二五年呉のあとをうけて、東京帝国大学教授、東京府立松沢病院長、一九三六年教授、院長を定年でやめた。実業家堀越氏が三宅を敬慕しての寄付二〇万円により、一九三六年東京帝国大学医学部脳研究室を開設し、一九四一年までその

図12　三宅鑛一(1911年)『記念帳』より

図13　大成潔（1911年）『記念帳』より

所長だった。精神科における心理検査を整備した功績は大。

杉江董は広島県の出身で、呉がしかりやすかった人。法精神医学をきわめ、こののち警視庁技師となったが、一九二三年死去。樫田五郎（一八八三—一九三八）は、丹波康頼の後裔、錦小路家の流れ。一九一三年医科大学卒業。巣鴨病院をやめたのちに、呉とともに「精神病者私宅監置ノ実況及ビ其統計的観察」をまとめた。一九二〇年には内務技師となって、精神病および救療をあつかった。一九二二—二四年とヨーロッパに出張し、この間ハンブルクのヴァイガントのもとに留学した。一九三三—三七年と上海総領事館内務防疫官だった。

大成潔（一八八五—一九三九）（図13）は、広島県の医家の出。学生時代、呉家の書生をしていたことがある。一九〇九年医科大学卒とともに精神病学教室にはいった。一九一七年から、奉天の南満医学堂（満州医科大学）教授。一九二三—一九二五年とミュンヘンおよびハンブルクに留学したが、この間に初老期痴呆の一つであるピク病の脳病変を確定した。

高瀬清（一八八七—一九七六）は熊本県の生まれ。一九一三年医科大学卒。松沢病院医長などをへて、かれのあとをうけて長崎医学専門学校教授になった。かれをおうように留学し、ヴィーンでであっている。一九四九年まで長崎医科大学教授、つづいて一九五二年まで長崎大学の学長だった。そののちは鷹の台病院長、一九五八―六四年と東京天使病院長などをした。一九七六年一二月二三日死去。

菊地甚一（一八八八―一九五一）は、一八八八年七月七日山形県の生まれ。一九一四年医師免許取得。『卯の花そうし』期の途中、一九一五年五月に巣鴨病院医員となり、翌年八月にいたる。そののちは東京の大塚に開業していて、また刑事精神鑑定をよくし、それについての著書も何冊かある。精神鑑定を依頼された精神薄弱の人の冤罪を証明したこともある。また、精神衛生雑誌『脳』の編集にあたり、断種法（→国民優生法として成立）反対の論陣をはった。異色精神病医の一人にかぞえるべき人である。一九五一年三月二六日の死去は、かれの日記にしるされているが、そこでは姓が「菊池」となっている。

黒澤良臣《よしおみ》（一八八二―一九六六）は一九〇七年医科大学卒。精神病学教室助手であるあいだに、軸索および神経原線維をそめだすビールショフスキ染色の黒澤変法を案出した。『卯の花そうし』の頃は、東京脳病院副院長であった。一九二六年―一九四三年と熊本医科大学教授、一九三七年からは学長もした。一九五〇年―一九六一年と国立国府台病院長、一九五二年からは新設の国立精神衛生研究所長も兼任していた。池田隆徳《たかのり》（一八八二―一九六六）は、黒澤とおなじく一九〇七年医科大学卒。巣鴨病院医員ののち、一九一〇年六月から保養院長となったが、一九四五年保養院は戦災で焼失した。精神病者慈善救治会ではながく呉を補佐していた。

また一九四五年まで東京女子医学専門学校で精神病学を教授していた。

東京の精神病院の多くは、巣鴨病院の近くにあった。東京にきて巣鴨に受診して、入院できなかった患者が、周辺の病院にながれていったのである。東京脳病院も保養院も巣鴨病院にちかく、黒澤、池田はともによく出入りしていた。

小峯茂之は、大島姓の頃一九〇七年から一九〇八年にかけて短期間、巣鴨病院医員だった。この頃は王子脳病院長。また橋は、『卯の花そうし』期間の途中、一九一五年五月に戸山脳病院長になった。長谷川文三が当時どうしていたかは不明。木村はこの頃副手として教室にもどったようである。

この『卯の花そうし』にかれ自身がかいているのは、五、六か所である（図14、15）。かれのことがかかれているところはひじょうにおおい。話題の人だったといえよう。

図14　『卯の花そうし』より（かれがかいたもの、15も同）

巻頭の「年頭の感」は、「今年は卯歳で産み年なりと伝ふ」とはじめて、去年さかんだったのでお互い胸に釘とこたえるだろう、卯歳にしこめば産み年なみにあつかわれるということだから今年はおおいにやろう、といった内容。そのなかの、「黒澤大なると斎藤小なるとを論ぜず産みさへすればよいのぢや相な、トリンケン〔のむ〕のジンゲン〔うたう〕

図15 『卯の花そうし』より

のタンツェン〔おどる〕のとそんな事は昔の話、清遊会も其の趣旨を変て精遊会となる勢、ストーヴにへばりついて徒に空論を闘す暇にアンイマール〔アインマール、一回〕でもより多く大にザーメンを游がせべーではないか、なんてたきつけずとも其処は妍明なる諸先生方、どうやら御嫌な顔付の人も見えず」といった文章で、全体の調子はわかろう。黒澤のペニスの大きさはときどきとりあげられている。

黒沢学士寄贈やとなの名刺「月の家　君江電話五九五九番」がはられたわきに「イク〳〵フウ〳〵ハア〳〵」とかきこんである。芸者の写真も何枚かはってある。あそぶ処は白山の万金楼と根津〔「ウルツェル」〕がおおかった。当時熱心に顕微鏡をのぞきこむ人もいたが、落書き帳にかかれるのは、自堕落な様《さま》で、たとえば、「模範的勤務振り」と題する連続ものは、「午後一時登院」で「休暇ハ午后が忙シイテ」と門をはいるところ、「一時―二時　網張り」は肘掛け椅子〔院長がいるときは院長用のものか〕に腰かけ火鉢の角に足をのせて煙草をふかしている、ペニスがたちかけている、「二時―四時」とグーグーとねてペニスはたちきっている（当時医師の勤務は午後四時まで）、「四時—五時」は入浴、ひげ剃り、「ヒゲデ一生苦労シトルヨ」、「五時—七時」は「今晩ノ胸算用」とあって、ペニスたったまま火鉢をまえに煙草をふかしている、そして、「コレカラ一ツ仕事ニ掛ローカイ」と門をでて、鞄には「コノ中ニ常ニカミソリヲ蔵ス」とあって、おしまい。

　ストーブをかこんで、杉江、かれ、下田、黒澤の毛氈論議につづく絵で四人は口ぐちに「コウイフ好イ気持ヲ味ハヒツケルト外デ働クノが馬鹿〳〵シクナルヨ」、「此家ハ何時デモ四時過ノ気持デ居ルカラ実ニ呑気ダ」、「隋《〔ママ〕》落ノ競争ダカラナー」、「呑気デ実ニヨウガスナー」といっている。

　つぎは「一日中の楽しい時」と題するもので、各人の特徴がとらえられている、—

午前十時　杉江君　医局へ入つて来て栂指も小指も来ないと分かつた時に廻転肘掛椅子にドツカと腰を下ろし一寸小池をにらんだ時（実際此時は此瞬間ホントに院長になつた様な心持ちになるから可愛い）

午前十一時　大成君　今日は外来で実入りがあつたから昼食はウドンをよして洋食にしようかのうなど考へながら病院の門を入るとき

午后二時　池田君　病院の門を出て左に折れる時〔左は白山方面か〕

午后六時　黒澤君　ヌツト医局に入つて来てストーブを囲んで居る奴等がペニスの話をして居ないことを慥かめた時

午后八時　齋藤君　樫田君と談判不調になり、九時の廻診には間があるのでポツネント顱眉をやつて居る時赤彦から電話がかゝつて来た時

午后九時　樫田君　糞をしに行つて暗いところで一時間後の空想に耽るとき

午后十一時五十分　橋君　傍に寝て居るゲグネリン〔相い手方〕の一方のオーベルシェンケル〔大腿〕の内面から擦り上げて他方のオーベルシェンケルと移行する時モンスヴェネリス〔恥丘〕の下に何も無いといふ感じ。

午前一時十五分　下田君　未だハール〔毛〕も生へ揃はぬ御酌のナーベル〔臍〕から徐ろに撫で下ろしてモンスのコンジステンツ〔堅さ〕のよいのを感じた時

あとは、かれのでてくるところ。「茂吉君の夢（大正四年一月廿九日暁）」（図16）、たちあがっているかれは半分きりとられたようなペニスをもって「ハテナ、ドウシテモウマク着カナイ」といっている、こたつでみている下田が「ペニスノ先キヲポケットへ入レテオイタノカイ」、橋が「困ツタナー」といっている（これは、自分の夢を

図16　『卯の花そうし』より

図17　『卯の花そうし』より

かたったのか。さきの「齋藤小なる」といい、のちにえがかれるペニスが半包茎であることといい、かれはペニスになにかの問題をもった人ととられていたようである。

「御馳走六面相」は、どこかでご馳走になっていて、六人がはく科白、かれは「ビール一本ニ一円取ラレタノデアリマス」といっている（お上りさんの感じ）。「熟慮的当意即答症」では、事務員か、たっている戸川が「渡○ハ○サンノ御容体ハ如何デ御座イマセウカ」とうのに、卓をはさんですわり煙草を手にしたかれが「ヱート……別ニ差支アリマセン……渡○ハ○ト云フノハドンナ奴ダッタカナー」。「臭イ当直室」、樫田がねている周りに猿股、皮膚の一片などなどがおいてあるなかに、小便が半分はいった溲瓶があり、「便器（但し前夜茂吉氏ノ遺物）」とある。当時も小便がちかかったのであろう。

「病室デ一番怖イ先生ノ裏面」（図17）で、「さかえや」の看板は料理屋か、口をおおきくあ

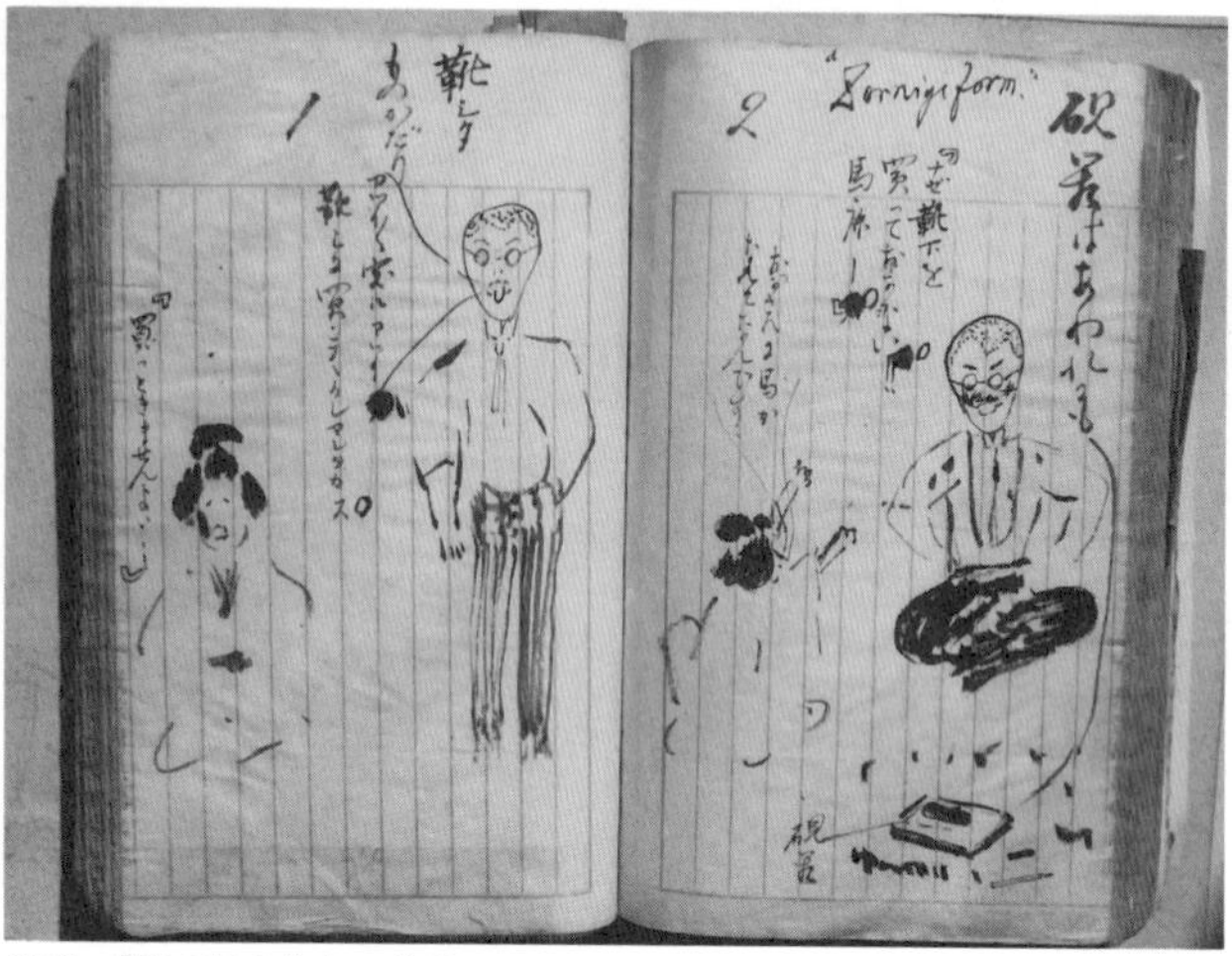

図18 『卯の花そうし』より

けたかれが「俺ノ鼻ノ穴ニ其豆ヲ投ゲ込ンデ見ロヨ」というところ、向かいの女は「モットト鼻ヲおやかしナサイヨ」といいながら豆をなげている、つづく「第二版」ではかれの舌がつきだされている。

かれの結婚は前年四月だったが「靴シタものがたり（図18）では、『アツイ〳〵実ニアツイ　靴シタ買ツテ、クレマシタカス」、「買つときませんよ」と女、つぎの場面には"Zornige Form"（憤怒形、精神病の一形になぞらえているか）とあって、「ナゼ靴下を買つておかない!!馬鹿ー」、女は「おっかさんに馬かなんてなんです」、硯箱がひらかれていて「硯箱はあわれにも」とある、足の靴下の穴のところに墨をぬったということだろう。また、のちの絵などからみて、かれの衣類の世話はなお義母にまかされていたと推定

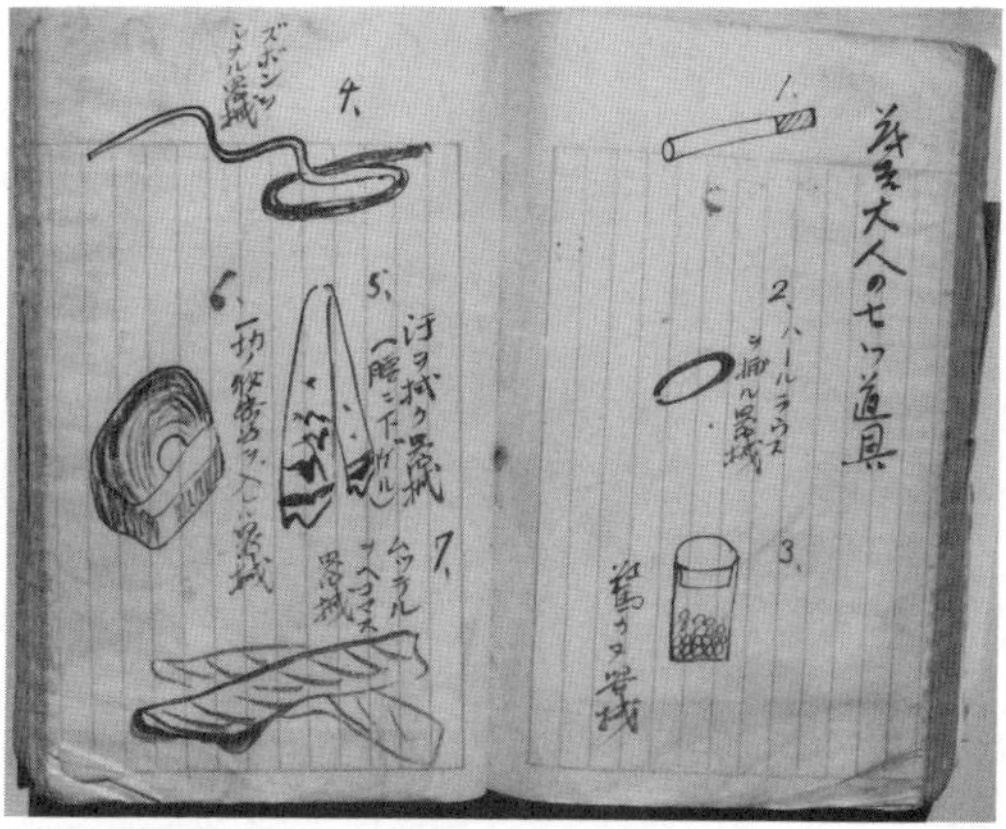
図19　『卯の花そうし』より

される。

「婦人ノ拒絶症ノ治療法ニ就テ　医学士樫田五郎述遠クヒポクラテス時代ニ遡ルニ及バズ、又高加サス地方ヲ探検スルニ及バズ erigierte〔たった〕Penis ヲ以テ Anus ヲ突クニアリ、患者ハ直チニ身ヲヒルガヘシテ我ヲ迎フベシ　終リニ臨ミ我業績ニ対シ懇篤ナル指導ヲ賜ハリタル鎌倉○桜○嬢ニ衷心感謝ノ意ヲ表ス」につづいて、

文献

一、肘鉄砲後ノヒステリーニ就テ（一七八五年）オレクラノン〔肘〕氏

一、間歇性膣狭少〔ママ〕症ノ一例ニ就テ（一九一五年）（自家経験）　大成潔君

一、護謨製嚢ノ使用法ヲ論ズ（一九一五年）（斉〔ママ〕藤生）

一、所謂拒絶症ニ就テ（一九一五年）杉江学士

一、「ビール一本ニ一円トラレタデス」ニ就テ齋藤学士

一、膣開閉ト小児ヘルニアト関係ニ就テ　大成学士

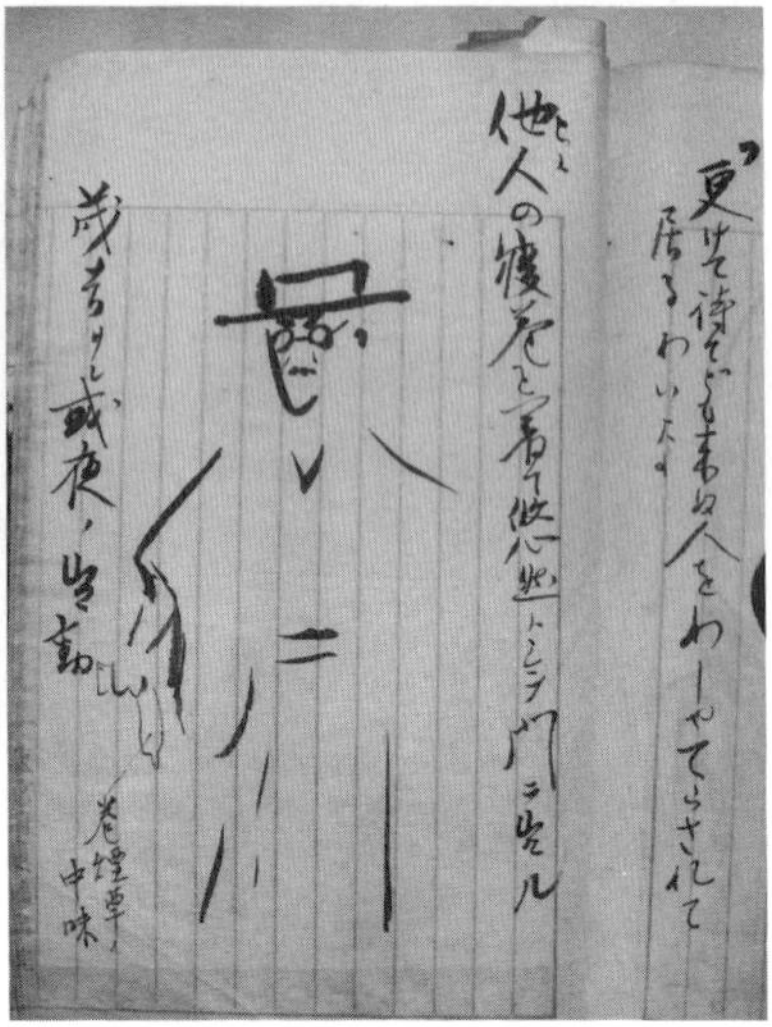

図20 『卯の花そうし』より

一、婦人拒絶症ノ最近ニ於ケル治療
　　法ノ趣勢菊地学士

このあとに、眉をしかめた深刻な顔で煙草をすっている、「護謨製嚢ノ使用法ヲ論ズ」演者の肖像がでている。

「茂吉大人の七ツ道具」（図19）は、煙草、「ハールラウス〔毛虱〕ヲ捕ル器械」（毛抜き）、「驚カヌ器械」とは仁丹様のものか、「ズボンヲシナル器械」とはバンドでなくて紐か、「汗ヲ拭く器械」の手拭いを腰にさげているのは、いかにも田舎出とうつったのだろう、「一切ノ秘密ヲ入レル器械」はコンドームでもいれたか、「ムッテル〔母〕ヲヘコマス器械」は靴下だが、靴下をかえずにくさかったのか、前記のように靴下の件で義母と悶着がつづいたのか。これにつづいて、ネクタイをしめているかれで「僕モ近頃ハイカラニナツタト云ハレタデス」といっている。ついで、ズボンに紐をしめている図で「母虐待者」とあるのは、意味がとりにくい。紐をしめたりして義母をこまらせているのか。

「茂吉サン或夜ノ出勤」（図20）には、「他人《ヒト》の寝巻を着て悠然トシテ門ヲ出ル」とあり、右

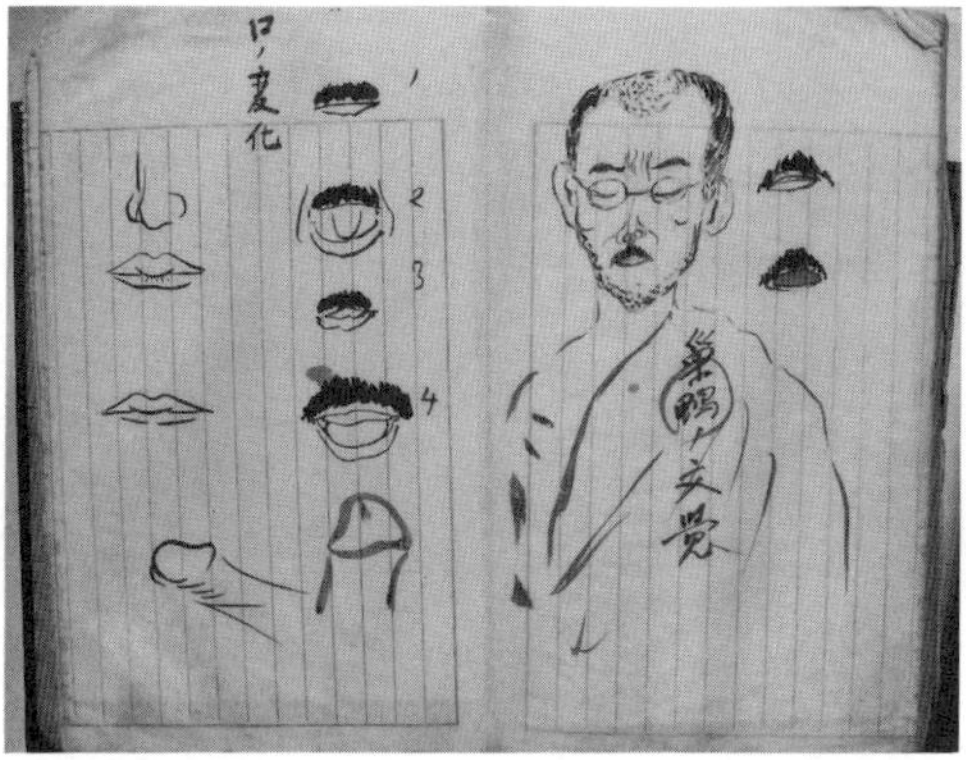

図21　『卯の花そうし』より

図22　『卯の花そうし』より

手にもっているものには「巻煙草ノ中味」とあるが、どうみてもそれはコンドームで、中味は精液だろう。「巣鴨ノ文覚」（図21）には、口の変化、舌出しの経過がえがかれている。ここにかきそえられているペニスは立派にたっている。つづいて「舌出シ文覚」および、やはり深刻に眉をしかめた「茂吉禅師」の肖像がある。

つぎにあげるのは、「記念日の医局」と題する絵である（図22）。向こう側に呉院長、椅子一つおいてかれ、菊地、こちら側は三宅副院長、杉江、下田、高瀬がおり、あいた椅子の後に小使いの小池がたっている。医員は先任順にすわっている。扇風機がまわっている。前後から判断すると、七月一日あたりだろう。つづく二枚続きの主人公は、樫田ともかれともとれる顔である。午后十一時には、「大ニ酔タデス」、対する三味線の女は「雨ショボヲヤリマシャウカ…」。午前三時には交番のまえで、犬にワン〳〵とほえられて、「馬鹿ッ　ワンヂャナイ我輩ハイツモスリーダヨ」、性交回数をいっているのだろう。その左上隅には、「翌日アー〳〵〳〵」と二日酔いの体。

ここにかれはでないが、「初春の院庭」と題する連作がある。かさなっている蛙をみて、「ウラヤマシーナ、ヴルツェルへ行クカナー」などいっている橋、高瀬、「おれの気も察しずにふざけやがって！」と一匹をふみつけ、一匹をなげつけようとしている下田、「ヤリ居ル〳〵クックックー〳〵」とながめいっている杉江など。庭もひろくて蛙もおおかったのだろうか。この蛙をかれはうたわなかった。

それから、七月に「新女子部長」として下田が、「新外来主任」として大成の顔がかかれている。後任の下田にかれはおいこされたようである。

ここで、もう一度齋藤（玉）（『八十八年をかえりみて』）にきこう。「あれは緊張病のようでもあるし、何かひどくdepressiv〔抑うつ的〕にもなるし、manisch〔躁状〕にもなるし、そうかと思うと突拍子もないデカダンにもなりますしね。複雑な性格ですね。でもあの人は、目上とか勉強とか、それには非常に丁寧な人ですね〔中略〕青山脳病院時代でも、ふっとその気

図23　田澤秀四郎（1911年）『記念帳』より

になると、「さあこれから行こう」と医局の人達に許しを与えているんです」。

つぎに、こういった巣鴨時代がかれの歌にどう表現されているか、みていくが、そのまえに青山病院につきみておこう。

帝国脳病院・青山病院　ここに『帝国脳病院・青山病院案内』がある。発行年の記載はないが、「在独乙　田澤医学士」（図23）とあるから、一九一一―一三年のものである。最初に「脳病精神病神経脊髄病専門　帝国脳病院・青山病院長ドクトルメジチネ齋藤紀一」とある。診察は月水金が院長、火が石川医学博士、木が望月医学士、土が五十嵐医士、臨時が齋藤医学士〔かれ〕、当直が板坂医士、当直白幡医士、そして「在独乙　田澤医学士」。写真をみると、正門のむかって左に青山病院、右に帝国脳病院の看板がかかっている。「本院之設備」とあるところをみておこう。

所在地　東京市赤坂区青山南町五丁目八十一番地

地位　東京ニ於テ地形上最モ高燥閑静空気清澄眺望佳良四辺ハ鬱々タル万緑ノ樹木ヲ以テ囲繞セラル

邸内　四千五百余坪ニシテ周囲ハ悉ク煉瓦塀トナシ樹木万緑ノ中ニ美々タル花壇四季花ヲ

絶ツコトナシ病室ノ中間ニハ庭園ヲ造リ其数七ケ所ノ多キニアリ且運動場アリ之レニハ都テノ運動器其他ブランコ、テニス、ベースボール等ノ設備アリ

建築　構造ハ欧風及日本式ニシテ煉瓦造九棟此内大ナル棟半丁以上木造棟十九棟此内大ナル棟四十五間余アリ以上大別スレバ病室部、職員部、炊事部、娯楽部、倉庫部、蒸気消毒部、附属部ノ数種ニ区別セリ室内ハ過半日本風ニシテ床ノ間ノ設アリ日本人ニ適当ナラシムル畳ノ処アリ又寝台ノ処アリ

起工　明治三十六年五月工ヲ起シ明治四十年十月ヲ以テ竣工ス（四ケ年経営

玄関　六間十二間　大ナル玄関ニシテ入口ニハ蠟石ノ四本立柱ニシテ上部ハ美麗ニ彫刻シタル青石ヲ以テシ下台ハ花崗石及黒蠟石ヲ磨上ケ美麗ニシテ光沢アルコト鏡ノ如シ天井中心ニハ真鍮ニテ装飾シタル電灯ヲ附ケ其周囲ハ美術的装飾ヲ彫刻シ此ノ玄関左右ハ脳病室ノ第三号館及第四号館ニ昇ルベキ花崗石階段ニシテプラットホームニ移ル処ナリ階上運動場ニシテ六間ニ二間悉ク唐草模様アル瀬戸ヲ敷詰メ欄干ハ人工蠟石ナリ此運動場ノ後方ハ時計台ニシテ左右ハ三号館及四号館ノ階上ニ通行スルモノナリ

帝国脳病院ニ属スル病室及其構造法　此病室ハ脳神経系病及脊髄病患者ヲ入院セシムルモノニシテ五棟ヲ有シ之レヲ第一号ヨリ第五号館ト称シ其他病理研究室及娯楽室、球戯場アリ病室ノ数八十五室其煉瓦造ニ在テハ羅馬式ニシテ室内ハ寝台トナシ天井及壁ノ周囲ハ悉ク石膏ヲ以テ美麗ナル彫刻ヲ施シ八畳間ニシテ大ナル窓三個ヲ有シ空気窓二

個所ヲ設ケ其等ハ皆美ナル装飾ヲ以テシ各室装飾アル電灯ヲ附ケ敷物ハ絨氈ヲ敷キ天井ノ高サ一丈三尺衛生上最モ注意セシモノナリ

プラットホーム式椽側　悉ク唐草模様ナル瀬戸物ヲ敷詰恰モ絨毯ヲ敷タルモノニ似タリ柱ハ伊太利亜蠟石ノ丸柱ニシテ其太サ径一尺三寸長サ一丈四尺上部ノチヤピタルハ青石ニ彫刻ヲ施シタルモノヲ装飾シ柱台石ハ黒石ヲ磨上ゲ欄干ハ柱ト同シ蠟石ニシテ其台ハ黒蠟石中間ハ青石ヲ彫ミ双列セシム

天井　白亜ニテ塗リ其周囲ハギブスニテ彫刻シタル花模様及唐草状ノ装飾トス室ノ入口及窓ノ部ハ青石ニテ菊花及西洋花ヲ彫刻シタル木形ヲ附シ電灯ハ一ケ所三灯宛美術的ノ飾ヲ附ケ暗夜之レヲ照ストキハ恰モ白昼ノ如ク又室内モ悉ク電灯ヲ以テ光線ヲ採レリ

屋上　装飾ノ眺望塔運動台空気窓鉄柵及避雷針ヲ附シ屋根ハ都テスレート及銅板ヲ以テ葺キ眺望塔ハ運動場トナスベキモノ二ケ所空気窓三十三ケ所避雷針四ケ所及棟上ニ唐草模様アル鉄柵ヲ廻ハス

階段　花崗石及人工蠟石ニテ造リ花崗石ノ部四ケ所木造ノ部三ケ所アリ

珊瑚室及明鏡室　珊瑚室ハ名ノ如ク室内壁ハ悉ク古渡枝珊瑚樹ヲ以テ塗上ゲタルモノナリ床ノ間ハ紫檀黒檀鉄木其他ノ珍奇ナル名木ヲ以テシ違棚ハ珍ラシキ模様及斑アル蠟石袋戸棚及地袋襖ハ金張ニシテ画伯渡邊省亭及橋本雅邦氏等ノ掛物ヲ設備ス、天井白亜塗四方ハ硫酸ギブスヲ以テ彫刻ヲ施シ中心飾ハ石膏ヲ以テシ之レニ電灯ヲ附シ窓ニハ美麗ナル鈍張ヲ掛ケ光線ヲ調節セシム畳ハ備前表上等ニ模様アル縁ヲ附ケ木材ノ現ハル、処ハ都テ真顕塗トナシ此ノ珊瑚室ノ隣ハ明鏡室ニシテ此境ノ欄間ニハ黒蠟石ヲ以テ装飾ス

明鏡室　入口ノ左ニ当リ長一間半縦七尺五寸厚一寸ノ大鏡ヲ壁ニ取附ケ其ノ縁ハ黒蠟石及金縁ヲ廻シ上部ニ唐獅子ノ室内ニ睨ノ如キ態ヲナシ上位ノ鏡ヲ咬ミ附居リ之レニ因テ明鏡室ノ名称アル所以ナリ他ノ装飾ハ珊瑚室ト同一ナリ

時計塔　玄関ノ中央ニ位シ其高キコト四層ヨリナル層毎ニ美術的彫刻ヲ附シ最高上部ニ大時計ヲ設置ス六時ノ報スル為非常ニ便利ヲ与ヘ又眺望スルコトヲ得

以上二、三、四号館ノ構造ナリ

一号館及二号館　西洋館ニシテ室内ハ殆ト日本風ニシテ畳ヲ敷キ床ノ間ハ紫檀黒檀鉄木及赤松等ヲ用ヰ置物及生花等ヲ置キ患者ノ精神ヲ慰安セシムルニ足ル窓ハ模様アル硝子ヲ用ヰ内部柱戸障子類天井周囲悉ク漆塗トナシ室内電灯ニシテ廊下幅一間窓台及上部ハ青石ヲ以テ造リ上部ニ唐草ノ彫刻ヲ附シ硝子戸上ケ下ケ廊下ニハリノリームヲ敷キ足音ヲ防キ天井周囲ノ飾ハ蛇腹トナシ五間毎中心ニ飾及電灯ヲ附ケ外部ハ火防ノ為メセメン塗トナシ恰宛石造ニ似タリ屋根下及窓等ハ青石ヲ以テ彫刻シタル美ナル飾ヲ附シ屋根ハ都テスレート葺ニシテ眺望塔及鉄柵ヲ設ケ此処ニテ眺望スルトキハ市中一目ニ見ユル程ナリ

娯楽室　音楽茶ノ湯生花碁将棊カルタ其他ノ遊戯場玉突場等ノ設備アリ構造ハ西洋館建ニシテ二階八十八畳三間ニシテ娯楽場トナシ下ハ玉突場トス屋根ハ銅葺ニシテ二尾ノ鯱ヲ揚ゲ恰宛古城ニ似タリ此ノ棟ハ日清欧ノ三国ヲ型リタルモノナリ廊下ノ柱ハ鉄丸柱ニシテ径五寸長一丈二尺トス椽〔ママ〕ハ悉ク唐草模様アル瀬戸ヲ敷キ足音ヲ防キシモノナリ

中央部　正門ヲ入リ玄関ニ至レバ大ナル広廊下巾二間長十八間ニシテ左右ニ中枢トナルヘキ患者控室診察所予診所会計及事務所電気治療所病理実験室薬局監督室医局医員室応接所看護長室薬剤士長室及受附所等ノ枢要部ヲ設ケ故ニ之ヲ称シテ中央部ト名ク帝国脳病院ト青山病院トハ同邸内ニ設立アリ只脳神経及脊髄病患者ト精神病患者ノ病室ヲ区別スルノミニシテ院長始メ一般職員ハ同一ナリ、青山病院ノ精神病患者ノ病室ヲ区別シテ男室女室軽症室及安静室トシ此建物ハ独乙国ニ於テ尤モ嶄新ニシテ完備セルニーテレーベンノ精神病院ヲ模型トナシ造リシモノニシテ内部ハ日本風畳ヲ用ヰ病室ノ数ハ九十七ニシテ一室六畳ヨリ大ナルハ五十五畳敷窓ハ二箇以上戸ハ障子床ノ高サ三尺以上天井ノ高サハ九尺以上ニシテ空気光線調節尤モ衛生上注意シタルモノナリ

軽症室　煉瓦造及木造ノ二棟ニシテ西洋造トス室内ハ日本風ノモノアリ又欧風ノ者アリ床天井等ハ前条述タル男女室ノ如シ只上部ニ欄間ヲ設ケ硝子ヲ挿入シ空気ノ流通ヲ良ナラシム椽側ニ接シテ一室毎ニ監視窓ヲ附ケ廊下巾一間ニシテ片側ハ都テ格子窓ニシテ

光線及空気ノ流通ヲ良ナラシム天井廻淵及柱戸障子ニ至ル迄ペンキ又ハ漆ヲ以テ塗リ洗面所ハ水道ヲ引キ便所ハ衛生的清潔ナラシメン為セメントニテ敲トス此ノ病室ハ十九ニシテ大ナルハ十八畳小ナルハ八畳ナリ

安静室　煉瓦造ニシテ男室部へ一棟女室部へ一棟アリ構造ハ独乙ニ於テ尤モ嶄新改良ノ式ナルヲ模型トナシ故ニ冬中裸体ニテモ寒気ヲ感セザル様暖炉法ヲ用井室内ノ温度ヲ一定セシムル為メ寒暖計ヲ備附ケ夏ハ蚊張ナキモ蚊ノ入ルコトナシ之レハ窓障子ニ蚊張ヲ張リ詰メシ構造ニシテ全ク完備セシモノナリ窓ハ上下ニ設ケ光線及空気ノ流通ヲ良ナラシメ床ハ一寸板ニテ張詰メ湿気ナキ様ノ方法ナリ此室ノ前部ハ大広間即チ十八畳ナリ軽度ノ躁狂患者ハ此処ニテ治療ヲ行フモノトス

治療浴室　煉瓦造ニシテ気関室ヲ設ケ天井ハセメント塗ニテ彫刻ヲ施シ浴場ハ悉ク模様アル瀬戸物ヲ敷キ恰モ花毛氈ヲ敷キタルガ如シ風呂ヲ別テ普通ノモノ（廿人ヲ容ル）鉱泉風呂電気風呂冷水風呂及微温風呂ヲ備附ケ又滝ハ高サ二丈三尺ノ処ノ竜口ヨリ射落シ都テ水道ヲ使用スルヲ以テ其水ノ強圧及弱圧自由ナラシム

最新式安全治療浴　風呂四ケ備附アリ内部木造外部人造蠟石ニテ床ハ全部唐草模様アル瀬戸物ヲ敷詰メ周囲煉瓦造ニシテ上部ニ窓ヲ設ケ青硝子戸ヲ用ヒ室ノ内部ハ青塗トナシ此ノ症療風呂ハ躁狂患者ヲ鎮静セシムルモノニシテ種々ナル療法ヲ応用シ其効最モ著シキ最新式ノ方法ナリ

図24　帝国脳病院及青山病院正門

緑色治療所　其ノ治療部ハ悉ク青緑色ヲ以テ目セラル患者発揚状態又ハ燥〔ママ〕狂状ニアルモノヲ鎮静セシムル最モ良法トシテ応用ス

蒸気消毒所　伝染病流行スル時入院患者ノ衣類所持品等ノ消毒法ヲ行ヒ且ツ市庁ノ委託患者ハ多クハ何レモ不潔ナル衣類ニテ入院セラル為本院ニテ消毒シアルモノヲ着替セシムル方法ナリ且ツ夜具蒲団迄消毒シ摂氏百度以上ノ温ヲ与ヘ一時間以上行フモノナリ

炊事場　間口六間半奥行四間ノ建物ニシテ湿気ヲ防ク為メ悉ク一寸厚ノ板ヲ張詰メ光線及空気ノ流通良ナラシメンガ為四方悉ク窓ニシタルモノナリ

設備ハ大ナル釜四個（一釜二斗五升炊）小ナル釜四個其他湯沸所アリ又料理スベキ一般ノ器具ハ勿論日本料理部ト西洋料理部ノ二ケ所アリ配膳棚ハ数百膳ヲ排列セシムベ

キモノニテ蠅及芥ヲ防ク為金網戸布等ヲ以テ之ヲ覆ヒ水ハ水道ヲ利用シテ目下飯ヲ炊クコト一日一石四斗以上食麺麭百斤余滋養品トシテハ鶏卵牛乳スープ等ヲ用ユ此炊事場ト病室ノ中間ハ廿五間ノ長廊伝ヒニテ茲ニ煉瓦造浴場アリ何レモ類焼ノ虞ヲ防ク為此処ニ煉火造ヲ構造セシモノナリ日々賄方ニ従事スルモノ男五人女十人取締一人副取締一人アリ

なんと壮大美麗な建築だろうか！　病院というよりはホテルの案内文でもよむようである。かれの住居、紀一らの住居もこのなかにあった。谷をへだてた東に青山墓地があり、その先に歩兵三連隊など陸軍関係の施設があった。青山病院が精神病科で、帝国脳病院は脳神経脊髄病科であったわけだが、その区分ははっきりしたものではなかった。精神病者監護法の適用が厳格であったことを考えると、両者の区分はきっちりしてなくてならないようにおもえるが、このあたりの実情はつかめない。なお、一般に脳病院と称したのは、精神病科でないことを意味するものではない、ほとんどが精神病院である。脳神

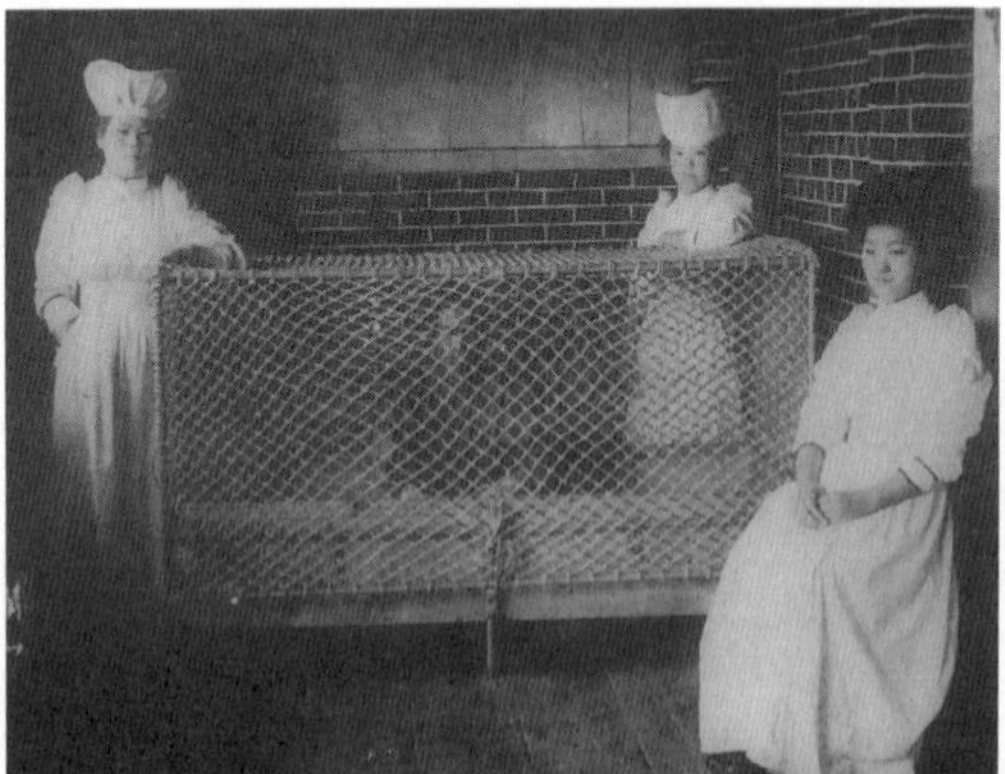

図25　安全ベッド

経という新知識を頭にかぶせることで、それまでの癲狂院をモダンにみせたのである。官庁の統計などでも、すこしのちから病院名は青山脳病院となっている、いつ正式に改名したかはわからない。病床数は三六六であった。

この病院案内には、とうぜん、外来、往診、入院の規定がのっている。診療科二円、再診療無料、処方箋五円、診断書は一円から一五円まで、入院料は一日三円五〇銭から七五銭までと五段階にわけられている。附き添い看護人をつけるときの料金は一日四五銭から七五銭まで。案内にはまた、病院の外形や紀一の恩師、治療の様子をうつした写真が一五枚のっている。病院の前面（図24）、「安全ベド」と称する、自殺予防用に網をかぶせたベド（図25）の写真をあげておこう。この「安全ベド」が他院でもちいられていたことはきいていない。青山脳病院で実際にどの程度に使用されたものか。ちなみに、巣鴨病院で灯火が電灯になったのは、一九〇六年八月であった。

『赤光』、『あらたま』のなかの精神病院

○うつせみのいのちを愛《を》しみ世に生《い》くと狂人《きやうじん》守《も》りとなりてゆくかも
○みちのくの通草《あけび》むらさきに垂るほとりきちがひ守《もり》は生《あ》れて乳《ち》のみし
○狂人をもりて幾ときかすかにも生きむとおもへばうらなごむかな

（一九一一年「この日ごろ」、『アララギ』一月号、短歌拾遺）

これらが、精神病医となって最初のかれの感慨であった。

○ものがくれひそかに煙草すふ時の心よろしさのうらがなしかり
（一九一一年「うめの雨」、『赤光』）

五月六日作とあるこれは、巣鴨病院の便所ですった煙草か。

○死に近き狂人を守るはかなさに己《おの》が身すらを愛《は》しとなげけり
（一九一一年「折に触れて」、『赤光』）

なりたての医師にとって死は大事である。いまの精神病院では死に対することは一般病院に比すればかなりすくない。昔の精神病院では死亡率はたかかった。その病い自体が数年で死を将来する麻痺性痴呆の患者が昔はおおかったし、また結核、脚気、腎炎など致命的な合併症がおおかった。それに自殺。何年かたって死になれてきても、受け持ちの患者に自殺されることは、精神病医にとってなんともつらい。かれも、いくつかの死に面し、死をうたう。

○をさな児の遊びにも似し我《あ》がけふも夕かたまけてひもじかりけり

○屈《かが》まりて脳の切片《せっぺん》を染《そ》めながら通草《あけび》のはなをおもふなりける
（一九一二年「折々の歌」、『赤光』）

「研究室二首」と注記されているこれらは、病理組織研究室におけるものである。あとのものについてかれは「作歌四十年」（『全集』第一〇巻初出）では、

〔前略〕さて下句の、『通草の花をおもふなりけり』は、少年の頃に親んだ、黒味がかつた紫色の通草の花をふと思出す、連想するといふのであるが、この二つの関連が緊密でない

といふ議論もあり得るし、突然であるから態とらしいという議論もあり得るし、従つて厭味に堕るといふ議論もあり得るのである。その当時はこれで好いとおもつてゐたが、今となれば稍姿態が目立つやうである。併しこの関連の問題は不即不離でなかなかむづかしい。よつて一概に律しがたいものがある。

と、むずかしくいっている。おもうに、ここにうたわれているのは、呉教授直伝のニスル染色である。そめあがって発色する紫に、通草の花をおもいだした。これを解説風によみかえると、「脳片を染めいだしくる紫に通草の花をおもほゆるなり」となる。ニスル染色法がまだ新知識であったことからすれば、これは日本精神病学史をかざる名歌の一つである。不器用だったかれは、この色がでるまでに失敗をくりかえしていたのであるまいか。

○氷函にこほり絶ゆれば山羊の血は腐らむとしてこゑするらしも

（一九一二年「短歌雑詠」、『アララギ』七月号、短歌拾遺）

○山羊の血脈にしろがねの釘さすこころこの朝霜に悲しめりけり

（一九一三年「冬至」、『朱欒』一月号、短歌拾遺）

加藤淑子はこの二首をワセルマン反応検査に関するものとしている。時期としてはたしかにそうである。水津論文では、免疫元としてモルモットの心臓酒精エキス、抗体は被験者血清、補体はモルモットまたは家兎の血清、溶血性媒介体としてはモルモット血清で免疫した家兎血清、血液はモルモット血清をもちいている。ワセルマンの原注では血液は閹羊（去勢した羊）

のそれをもちいた、とある。山羊はでてこないし、かれの報告でも、この点で水津の方法をかえたとはない。モルモットまたは家兎とあるべきところが、どうして山羊になったか。当時かれが山羊をつかってほかの研究をしていた痕跡もみられない。うまくいかなくて、一時山羊もつかってみたということだろうか。

当直の夜は歌がわいてきた。

当直の夜よめる

事なくてけふも眠るとおもふとき嬉しみに似たるこころ湧き来も
二時ごろにもなりたらむ　日ざめぬれば病室にしてものいふ聞ゆ
夜の色相《いろ》に似る狂院のさ夜更けのおごそかにしてしづかなるかも

（一九一二年「折に触れて」、『アララギ』七月号、短歌拾遺）

ところで、つぎのものは青山のほうの歌のなかにあるので、青山の自宅であろう。

○狂院に寝てをれば夜は湿《ぬ》るし我がまぢかに蟾蜍《ひき》は啼きたり

（一九一二年「折々の歌」、『赤光』）

藤岡武雄が青山脳病院元事務長若林万作からえた青山脳病院配置図では、一九一三年ごろまでかれは、本館の玄関近くにすんでいた紀一一家とははなれて、奥のほうの二階で一人ですんでいた。

○このゆふべ脳病院の二階より墓地見れば花も見えにけるかな

（一九一二年「狂人守」、『赤光』）

狂人守

うけもちの狂人《きやうじん》も幾たりか死にゆきて折《をり》をりあはれを感ずるかな

かすかにてあはれなる世《よ》の相《すがた》ありこれの相《すがた》に親しみにけり

くれなゐの百日紅《ひやくじつこう》は咲きぬれど此《この》きやうじんはもの云はずけり

としわかき狂人守《きやうじんも》りのかなしみは通草《あけび》の花の散らふかなしみ

気のふれし支那のをみなに寄り添ひて花は紅しと云ひにけるかな

（一九一二年、九月作、『赤光』）

「うけもちの」につき「作歌四十年」では「自分の受持患者が死んだのを、時折あはれにおもふといふのである。大切に扱つてゐた一人の緊張病の娘などもそのうちの一人であつた」とのべている。

○狂者らはPaederastieをなせりけり夜しんしんと更けがたきかも

○をりをりは脳解剖書《なうかいぼうしよ》読むことありゆゑ知らに心つつましくなり

○身ぬちに重大《ぢゆうだい》を感ぜざれども宿直《とのね》のよるにうなじ垂れゐし

（一九一二年「折に触れて」、『赤光』）

ペデラスティは、同性性行為としての肛門性交か、相互自慰か。「をりをり」について「作歌四十年」に、「この歌は、時々は何とも理由がなしに心謙虚となる境界を味むつもりであつたのである」とある。「身ぬち」については、こうある、――

〔前略〕その頃巣鴨病院には当直の義務があり、夏などは暑くて終夜ねむれぬことなども往々にしてあつた。自分は夏負けがするので、終夜汗ながれて眠れず、苦しまぎれの挙句に、事務長に迫りて扇風器を備付けてもらつたことがある。私は未だ新参の医員であり、病院は府立でいはば御役所だから、私立のやうに簡単にはいかぬのであるが、時の事務長奥川翁は、夏痩の私に同情してくれて扇風器を備付けてくれた。私は或夜などその宿直室に蚊帳を弔り扇風器をかけて良寛の歌を評釈したことなどもある。この一首は、さういふ暑い時の歌でなく、晩秋か冬の歌ででもあらうか。特に重大を身に感じてゐるといふのでもないけれども、一大精神病院の当直医としてただ一人、頭を垂れて居つたといふのである〔後略〕

下田光造がいうように、かれは青山では患者をみていなかったので、これらにでる「狂者」は巣鴨の人たちであった。

「黄涙余録」は、患者の自殺に面した精神病医の心をうたっている。

○あらはなる棺《ひつぎ》はひとつかつがれて隠田《をんでん》ばしを今わたりたり
○自殺せし狂者《きやうじや》の棺《くわん》のうしろより眩暈《めまひ》して行けり道に入日《いりひ》あかく
○まなこよりわれの涙《なみだ》は漲《はふ》るとも人に知らゆな悲しきゆゑに
○死なねばならぬ命《いのち》まもりて看護婦はしろき火かかぐ狂院のよるに

○自《みづか》らのいのち死なんと直《ひた》いそぐ狂人を守《も》りて寝《い》ねざるものを
○赤光《しやくくわう》のなかに浮びて棺《くわん》ひとつ行き遥《はる》けかり野は涯《はて》ならん
○自殺せる狂者をあかき火に葬りにんげんの世に戦《をのの》きにけり
○ひたいそぎ動物園にわれは来《き》たり人のいのちをおそれて来《き》たり
○たのまれし狂者《きやうじや》はつひに自殺せりわれ現《うつつ》なく走りけるかも
○友のかほ青ざめてわれにもの云はず今は如何なる世の相《すがた》かや
○世の色相《いろ》のかたはらにゐて狂者《きやうじや》もり悲しき涙湧きいでにけり
○寒ぞらに星ゐたりけりうらがなしわが狂院をここに立ち見つ
○かの岡に瘋癲院の立ちたるは邪宗来《じやしゆうらい》より悲しかるらむ

（一九一二年、『赤光』）

これらは、知人にたのまれて青山に入院させた人が、病院の便所で縊死したものという。「死なんと直いそぐ」とは、自殺願望のつよい人だったのだろう。ちょっと悪化するごとに自殺願望がつよくでてその企図をくりかえし、いくら用心していてもとうとう自殺されちゃった、という経験は、精神科関係者の多くがもっている。かれもかいている、——

私が巣鴨病院に勤務してゐた時にも、受持の中に幾たりか自殺者を出した。丁度明治天皇の崩御あらせられた日の朝、一人の患者が看護人の部屋から鋏を盗み出し、それで咽のところを滅茶苦茶にはさみ切つたのを、丁度当直の私が不馴れな手附で縫合したことがある。この時も家人が彼此いつて難儀した。この患者は幾度も幾度も看護人の注意保護で自殺未遂に終つてゐたが、三年ばかり経つてとうとう自殺してしまつた。

（一九三五年「癡人の随筆　12　自殺憎悪」、『全集』第六巻）

これにつづけて、医局長として自殺した患者の家に弔問にいって香奠をつきかえされたこと、院長になってみると、かってに自殺して心痛をかけると、自殺憎悪症になっていたこと、だが、自殺者防御に全力をつくしてその効果があがってみると、憎悪症もうすらいでいったことがのべられている。

「黄涙余録」にもどって、かれは本郷の麟祥院での葬儀に参列し、火葬にもたちあって、帰りがけに動物園によった。みずから治療にあたったのではなかったとはいえ、周囲からの非難のまなざしをかれはいたく感じていた。狂院そのものがのろわしいかにさえおもわれた。「かの岡に」は、「墓地から青山脳病院を見てそれを咏じたものである」（一九二五年「癡人の癡語」、『全集』第五巻）。

一九一三年の連作「おひろ」（『赤光』）には、

○狂院の煉瓦のうへに朝日子のあかきを見つつなげきけるかな

○つつましく一人し居れば狂院《きやうゐん》のあかき煉瓦《れんぐわ》に雨のふる見ゆ

と、「狂院の煉瓦」がでてくる。「おひろ」のモデルをめぐって、この「狂院」が巣鴨か青山か論じられたこともあるが、どちらにも煉瓦造りはあり、かれの居住区劃も煉瓦造りだった。

「おひろ」のなかには、

○ひつたりといだきて悲しひとならぬ瘋癲学《ふうてんがく》の書《ふみ》のかなしも

の一首もある。

○狂じや一人《ひとり》蚊帳よりいでてまぼしげに覆盆子《いちご》食べたしといひにけらずや

○たたなはる曇りの下を狂人はわらひて行けり吾を離れて

○グアリヤは黒し笑ひて去りゆける狂人は終《つひ》にかへり見ずけり

（一九一三年「みなづき風」、『赤光』）

一九一三年七月にかれは、殺人未遂被告某の精神状態鑑定を命じられて某監獄にかよった。

○監房より今しがた来し囚人《しうじん》はわがまへにゐてすこし笑《ゑ》みつも

○光もて囚人の瞳《ひとみ》てらしたりこの囚人を観《み》ざるべからず

（「麦奴」、『赤光』）

○巻尺《まきじやく》を囚人のあたまに当て居りて風吹き来しに外面《そとも》を見たり

○ほほけたる囚人の眼のやや光り女を云ふかも刺しし女を

○けふの日は何も答《いら》へず板の上に瞳《ひとみ》を落すこの男はや

○監獄に通ひ来しより幾日《いくひ》経し蜩《かなかな》啼きたり二つ啼きたり

○黴毒のひそみ流るる血液を彼の男より採りて持ちたり

（「麦奴」、『初版赤光』）

光を瞳孔にあててみるのは、瞳孔が正円かどうか、左右差はないか、光による縮瞳反応は充分か、をみるのである。麻痺性痴呆のときには、瞳孔の異常がある。男に梅毒があるときめているのは、この男の病いが麻痺性痴呆だったようである。このときかれは精神病医となって二年半、この精神鑑定はみずから鑑定人になったのでなく、鑑定人となっただれかの助手をしたのであるまいか。

ここまでが『赤光』の世界で、ついで『あらたま』の世界にはいる。

宿直の日

狂院《きやうゐん》のうらの畑《はたけ》の玉《たま》キヤベツ豚《ぶた》の子《こ》どもは越《こ》えがたきかな
かんかんと眞日照《まひて》りつくる畑《はた》みちに豚《ぶた》の子《こ》のむれをしばしいぢめぬ
むらぎものみだれし心澄《こころす》みゆかむ豚《ぶた》の子《こ》を道《みち》にいぢめ居《ゐ》たれば
みちたらはざる心《こころ》をもちて湯《ゆ》のたぎり見《み》つめけるかな宿直《とのゐ》をしつつ
（一九一三年、『あらたま』）

このときかれは、どんな不満で豚にあたったのだろうか。巣鴨病院では、作業治療の一部として一九〇四年から豚をかっており、この頃は一〇匹前後の豚がいた。鶏もかわれていた。

〇しまし我《われ》は目をつむりなむ眞日《まひ》おちて鴉《からす》ねむりに行くこゑきこゆ
（一九一四年「諦念」、『あらたま』）

これについて「作歌四十年」には、「これも病院勤務中の作である。一日がやうやく過ぎて、日が没すると群鴉がねぐらに帰る。それが上野の森あたりに帰るのであらうか、むらがつて病院のうへをとほる。それを聞きつつ『しまし我《われ》は目をつむりなむ』と云つたのであつた。この句は、ミレエの晩鐘などにかよふ静かな虔しい感情で、この上句を作るのに私は非常に骨折つたことを記憶してゐる」とある。

とのゐ
はつ夏《なつ》の日《ひ》の照《て》りわたる狂院《きやうゐん》のせとの土原《つちはら》は軍鶏《しやも》むらがれり
ひと夜《よ》ねしとのゐの朝《あさ》の畳《たたみ》はふ虫《むし》をころさずめざめごころに
やまたづのむかひの森《もり》にさぬつどり雉子《きじ》啼《な》きとよむ声《こゑ》のかなしさ
朝明《あさあ》けてひた怒《いか》りをる狂人《きやうじん》のこゑをききつつ疑はずけり
（一九一四年、『あらたま』）

○いそいそと女に化《な》りてものをいふ狂人《きやうじん》のくちびる紅かりしかも
（一九一四年『アララギ』六月号、短歌拾遺）

○かかる夜半《よは》に独言《ひとりごと》いふこゑきこゆ寝《ぬ》るに堪《た》へざらむ狂者《きやうじや》ひとりふたり
（一九一五年「春雨」、四月作、『あらたま』）

これは痔で臥床していたときの作で、青山のほうである。
○狂人《きやうじん》のにほひただよふ長廊下《ながらうか》まなこみひらき我《われ》はあゆめる
○夜《よる》の床《とこ》に笑《わら》ひころげてゐる女《をんな》わがとほれどもかかはりもなし

（一九一五年「折にふれ」、
五月六日作、『あらたま』）

この二首は、巣鴨での回診か。長廊下はどちらの病院にもあったが。

雉子

宿直《とのゐ》してさびしく醒《さ》めし目《め》のもとに黒《くろ》
きかへるご寄《よ》りてうごかず
朝《あさ》みづにかたまりひそむかへるごを掻《か》
きみだせども慰《なぐさ》みがたし
こらへゐし我《われ》のまなこに涙《なみだ》たまる一《ひと》つ
の息《いき》の朝雉《あさきじ》のこゑ
朝森《あさもり》にかなしく徹《とほ》る雉子《きじ》のこゑ女《をんな》の連《つれ》
をわれおもはざらむ
大戸《おおど》よりいろ一様《いちやう》の着物《きもの》きてものぐる
ひの群《むれ》外光《ぐわいくわう》にいづ
ひさびさにおのづからなる我《わ》がこころ
呆《ほ》けし女《をみな》にものいひにけり

図26　巣鴨病院お仕着せの公費患者たち

（一九一五年、六月作、『あらたま』）

つがっているひき蛙をうたわなかったかれが、おたまじゃくしをよく詠じた。

前年の「かへるごは水《みず》のもなかに生《うま》れいでかなしきかなや浅岸《あさぎし》に寄《よ》る」（「蝌蚪」）につき「作歌四十年」では、「病院の池には毎年数万十数万のおたまじやくしが生れる。それを観察して歌を作つた。この一首は、彼等は生れる時は水の中心でも生れるが、やうやくにして浅いところに聚合してゐるといふのである」とある。「回顧」では、「また、当直室の前に、小池があつて、おたまじやくしが数万の数に達し達しした。私はよくそのおたまじやくしの歌を詠んだ。下田光造君揶揄して云つた。『齋藤！　けふもまたオタマジヤクシか？』」とある。「蝌蚪」連作の最後には、「きちがひの遊歩《ゆうほ》がへりのむらがりのひとり掌《て》を合《あは》す水《みず》に向《む》きつつ」の一首がある。

「こらへゐし」につき「作歌四十年」は、「巣鴨病院に当直してゐると、隣の岩崎の森で朝雉が鳴く、そのこゑがいかにも切実で、いつも私の歌ごころをそそつたものである。そこで雉子の歌を幾つか作つたがこれもその一つである。『こらへゐし我のまなこに涙たまる』は、これは眞実である」という。かれはなにに鬱屈していたのか、口もききたくなかったようである。当時の巣鴨病院では、公費患者はお仕着せの着物をきていた（図26）。おなじ着物の大勢が、梅雨の合い間の日をあびる、その光景がかれの心をひらかせたのか。松沢病院にうつっても、お揃いの縞の着物はつづいていて、近所の人はその縞を「気違い縞」とよんでいたときいたことがある。「大戸より」につきかれは「作歌四十年」で、「巣鴨病院内の一風景に過ぎぬが、極めて象徴的で、もはや興味を絶してゐる」とのべる。

○いそがしく夜の廻診《くわいしん》をはり来て狂人《きやうじん》もりは蚊帳《かや》を吊《つ》るなり
○のびのびと蚊帳《かや》なかに居《ゐ》てわが体《からだ》すこし痩《や》せぬと独語《ひとりごと》いへり
○履《くつ》のおと宿直室《しゆくちよくしつ》のまへ過《す》ぎてとほくかすかになるを聞《き》きつつ
○ものぐるひの屍解剖《かばねかいぼう》の最中《もなか》にて溜《たま》りかねたる汗《あせ》おつるなり
○うち黙《もだ》し狂者《きやうじや》を解体《かいたい》する窓《まど》の外《と》の面《も》にひとりふたり麦刈《むぎか》る音《おと》す
○狂人《きやうじん》に親《した》しみてより幾年《いくとせ》か人見《ひとみ》んは憂《う》き夏《なつ》さりにけり

（一九一五年「漆の木」、七月作、『あらたま』）

「いそがしく」につき、「作歌四十年」に「宿直の歌である。この宿直の歌は記念で好いものである」とある。最後のものについては、「人を見るのも厭だといふのである。併し私は勉強して宿直でも何でもやつた。盆の十六日地獄の釜のふたも明くといふ日に、呉院長がのこのこやつて来て、休めぬことなどもあつた」とのべる。解剖は、医科大学の病理学教室に依頼することもあったが、院内の屍室で医員がおこなうこともあった。屍室は、畑をはさんで病棟からはなれた北隅にあった。

○みやこべにおきて来《きた》りし受持《うけもち》の狂者《きやうじや》おもへば心《こころ》いそぐも

（一九一五年「道の霜」、一二月作、『あらたま』）

これは、一九一五年一一月一三日祖母ひでがなくなって一一月一五—二五日と帰省したときをよんだ連作「祖母」の最後におかれたもの。

○胸《むな》さやぎ今朝《けさ》とどまらず水《みづ》もちて阿片丸《オピユームぐわん》を呑《の》みこみにけり
○ふゆさむき瘋癲院《ふうてんゐん》の湯《ゆ》あみどに病者《びやうしや》ならびて洗《あら》はれにけり
○霜《しも》いたく降《ふ》れる朝《あさ》けの庭《には》こえてなにか怒《いか》れる狂人《きやうじん》のこゑ
○けふもまた病室《びやうしつ》に来《き》てうらわかき狂《くる》ひをみなにものをこそ言《い》へ
○暁《あかつき》にはや近《ちか》からし目《め》の下《もと》につくづくと狂者《きやうじや》のいのち終《をは》る
○呆《ほ》けゆきてここは生命《いのち》の果《は》てどころ死行《しにゆ》くをまもる我《われ》し寒《かな》しも

（一九一六年「折々の歌」、『あらたま』）

当時の精神科で阿片丸はわりあいおおくつかわれいた、今日の精神安定剤ほどではないにしても。依存の問題もあまりなかったようで、かれもこれを愛用していたことはのちにみる。息茂太の結婚式のあとにも、かれは客室にきて数粒の阿片丸をわたしている（斎藤茂太『回想の父茂吉母輝子』、中央公論社、東京、一九九三年）。

○垢《あか》づきし瘋癲学《ふうてんがく》に面《おも》よせてしましく読《よ》めば夜《よ》ぞふけにける
○煙草《たばこ》のけむり咽《のど》に吸《す》ひこみ字書《じしよ》の面《めん》つくづくと見る我《われ》をおもへよ

（一九一六年「深夜」、『あらたま』）

「垢づきし」につき「作歌四十年」には、「これは『精神病学』で分かるところを『瘋癲学』

などといつてゐるのは、悪い癖だといふかも知れないが、この時には、この語をば新鮮だとおもつたのであつた。そこでこの一首は、調子は一本調子であらく行つてゐる」とある。

蜩

○狂院《きやうゐん》に宿《とま》りに来《き》つつうつうつと汗《あせ》かきをれば蜩《ひぐらし》鳴《な》けり
○いささかの為事《しごと》を終《を》へてこころよし夕餉《ゆふげ》の蕎麦《そば》をあつらへにけり
○土曜日《どえうび》の宿直《とのゐ》のこころ独《ひと》りゐて煙草《たばこ》をもはら吸《す》へるひととき
○卓《たく》の下《した》に蚊遣《かやり》の香《かう》を焚《た》きながら人《ひと》ねむらせむ処方《しよはう》書《か》きたり
○こし方《かた》のことをおもひてむらぎもの心騒《こころさわ》げどつひに空《むな》しき

（一九一六年、『あらたま』）

「作歌四十年」ではこれらから、「狂院に」（「第一首」）、「いささかの」（「第二首」）、「卓の下に」（「第三首」）と、三首をぬきだしている。まずそれをみよう。

東京府巣鴨病院に於ける夏日宿直の時の歌である。大正五年には私は最古参の医員でもあり、既に医局長を勤めてゐた。第一首。『うつうつと汗かき居れば』は、写生のつもりであつた。第二首。『夕餉の蕎麦』は夏日の好物で、これと鰌の割いたのを買はせて、ひとりで鰌鍋をするのが唯一の楽しみであった。第三首。これは一わたり夜の回診を済ませて、不眠の患者が居ると、それに一々催眠剤の処方を書いて、それから寝るのであつた。『卓の下』といふ語も、『人眠らせむ』も苦労したおぼえがある。併しその頃は一首の歌を作るといふことは無上の楽しみでもあつた。

さて、「狂院に宿りに来つつ」という表現は、巣鴨とかれとのあいだに、すでにある距離ができていることをしめしている。木や水のおおい病院で、とうぜん蚊もおおかった。おちつかぬ患者の防蚊はどうしていたのだろうか。わたしものちに、松沢病院の「不潔病棟」と称された、蚊屋をつかえぬ病棟では夜になると、片脳油と称するものが散布されるのをみた。そして院内の溝などへの駆蚊剤散布を要求したのであった。

○七《なな》とせの勤務《つとめ》をやめて街《まち》ゆかず独《ひと》りこもれば昼《ひる》さへねむし

（一九一七年「蹄のあと」、『あらたま』）

自分は、明治四十三年の暮に巣鴨病院に呉先生を訪ひ、それから同病院医員、精神病学教室の副手から助手となり、大正六年の一月に罷めたから、丸六年、足掛七年勤務したことになる。巣鴨病院を罷め、研究しようとしたが、それも果々しからず、青山脳病院で一週少しづつ診察などをしてゐた。第一首。『七とせの勤務《つとめ》をやめて』はそれに本づいてゐる。さうして多くは家に籠居してゐたから、そこに下句があるのである〔後略〕

（「作歌四十年」）

○七《なな》とせの勤務《つとめ》をやめて独居《ひとりゐ》るわれのこころに険《けは》しさもなし

○こもりつつ百日《ももか》を経《へ》たりしみじみと十年《とおとせ》ぶりの思《おもひ》をあがする

（一九一七年「独居」、『あらたま』）

○ものぐるひの診察《しんさつ》に手間《てま》どりてすでに冷《つめ》たき朝飯《あさいひ》を食《は》む
（一九一七年「初夏」、『あらたま』）
○診察《しんさつ》を今《いま》しをはりてあが室《へや》のうすくらがりにすわりけるかも
○むらぎもの心《こころ》くるへるをとこらの湯浴《ゆあ》むる響《とよみ》しまし聴《き》き居《を》り
（一九一七年「室にて」、『あらたま』）
二階のかれの書斎の下が、一般患者浴室になっていた。
○心こめし為事《しごと》をへつつ眞夏日《まなつひ》のかがよふ甍《いらか》みらくしよしも
○うすぐらき病室《びやうしつ》に来《き》て物言《ものい》ふ時《とき》わが額《ぬか》のへに汗《あせ》いでにけり
（一九一七年「曇り空」、『あらたま』）
○病室《びやうしつ》の亜鉛《とたん》の屋根《やね》を塗《ぬ》りかふる男《をとこ》のうしろをしまし見《み》てをり
（一九一七年「日暈」、『あらたま』）
○狂院《きやうゐん》の病室《びやうしつ》が見《み》ゆつり垂《た》れしひくき電灯《でんとう》にちかよる人《ひと》がほ
（一九一七年「漫吟」、『あらたま』）

「かがよふ甍」、「亜鉛の屋根」、「ひくき電灯」とならべてみると、病院のはなばなしい外見のうらの、ものさびしさがうかんでくる。
○むらぎもの心《こころ》はりつめしましくは幻覚《げんかく》をもつをとこにたいす
（一九一七年「晩夏」、『あらたま』）

これにつき「作歌四十年」には、「今この幻覚を持つて苦しみ、その力づよき妄覚のために現実と非現実との境をも失つてゐる男と対座して、緊張した気持でゐるといふ歌である。自分は専門家であるから、狂人に対して普通並の興味本位、感傷本意に淫してしまふことはないが、たまに狂人の歌を作ればかういふ切実なものが出来たのであつた。『幻覚を持つ』といふ句でも、結句の『対す』といふ語も、大に苦吟してやうやくにして此処まで来たのであつた」とある。

○診察《しんさつ》をはりて洋服《やうふく》をぬぐひまもむかう病室《びやうしつ》の音《おと》をわがきく
○うつうつと暑《あつ》さいきるる病室《びやうしつ》の壁《かべ》にむかひて男《をとこ》もだせり

（一九一七年「午後」、『あらたま』）

「うつうつと」について「作歌四十年」には、「この狂院の病室の光景でも『壁にむかひて男もだせり』は、ありの儘の写生だが、実際だから棄てがたいものがある」とある。

間もなくかれは青山脳病院もはなれることになる。

なお、かれは一九一七年五月一八日に中村古峡が設立した日本精神医学会に、黒澤、石川貞吉とともに名をつらねたが、機関誌『変態心理』にかくことはなかった。

「狂」および「瘋癲」の語

「呉秀三先生を憶ふ」（『呉秀三小伝』、一九三三年、『全集』第六巻）には、つぎの一節がある、――

私が教室に入つたころには、もはや病名から、「狂」の文字は除かれてゐた。従来、躁鬱狂と謂はれてゐたものが躁鬱病となり、早発癡狂と謂はれてゐたものが早発性癡呆となり、緊張狂が緊張病、破瓜狂が破瓜病、麻痺狂が麻痺性癡呆となり、なほ従来「狂」の字を以てあらはしてゐたところを、精神病或は精神障礙といふ文字を以て代へるやうになつてゐた。此は全く呉先生の見識に本づくものであつて、欧羅巴の先進国といへどもいまだ此の挙に出ではゐないのである。中華民国は概ね呉学派を伝へたから、やはり「狂」の字を除いて記載するやうになつてゐる。おもふに病名は精神病学の基礎をなすものの一つであるから、本邦精神病学の建立のうへからいけば一「狂」文字の問題といへども重大な意義が存じてゐるのである。

呉は「精神病ノ名義ニ就キテ」（『神経学雑誌』第七巻第一〇号、一九〇九年）で、「吾人ハ癲又ハ狂ト云ヘルガ如キ世人ニ一種不快ノ感覚ヲ与フル文字ヲ避ケント欲シタルコト数年ナリキ」と、病名から「狂」の字をのぞくことを提唱し、その後この提唱はほぼいかされてきた。呉はこのまえ『精神病診断法』（治療学社、東京、一九〇八年）で、「狂」を排した病名にあらためていた。これらのことをかれがよくしっており、それを評価もしていたことは、前掲の文章にみるとおりである。

それなのにかれは、「狂」の字、さらに「瘋癲」の文字を愛用（といってよかろう）したことは、みてきたとおりである。「瘋癲」といえば、「瘋癲と文学」の随筆（一九三二年『全集』第六巻）もある。歌では、精神病医となるまえのものだが、

○気ちがひの面《おもて》まもりてたまさかは田螺も食《た》べてよるいねにけり
（一九一〇年「田螺と彗星」、初版『赤光』）

がある。

こういった用語についてのかれの説明めいたものとしては、「癡人の癡語」（一九二五年、『全集』第五巻）中の、

『かの岡に瘋癲院のたちたるは邪宗来《じやしゆうらい》より悲しかるらむ』といふ歌を作つたことがある。これはもう十三年まへの作で、墓地から青山脳病院を見てそれを咏じたものである。しかし今おもふに、世の此の歌を読んで呉れた方々は、どうこの歌を解して呉れたかとふと思つたことがあった。それは、私が精神病医になつてから、もう十五年も経つて、『狂人《きやうじん》守《もり》』などとみずから称してゐた、その気持ちをどう解して呉れただらうかといふのと同じである。

の一節しかみいだせなかった。「瘋癲院」も「狂人守」も、世にかならずしも歓迎されぬものである、といっているのだろう。そして、世に歓迎されぬものとして、「狂人守」は「狂人」とおなじ側に身をおいている。こういう点で、かれのうたう「狂人」、「狂院」、「狂人守」は哀切の響きをもっている。

わたしは差別語をふくむ差別の問題にふかい関心をもちつづけてきたものだが、『私説松沢病院史』（岩崎学術出版社、東京、一九八一年）に前記のようなかれの歌をかきぬいたときに

は、「狂」の問題点をわすれていた。これを気づかされたのは、『火―'60年代後半歌集』（一九六九年）および『「火」以後』（六法出版社・東京、一九九四年）の歌人渓さゆりさんによってである。渓さんは一九七四年に、

○今年二度目「狂院」と詠む歌「未来」に載す吾らの病苦の限りをよそに

と詠じた。これにたいしては、下句があまりよみこまれていない、「狂院」ということばがあるならつかっていいじゃないか、といった声もつよく、渓さんは「狂院」の差別思想を『未来』の一九七四年一二月号できびしく批判した。

『未来』第四三巻第一一号（一九九三年）に渓さんは、この問題につき連作を発表した。

○茂吉特集の狂院の二文字にとらわれて夫の忌の冷夏人心地なし
○狂院問題特集せし「未来」いずくにやわが歌を廻りて皆書き給いし
○ハンセン氏病の草津監獄そこに更に精神病者差別深かりし事
○狂院とう言葉を敢て用いし茂吉呉先生帰朝後の病院改革に
○菊の御紋の帝大門内にキチガイおけるか！茂吉ら通いしは府立巣鴨病院
○明治天皇大葬廃材にて漸くに廿の精神病床成りぬ東大に
○茂吉うたえば其弟子一念も〝狂院〟の歌量産す昭和も半ばに
○〝狂院〟の語感はつらし医学博士茂吉の名歌と人讃うるとも

「癲狂」とは、江戸時代の漢方医学の用語であった。一八九〇年頃までは「癲狂院」の名は公

立病院でもつかわれていた。「瘋癲病院」と称したものも一つあった。ふるくは福澤諭吉が『西洋事情』初篇（尚古堂、一八六六年）で「癲院」の字をつかっていた。「狂院」、「瘋癲院」、「瘋癲学」はかれの造語であろう。

要するに、かれは、その問題点をしりながら、精神病医であるよりは、「狂人」、「狂院」は歌へののりがよいと、歌人であることをえらんだのである。榊、呉がするどくいだいた差別問題への意識をかれはかいていたというしかあるまい。

第二章　長崎、そして留学

一　長崎医学専門学校時代

長崎行きの話し　養父紀一は、一九一七年四月二〇日投票の衆議院議員選挙に立候補し、当選したので病院をあけることがおおくなった。巣鴨病院をやめたかれは、青山脳病院で診療にあたりながら、歌をつくっていたことはすでにみた。そのかれをドキッとさせる出来事がおこった。学位論文のことである。

〔前略〕けふの時事新報文芸欄に小生博士論文起草中ゆゑ当分哥やめるなど出で居り小生非常に迷惑感じ居り候、文壇などとちがひ医界はさういふ事やかましく、小生が自分であんな事広告でもするやうに先輩同僚からでも取られると極めて残念な事に御座候、小生は実際困り居り候。（一九一七年五月九日、赤木桁平あて書簡）

〔前略〕博士論文云々は全く事実無根にて小生困却いたし候。実は貴女あたりの談話を時事の柴田君が著色して出したのであるまいかと僻んで想像した事もあり何とも申わけなし。あんな事を出されて小生はつくづくいやになり申候。いよいよ歌壇から退隠する決心を強め申候。しかし歌集出すまでは作歌仕るべく候。（同五月一一日、杉山翠子あて書簡）

このあと、七月一九日づけ門間春雄あて書簡には、「僕は一日置きに診察もするし往診もしてゐる。そこで御無沙汰してゐる〔中略〕僕は強ひられて医者の勉強もせねばならぬ、九月あたりからはじめたいとおもふ」とある。なにか研究を計画していたのか。歌の友にたいしてであるものの、「強ひられて医者の勉強」といっている。妻との間もよくなく、八方いきづまっているところに、長崎行きの話がもちこまれた。長崎医学専門学校の精神病学担当の教授である石田昇が留学するについて、その後任のことである。

藤岡が黒澤良臣に直接たしかめたところでは、この話しははじめ黒澤にもちかけられた。この頃黒澤は、田端脳病院副院長をしながら、医科大学の病理学教室で研究していた。長崎行きの話に黒澤がのり、呉教授もそれを承認した。ところが、石田の留学がなかなか具体化せず、黒澤は内務省の仕事（感化事業）についた。石田の留学が正式にきまると、呉は後任にかれをあてることにした。一〇月二六日に一七日間の箱根滞在からかえった翌日に呉からこの話しがあって、承諾した。「寂しけれども二年で帰京するのゆゑ」（一一月一四日、門間春雄あて）、「二年半ぐらゐで帰って来る」（一一月一八日、結城哀草果あてはがき）とあるように、「精神病学研究ノ為満二箇年米国英国仏国へ留学ヲ命」じられた石田の留守番の予定であった。そして、一一月七日長崎へ打ち合わせにいって一三日帰京。

石田昇のこと　呉門下の俊才であった石田（図27）は悲劇の人であった。かれは一八七五年（明治八年）一一月二五日に仙台市の医家にうまれた。第二高等学校在学中から雄島濱太郎の筆名で短歌、詩、小説を発表しており、一九〇七年には『短篇小説集』を出版した。一九〇三年（明治三六年）一二月に東京帝国大学医科大学を卒業して、精神病学教室にはいった。医科

図27　石田昇（1911年）『記念帳』より

大学助手と兼任の東京府巣鴨病院医員としての在職は、一九〇四年四月一日から一九〇七年七月二六日となっている。呉のところでかいたように、呉の『精神病学集要』第二版は各論の半分が未完におって、呉は師クレペリンの精神病学体系を日本に紹介しきっていない。石田が大学卒業後三年目の一九〇六年一〇月一五日にだした『新撰精神病学』は、クレペリン体系による日本で最初の精神病学書であり、版をかさねるごとに改訂されて、一九二二年の第九版にいたった。

石田は一九〇七年七月二六日に長崎医学専門学校教授として赴任した。一九一七年一一月一九日づけで合州国などへの留学を命じられて、一二月一九日に横浜をたった。そして、ボルチモアのジョンス・ホプキンス大学のアドルフ・マイヤ教授のところにいった。石田がどういう研究をしたかは記録されていない。一九一九年一二月二一日にかれは、見学中の病院の婦長が自分に恋愛しているのに、同僚の医員ウォルフが同婦長に執心していて自分を不利にみちびくとの被害妄想から、ピストルでウォルフを射殺した（この名が「ストロング」とされているものをみるが、それは誤り）。裁判では、精神異常はあるが責任能力はあるとして、終身刑を宣告された。五年間服役したのち病状が悪化して、州立精神科病院にうつされた。そののち、よくなったらまた合州国にもどって服役するとの条件で帰国をゆるされ、一九二五年（大正一四年）一二月二七日に横浜につき、ただちに松沢病院に入院した。その後の状態はまぎれもない分裂病で、一九四〇年（昭和一五年）五月三一日肺結核で死去した、六四歳。

石田はボルチモアでは一週間ぐらいで下宿をとりかえていたという。巣鴨病院あるいは長崎ではかれの言動に異常があったことはつたえられていない。わたしはかれの『新撰精神病学』の各版の異同をしらべた。一九一五年五月二〇日発行第六版の緒言に「翻つて内観するに、アプデルハルデンの濾膜試験は独の巨砲の如く世界の精神病学界を震動し、プシコアナリーゼの神秘的療法は平板を破つて潜航艇の如き異彩を放ち、パラリーゼ〔進行麻痺〕に於ける野口のスピロヘーテ発見は探照灯の如く天の一方に閃き、クレペリーンの雄大は戦備を整へたる英国艦隊の海を圧するにも似たり」の文章がある。これは文章家としての力をみせているが、第一次大戦中にドイツ人クレペリンの業績をイギリス艦隊の威容になぞらえている異様さも指摘しなくてなるまい。

白樺派の詩人千家《せんげ》元麿（一八八八―一九四六）は、一九二九年に約半年松沢病院に入院した。一九三一年刊の詩集『霰』につぎの詩がある。

狂老人

〔前略〕

或る晩、廊下の最端の部屋から

老人の気違ひが煙草をくはへてあらはれた
老人は煙草をもつた手をふり廻しながら何かゼスチュアをやつてゐるのだ。
みんなその方を見た
「あ、先生今夜は亢奮してゐるのだ」
と看護人は云つた。みんな笑つた
「先生でも亢奮するのかね」と誰か云つた。
老人は自分達の方へ向いて
何か身振りをして叫んでゐたが、又掻き消すやうに
部屋へ引こんだ
まるで灰色の幽霊のやうに
此の老人はもと病院の副院長までして
洋行して帰ると発狂してもう五年位その部屋にゐるのだ。
〔後略〕

この老人は一年中火をたやさず、飯でも林檎でも玉子でもやく。しょっちゅう火をたくので、部屋の壁も天井も黄ばんでいる。水を部屋にまくので、隣室まで水が侵入して畳をあげねばならなかったこともある。小山のように炭がつんである部屋の特別なベッドに老人は毎日横臥している。「不思議な老人である／時々廊下へ出て窓から庭の方を眺めて／独逸語を口ずさんで

ゐたりする。」

水をまいたりもするのに、部屋に炭がつまれて年中火をたくことがゆるされている。特別待遇である。この「狂老人」は石田だろうとわたしは見当をつけている。

教授として　一九一七年（大正六年）一二月四日にかれはつぎの辞令をうけた、―

任長崎医学専門学校教授　　齋藤茂吉
叙高等官六等（十二月三日）
公立専門学校教授従六位勲六等
医学博士　尾中守三

一二月一二日には同僚の医師による送別会がひらかれた。一二月一七日午前八時五分に東京を発して、一八日午後五時五分長崎着。一九日学校に出勤して尾中校長の訓示をうけた。一二月二二日県立長崎病院精神病科部長を嘱託された。翌年三月七日には、長崎市救護所顧問医も嘱託された。これは、精神病者収容所（市立監置室）で、一九三五年の定員は三六名。

この学校は、オランダ海軍軍医ポンペ・ファン・メールデルフォルトが一八五七年（安政四年）に、長崎海軍伝習所教官としてオランダ医学の講義を開始したことにはじまる。一八六一年に西小島に一二〇床の病院（長崎養生所）もできた。一八六八年（明治一年）に長崎府医学校と、一八七一年には長崎医学校と改称された。ところが、一八七四年に学校は廃止され、台湾攻略にともなう蕃地事務支所病院となった。一八七五年には長崎県所轄として長崎病院が再興され、その翌年には院内に医学場を開設して県立長崎医学校と称し、病院は附属とされた。一八八七年は国立の第五高等中学校医学部（第五高等中学校の本体は熊本）と、一八九四年に第五高等学校医学部となった。さらに一九〇一年に長崎医学専門学校となった。

かれがうけもったのは、四年生の精神病学および法医学であった。精神病学の理論および臨床講義が前学期、後学期とも毎週二時間、外来患者臨床講義が不定時。法医学の理論が、前学期、後学期とも毎週二時間。医学教師に適任者のすくなかった当時、一人の教師が複数学科をうけもつのはよくあったことで、ことに精神病学、法医学の両方を講じた人は何人もいる。精神鑑定が法医学者によりなされることもよくあった。前任者石田も両方を講義しており、ここに法医学の専任教授がきたのは、一九二三年に淺田一がかれをひきついだときである。

長崎における精神病学講義については、呉秀三「我邦ニ於ケル精神病ニ関スル最近ノ施設」（一九一二年）にこうある。

長崎ニ於テハ明治二十一年四月ヨリ精神病学ノ講筵開始セラレ医学博士大谷周庵之ヲ担任シテ二十九年七月ニ至リシトキ学科ノ改正及大谷ノ洋行不在ノ為ニ休講トナリ其後ハ三十年九月乃至三十八年七月大谷周庵三十八年九月乃至三十九年六月医学士小川瑳五郎担任シ明治四十年七月二十六日石田昇其教授ニ任ゼラレ専ラ精神病学ヲ講義ス

大谷および小川は内科担当で、精神病学を専門とする教授は石田にはじまる。

かれの第一回精神病学講義は、一九一八年一月八日におこなれた。藤岡がひく、学生井上凡

堂がのちにかたったところをあげておこう、──

当日吾々はその教室で例の如くガヤガヤと騒音を立てながら先生を待って居た。期待と好奇心をゴッチャにさせながら、軈て扉を排して先生が入って来られ、吾々は一瞬水を打った様に静まり返った。抱えて来た二冊の本を壇上にドシンと置かれた。先生はチョビ髭に眼鏡のお顔を挙げ、口をとんがらして一と渡り教室を見渡してから一寸口角を右に引いて『プシャトリーは講義の判らぬ学科である』と云われたのが如何にもおどけて見えたのでドッと皆が笑った。

この第一回講義は、自筆の「齋藤茂吉年譜」では一月八日だが、一月一二日づけ加納暁あてはがきには「講義も今日はじめていたし申候」とあり、どちらかが法医学であったか。

赴任後間もないときに、前任者石田からゆずりうけた講義ノートをわすれて立ち往生し、学生にあやまったという挿話も藤岡はあげている。その頃かれはぐったりしていた。「実は少々神経衰弱気味だ〔中略〕何にも実はするのがいやで、もう一ケ月になる」（一月一九日づけ中村憲吉あてはがき）、「タバコもどうしてもやまず、東京に居た時よりも吸ふ時ありこれが不甲斐ないやうな気がいたし申候」（同日づけ結城哀草果あてはがき）。

講義は苦手でも、患者診察はお手のものであった。長崎における唯一の門下であったと称する杠葉《ゆずりは》輝夫（一九一九年卒、一九二六年に長崎脳神経病院を開設し、これが杠葉病院としていまもつづいている）は、「長崎時代の齋藤茂吉先生（『月報』第二期28、一九五六年）に、こう

しるしている、──

　衆目の見るところ、物事に恬淡でさながら無頓着のような先生ではあったが、流石に文筆で立たれるひとだけに文学や文章は一字一句と雖も細心の注意を払っておられた。勢い語彙が豊富で漢字の使い方のうまい先生は、診療に当たっては患者の異常なまでにデリケートな心理状態を適確に看抜いて判断を誤らず、あの複雑多岐に亙る幾多のアブノルマルな症状の中には、独乙語の術語では完全に表現し得ない微妙なところを普通の臨床家などの思いもよらぬ剴切な漢字をあてては精妙な文章でカルテを綴る非凡さは、他の到底及ぶところではなかった。

試験問題は「手帳一」(『全集』第二七巻) にのこされている、──

大正八年度試験問題

Ⅰ　次ノ諸證ノ概念ヲ延ベヨ。a) Gedankenlautwerden (有声考慮) b) Willenssperrung 阻礙 c) Nihilitischer-wahn〔虚無妄想〕 d) Konfabulation〔作話〕 e) Ideenflucht〔観念奔逸〕 f) Erythrophobie〔赤面恐怖〕 g) Ganser'scher Dämmerzustaud〔ガンゼル氏もうろう状態〕 h) Verschrobenheit〔ひねくれ〕 i) Grimassieren〔しかめ顔〕 j) Lustmord〔快楽殺人〕

Ⅱ　躁病性興奮ト緊張病性興奮トノ鑑別、

Ⅲ　躁病、妄想性癡呆、麻痺性癡呆、ぱらのいあニ現ハル、誇大妄想ノ各ノ特徴ヲ記セ、

1、窒息死ノ内景所見、　2、火傷死ニツキ、自殺カ、他殺カ、偶然死か鑑別、　3、衣服ニ附着セル一見極メテ古キ疑問ノ斑痕ニツキ、人血痕ナリヤ否ヤノ検出法／26　58　64
78／Tardieu'sche Flecken たるじゅう氏斑、Florence'sche Krystalle ふろらん氏結晶

一九二〇年四月のものらしい法医学追試験の問題も記録されている。「手帳三」の一九二一年の記載では、精神病学、法医学とも試験時間は一時間である。前記の精神病学試験問題は教科書的な、定型的問題である。といっても、問題がおおすぎて、よほど要領のよい学生でなくては一時間に答案はかききれなかったろう。

手帳からは、長崎時代にすくなくとも三件（窃盗二件、殺人一件）の被告人の精神状態鑑定をしていることがわかる。また、昇汞中毒の鑑定（法医鑑定）もしたようである。「手帳一」にかきぬかれている昇汞中毒に関することは、教科書的な内容である。これから察して、かれの法医学講義はある種の教科書読みであったろう。

学生の登山に参加しておもしろい話しをきかせ、運動会では職員リレーのアンカーをつとめて一番でゴールにはいるなど、学生にうちとけようとしていた。また、のちにのべる丸山の挿話もあって、かれは学生にとって、風変わりな、おもしろい先生だったようである。

診療面はかなりいそがしかった。「今年は病院の休暇なく上京いたしがたし」（一九一八年七月二九日加納巳三雄あてはがき、「この夏は休なしで病院につとめ申候」（同九月一三日吹田順助あてはがき）。年末から年始にかけては東京で資料調べをしたが、「長崎に帰り来ると仕事山

積し居り、それに医員が辞職して小生一人になり」（一九一九年二月一二日、杉浦翠子あてはがき）。「医局に人が足りないし、鑑定が出来ないでさいそくうけるし」（同五月一九日、中村憲吉あてはがき）という状況だった。石田時代からの医員がやめたようである。杠葉は「長崎時代の齋藤茂吉先生」を、「私は齋藤博士が長崎医専で教鞭をとられた間の、附属病院精神科医局における唯一人の弟子であった」とかきだしている。だが、のちにみる「二タビ緊張病者ノえるごぐらむニ就キテ、附意志阻礙ノ説」の最後には「県立長崎病院精神科医局杠葉、松藤、浦邊三君ノ助力」とでている。ずっと杠葉一人が医員であって、最後の頃に二人くわわったのだろう（あるいは見学生か）。だいたい当時の精神科は人気のない科であった。

ところで、前任者の石田は病院でいろいろ新工夫をした。二名をいれる持続浴、「長崎病院椅臥療法」、さらに開放制度である。その著『新撰精神病学』第七版（一九一七年）の緒言に、「十分なる日光と新鮮なる空気と最大限の自由とを与ふるは患者の言行を緩和し、思慮を加へしむる所以にして」、「予の病棟に今だに一人の自殺者なく、時に逃亡者なきにあらざれども何等重大事件を惹起したる例なき、敢て異とするに足らず」などと、その効用を宣伝している。かれは石田のこういった工夫、試みをどううけつぎ、発展させたろうか。残念ながら、その記録はないし、かれがのちに開放的処遇に努力したらしい点もみられない。

長崎時代のかれの研究については、のちにみる。

長崎時代にその専門医業にふれてよまれた歌はおおくない。

ウイルソン重病（発狂の気味あり）〔伊東忠太著阿修羅帖大正八年十月十日〕
東海の日いづる国に薬ありしづかに眠れ日八日夜八夜を　茂吉按《くすし》じて云
（短歌拾遺、『全集』第四巻）
○ものぐるひの被害妄想《ひがいまうそう》の心さへ悲しきかなや冬になりつつ
（「長崎より」、一九二〇年の秋から冬にかけて、『つゆじも』、『全集』第一巻）
○ものぐるひはかなしきかなと思ふときそのものぐるひにも吾は訣《わか》れむ
（「長崎」、一九二一年二月一〇日述懐、『つゆじも』）
ウィルソン（合州国大統領）の歌は、なにをいいたかったのか解しかねる。

交友　長崎で何人かの同僚医師との交友が生じたのは当然だが、長崎史談会の人たちとの交遊はかれにうれしいものであった。長崎史談会は長崎県立図書館の館長室でひらかれていた。会するのは館長永山時英、永見徳太郎（長崎市の素封家）、奥田啓市（図書館司書）、古賀十二郎（長崎の郷土史家）、武藤長藏（長崎高等商業学校教授）、大庭耀（新聞記者）、増田廉吉などであった。

古賀は長崎市編纂委員で長崎学の創始者ともいわれる人。自らの生計をかえりみずに長崎史研究にうちこみ、『西洋医術伝来史』、『長崎絵画史』などをだした。一九一九年につぎの歌がある、—

十月三十日。夜古賀十二郎氏の「長崎美術史」の講演を聞く南蛮絵の渡来も花粉《くわふん》の飛びてくる趣《おもむき》なしていつしかにあり　（「雑詠」、『つゆじも』）

翌年には、

○長崎のいにし古《ふる》ごと明《あき》らむる君ぞたふときあはれたふとき（古賀十二郎翁に）　（「漫吟」、『つゆじも』）

古賀の名がでるのは一九一九年の講演のまえで、「九月二十五日。古賀、武藤二氏とともに猶太殿堂《シナゴーグ》を訪ふ。猶太新年なり」とある。長崎の文化人のなかで、かれがもっともふかく交遊したのは武藤であった。武藤は一八八一年（明治一四年）六月九日に愛知県海部郡津島町にうまれ、東京高等商業学校を卒業。一九〇七年に長崎高等商業学校教授として赴任し、一九一一年から三年半西ヨーロッパに留学した。経済史および書誌学を専攻した。一九三六年退官。

武藤は長崎の美術史・経済史・交通史・キリシタン史に造詣がふかく、先住の先輩としてかれを長崎の名所旧蹟に案内した。ほれてかよった丸山の遊女が病死したのち、その朱塗りの箱枕をもらいうけて四〇年くらした老貿易商ピナテールのところにかれを案内したのも、武藤であった。かれがよくいった中国飯店四海楼の娘の一人陳玉姫（陳玉）を、かれが楊貴妃だとめでたが、医専と高商との両教授がこの人をめぐって恋いのさやあてをしている、といった噂をたてられたこともある。

長崎をさるとき（図28）は、

武藤長藏ぬしとわかるるにのぞみて

いつしかも三年明けくれし長崎の友を思へばこころゆらぎ来　（「短歌拾遺」）

一九四一年の武藤の還暦記念には、

武藤先生還暦賀

君の「学《がく》」を愛《め》でつつ遠きおもひでよ今日ありのままに君ぞ尊《たふと》き　（「雑歌抄」、『霜』）

図28　武藤長蔵と「長崎を去るにのぞみ、三年の間なにくれとなく面倒を見て頂いた武藤長蔵君と共に写真をとるのは、僕の感謝の念を記念せむがためである。大正十五年三月十四日　長崎を去らんとして　齋藤茂吉誌す」（武藤琦一郎氏蔵）

武藤が一九四二年（昭和一七年）六月二七日に逝去したときの挽歌は、

○かなしみて君を偲べば長崎の海の潮の鳴りて聞こゆる

この歌は佐藤佐太郎のしるすところ（『齋藤茂吉言行』）では、六月二九日として

○かなしみて君を思へば長崎の海のうしほもとどろきて鳴る　（「短歌拾遺」）

となっている。なお、武藤の蔵書約一万冊および約二〇〇点の各種資料は、武藤文庫として現・長崎大学経済学部図書館に蔵されている。

シーボルトは、かれの師呉秀三が一生をかけておった人で、かれものちに師の探跡を手つだう。歌でみると、長崎でかれがシーボルトと最初にであったのは一九一九年のことであった。

十月三十一日。光源寺にて曉烏敏師の説教を聴き、のち鳴滝シイボルト遺跡を訪ふ

この址《あと》にいろいろの樹あり竹林《ちくりん》に蠅の飛ぶ音のする（「雑詠」、『つゆじも』）

翌年に、

五月二十四日。大槻如電翁を迎へ瓊林館にて食を共にす。会者古賀十二郎、武藤長藏、

永山時英、奥田啓市の諸氏及び予

シイボルトを中心《ちゆうしん》とせるのみならずなほ洋学《やうがく》の源《みなもと》とほし（「漫吟」、『つゆじも』）

同年秋、療養からもどって間もない一一月半ばの「シイボルト鳴滝校舎跡」の連作からいくつか、――

○もろ人が此処に競《きそ》ひて学《まな》びつるその時おもほゆ井戸《ゐど》をし見れば

○洋学の東漸《とうぜん》もここに定《さだ》まりて青年《せいねん》の徒《と》はなべて競《きほ》ひき

○柿落葉《かきおちば》色うつくしく散りしきぬ出島人《でじまびと》等来て愛でけむか

○鳴滝《たき》の激ちの音を聞きつつぞ西洋《せいやう》の学《がく》に日々《ひび》目ざめけむ（「長崎」、『つゆじも』）

その私生活　かれは最初単身赴任であった。赴任の翌一九一八年六月に妻てる子が長崎にきて、一〇月にかえる。一九一八年中の歌作はわずか。年末に研究上の必要もあって東京にいき、一九一九年一月一六日には妻をともなって長崎にもどった。五月初旬には、喧嘩して妻を東京へかえした。一一月下旬に、妻が第一男をつれピアノも持参して長崎にきた。一九二〇年一月

六日にかれは、スペイン風邪にかかり、ついで妻、第一男も罹患。四月後半に、妻、第一男を東京でかえした。

一九二〇年（大正九年）四月一日発行の『アララギ』第一三巻第四号に「短歌に於ける写生の説（一）」を発表。これは八回連載で、一九二一年の第一四巻第一号でおわった。一九二〇年二月二六日に国会が解散され、五月一〇日の第一四回衆議院議員選挙では、定員二名の山形三区から立候補した養父紀一は次点で落選した。紀一が選挙に財産をつぎこんだので、齋藤家の財政はひじょうにくるしくなった。かれは、六月二日に喀血した。肺結核で、五か月の療養生活にはいった。妻は六月下旬に長崎にきた。

一九一七年夏から第二歌集のまとめにかかっていたが、長崎赴任や病気でまとめが中絶された。療養中にやっとまとめがおわり、一九二〇年一〇月三日に原稿をおくった『あらたま』は、一九二一年（大正一〇年）一月一日に、アララギ叢書第一〇編として、春陽堂から発行された。

これが長崎での私生活の粗筋だが、たちいってみると、かなりすさんだものであった。一九一八年一月一九日中村憲吉あてはがきに「Maruyama へ一ぺん besuchen してみた」とある。遊郭にいったのである。さらに三月一四日の杉浦翠子あて書簡には「寂しきまゝに丸山の妓楼にもまゐつて見候へども、精神的の交渉なくてはやはり心ゆかず候」などとかいた最後の二首の一つは、「おもかげにたちくるきみもこよひもややすらかにいねんわれはいねがたし」とある。女弟子に女郎買いをかきおくっている。

女弟子であった杉浦とかれとの関係はどうだったのだろうか、気になるところである。のちの記録でも杉浦をひどくうとましくおもい、異常者であるかにかのじょを非難しては、またひきよせようとする。普通の女弟子との間をこえる情がそこにあったようである。

妻との関係にも危機があった。それをはっきりかいているのは山上次郎『齋藤茂吉の生涯』（文藝春秋、東京、一九七四年）である。一九一九年の「はりつめて事に従はむと思へどもあはれこのごろは痛々《いたいた》しかり」（「雑詠」、『つゆじも』）の合評で、土屋文明が、「身辺に起ったスキャンダルのとばしりを受けて、ひどく苦しい立場に追ひ込まれたらしい」などといったことをひいたのちに、こうかく、――

この第一のスキャンダルは、前田茂三郎氏によると、前田が茂吉から聞いたという茂吉の結婚前に関係のあったという田沢が、アメリカに留学していたのが帰国して、再び輝子と接触があった、ということであるが、事実かどうかの確証はない。

この田沢とは、まえに青山脳病院につとめていた田澤秀四郎だろう。田澤は一八八三年うまれ、一九〇四年医科大学卒。一九〇五年から一九〇九年まで巣鴨病院医員。また、一九〇七年から一九一〇年まで日本医学校で精神病学を講義していた。一九一〇年一二月に出発して、主としてドイツのキールでジーメリング教授のもとに留学。一九一三年一〇月に帰国したが、一九一七年一〇月に名古屋市に東山脳病院を開設している。そこで、この時期に輝子と関係があったとすれば、ほかの人だったのであるまいか、そして田澤は一九二〇年一二月に死亡した。

ともかくも、平福百穂がてる子を東京へおくことをひどく心配していた。だが、てる子は自分勝手な味つけの炊事しかできず、夫の身なりにかまわず、派手な社交生活をこのみ、真夜中にピアノをひいて近所に迷惑がられる人であった。子どもがくれば、うれしいが……「25／12．輝子午後五時より留守、午前一時宅にかへる、桃割などに結ふ、僕きげんわるし」（一九二〇年、「手帳三」）という次第で、「三十日に妻と喧嘩いたし為方なしに一処に旅行に出かけ申候気がくしやくしやして出かけたれども途中にて仲直いたし候、実に妙なものに御座候。しかし小生には夫婦喧嘩は非常に毒にて頭の具合が悪くなり候が、愚妻の性質（先天的、遺伝的）はどうしても時折小生をして喧嘩せしめ申候。実に悲しき気持もいたし申候」（一九二〇年一二月三一日久保田俊彦あてはがき）。

かれは学生にはその素顔をかくさずにみせつけた。河村敬吉（「ある日の齋藤茂吉教授―茂吉伝説の内―」、『日本医事新報』第一四七六号、一九五二年）に、かれの怒りの一つをしるしている、―

茂吉の最大の怒りは何といっても鷗外の小説「麻酔」の主人公の医者に対してであった。ここで詳しく書く余地がない。これも長崎でのある夜、ある処でとして置く。例によって芸者が来て、酒が出た。そこでちよっとした気持の動揺があった。急に機嫌が悪くなった。とたんに今から東京に帰ってあいつを撲ってくると言い出した。あいつとは有名な医者で鷗外の小説に出てくるけしからん人物である。怒りは四時間も続いた。さすが相手の豪の者Kも困つてしまつた〔中略、―茂吉はあいつをなぐってくると料亭をとびだした。近くに茂吉の愛弟子大橋松平がいることに気づいたKは、大橋の家の戸をたたくと、近くの寺にいっているという、そこに案内したら大橋がいて茂吉はあがりこんだ、Kはもどったら、もう芸者はいなかった〕。茂吉の怒りは常に東京の医界の偽善や不正に対してであった。Kとあるのは河村自身か。「魔酔」の医者とは三浦謹之助かといわれてもいるが、このときかれの怒りの対象はだれだったか。

四海楼へのお伴はゆるされていた正木慶文（「長崎時代の茂吉先生」、『日本医事新報』第一五〇七号、一九五三年）によると、長崎図書館での文化人の集まりは、いつとはなしに、かれを中心とするワイ談会になったらしい。「このメンバーの仲間との丸山遊びは随分さかんだったそうだが、もちろん、単身で微行されることも稀れではなかつたと承わる。」そして、ある日かれが講堂にはいると、学生がドッとわらう。黒板に妙な形の漫画がかかれていて、「大茂吉登楼之図」とある。かれは例のごとくペロペロ舌をだして「諸君のうち、誰か同じうちに登楼したものがいたと見えるナ」。河村も「恩師・茂吉先生」（『国文学解釈と鑑賞』第三〇巻第四号、一九六五年）におなじ場面をかいている。長崎高等商業学校の校長をした田尻常雄（「齋藤君」、『月報』24、一九五四年）によれば、丸山のある妓楼の戸口でまごまごしている学生をみて、かれがきくと、金がたりぬので、まけさせる談判をしているとのこと、金はおれがだしてやる、あそべ、と激励した。翌日教室の黒板に「齋藤教授丸山〇〇楼に遊ぶ」とあった。

長崎の医学史の権威である中西啓が、当時の学生にききつづっているところ（「長崎時代の茂吉」、『国文学解釈と鑑賞』第三〇巻第四号、一九六五年）は、もっとすさまじい。かれは服装にかまわず、和服のことがおおく、足袋のやぶれたところには墨をぬった。食事はしばしば自炊。精神科病棟の医局に起居し、自炊もした。そして、

〔前略〕当時の学生田川清談話では、茂吉は丸山から講義に通った。渡辺庫輔も同じ話をしたこともある。渡辺庫輔は「学生が茂吉の部屋に行くと、学生のセックスを検査した」という。梅毒の有無を検したようである。これは学生が茂吉の教室に入局するのを嫌がる原因の一つとも考えられるが、学生にとっては異常行動と思えたであろう。それから正木慶文によれば、茂吉は矢柄町の淫売屋に行き、一時間前後で帰った。その間、正木は外に待たされた。その後、茂吉は淋病に罹患し、正木と杠葉はその治療に当った。茂吉は副睾丸炎のため激痛を訴えた。〔後略〕

学生のペニスをみたのには、自分のものとくらべる気もあったのであるまいか。河村（「恩師・茂吉先生」）は、盲蛇におじずで、かれにもっとも接近したI君がした話しをかいている。「茂吉さんは変わっているぜ。（あの頃から先生と云わずに、茂吉さんで通っていた。その方が何とも云われぬ親しみがあった。）俺が先生に丸山にも時々行きますかと聞いたら、ウン時々行くがの、やっぱり何といっても嬶の奴のが一番Ampassend〔ママ〕だよと云ったぜ。と相好をくずして話していた。わたしたちもよろこんで聞いて、ついでにAmpassendという言葉まで覚え

た。」anpassen は「適合する」の意、かれも妻によって「心ゆく」ことをもとめたのである。
その成果もあったが、妻は一九二〇年八月一日かれの療養先から長崎へかえる途中、馬車にゆられて二か月で流産した（ただし、八月一五日久保田俊彦あてはがきには、「愚妻は妊娠でなかつたらしく」とかく）。

病い　ここではまず、「あらたま編輯手記」にある病いの経過をみておこう、―

〔前略〕大正九年一月九日の夜から流行性感冒に罹つてひどく苦しんだが、病が幸に癒つて学校にも病院にも勤めてゐた。然るに六月一日になつて血を喀いた。談話をも禁じて仰臥してゐたけれども、血痰を喀くことがなかなか止まない。そこで二週間ばかり病院に入院したりした。退院して寂しく寝てゐると、島木赤彦君が遥々見舞に来てくれたので、四人づれで温泉嶽《うんぜんだけ》の浴場地に転地した。〔中略〕八月十四日に長崎に帰つた。それから八月三十日に友と二人で佐賀県唐津《からつ》海岸に転地した。九月十一日の朝唐津を去り、僕一人になつて、佐賀県の南山村古湯《ふるゆ》温泉に来た。ここへ来て十日目程から痰がだんだん減つて行つて二十三日から血の色が附かなくなつた。〔後略〕

これは「十月一日古湯にて記」とある部分であるが、日付けがいくつかあやまったままである。

スペイン風邪（インフルエンザ）は日本では一九一八年春から流行して、一九一九年にかけて一五万人が死亡した。「作歌四十年」によれば「大正七年の冬にはもうそろそろ長崎にもはやりかけてゐた」。一九二〇年（大正九年）一月六日、東京からきた義弟齋藤西洋をむかえて、妻、息子とともに大浦の長崎ホテルに晩餐にでかけ、かえると発熱してねこんだ。肺炎を併発し、一時は命をあやぶまれた。村山達三は、このとき幻覚があったとだけいっているが、熱性せん妄であったろう。二月一四日に離床し、二四日から勤務した。「はやりかぜ一年《ひととせ》おそれ過ぎ来しが吾は臥《こや》りて現《うつつ》ともなし」（「漫吟」、『つゆじも』）が、このときの歌である。

このときは妻、子もスペイン風邪にかかった。かれと同日にかかった同僚の教授大西進、あとからかかった尾中校長は死亡した。

ところが、六月二日にあるきまわってきたのちに喀血。さらに八日に再喀血あり、欠勤することにした。しかし、はかばかしくないので六月二五日に長崎病院西二病棟七号室に入院。七月四日ごろ退院した。七月二六日から八月一四日まで温泉公園萬屋旅館に転地療養。この間ときどき血痰あり。耳鼻咽喉科の久保猪之吉・九州帝国大学教授（一九〇〇年卒）がくることをしって、帰りをのばして八月一二日にその診察をうけた。「耳、鼻、咽、喉、にかはりなし。万歳、!!／血の出る処が narbig になるまで安静にしてゐる必要あり」（「手帖二」）。「小生のノドには異状なく、気管がタヾレ居るのかも知らずと申候」（八月一五日久保田俊彦あてはがき）。旅先だから、久保がもっていたのは、ごく簡単な診察用具だけだったろう。Narbe とは瘢痕。手帖には「出ル、昨日ヨリ尠、」などと毎日かきつけているのに、自分の病いについての見立ては素人のように大甘である。そして、

二十六日　盆／午前三時頃痰吐く、朝見るに、全く紅色にて動脈血も交り居る如し
温泉にて出でたる如き色にてあれよりも分量多し、
Haemoptoe なることをはじめて気付きぬ、
朝、痰少量、色紅まじる、あとは、血ノ線《ストライフエン》を混ず
入浴、淫欲、カルモチン〇・五、原因を考ふべし
朝、怒の情なくなり、全然人を許し、妻をも許し愛せんとの心おこる。
〔中略〕
しずかに生きよ、茂吉われよ（「手帖二」）

Haemoptoe は喀血で、自分でも、たとえば六月二六日久保田俊彦あてはがきに「喀血」の語をつかっていたのだが…肺結核と自覚したのだろう。催眠剤カルモチンをよく服用していたらしいこともうかがえる。

人と談話するのがわるいのだろうと、無言ですごすことにし、女中とも来客とも、抜歯にいった歯医者とも、筆談ですませた。つぎの転地療養には内科助手の高谷寛が同道して、自分を啞ということにしてくれた（「虫類の記」、『時事新報』一九二八年、『全集』第五巻）。

八月三〇日に唐津海岸に療養、このときは前記のように高谷寛（かれはすでに森路家の養嗣子になっていた、歌での号は匆平）がついた。高谷はそれまでかれのところに薬をはこんだり、カルシューム注射にいったりしていた。旅館で隣室の男女の語らいが気になって、それを歌に

もよんでいる。唐津海岸は海風がつよくてよくないと、九月一一日佐賀県の古湯温泉にうつった。高谷は同行しなかった。伝染病で長崎病院隔離病室に入院し、回復は年末であった。かれの血痰はすこしずつかるくなり、『あらたま』の編集もすすんで、九月三〇日におわった。「手帖二」をみると、一七日「正午、痰ヲ無理ニ出シタルニ血点を出ヅ、どうも浅い処からだその決心つく」、なにか独り決めしているようである。一〇月一日、「痰ヤ、深キ処ヨリ出ヅ、褐色少シ混ズ」。一〇月六日には、「血はこの一週間ばかり全く出ない」（久保田俊彦あてはがき）。痰はまだおおかったが、血痰は一〇月一日が最後だったようである。

一〇月三日に帰宅して、一〇月八日には、山田基校長（内科、八月一二日赴任）にあった。つづいて、一〇月一一日長崎県西彼杵郡西浦上村六枚板で療養、ここで改選『赤光』の準備にかかる。一〇月一五日小浜温泉にうつって、療養にきていた長崎医学専門学校四年生で歌の弟子でもある立石源次といっしょになる。藤岡は、「別嬪の顔を拝見しようと、朝っぱらから、彼等の部屋を覗き廻ったり、日光浴をやろうとて、浴衣を帯にくるんで裸で、適当な場所をさがして歩く姿を、村人等は怪訝な顔をして見守っていた」という、かれについての立石の回顧談を引用している。ついで、二〇日に佐賀県嬉野温泉にうつって、二六日長崎にかえった。

一〇日二八日学校病院にでて、

〇病院のわが部屋に来て水道《すゐだう》のあかく出て来るを寂《さび》しみゐたり

（「長崎」、『つゆじも』）

そして、一一日二日から勤務した（一一月九日淺野利郷あてはがき）。

通覧すると、結核の療法が確立していなかった時代とはいえ、かれの療養態度は医者らしくない。なお、随筆「結核症」に自分のことはしるしていない。

ついでに、煙草の件をみておこう。その吸い方は、河村敬吉が「恩師・茂吉先生」にかいている、—

　医局での煙草の吸い方には独特のものがあつた。巻煙草を右手の拇指と示指で、吸口のところを軽く握り、残りの三指を少し離して揃えて軽く曲げて、何を考えているか、味わつているのかという恰好で吸うのが癖であつた。煙草は敷島で沢山吸わなかつたが、吸口は折らずそのままだつた。物事を考える時は必ず瞑目していた。

一九二〇年五月下旬、南蛮から種をつたえてはじめてうえたという長崎桜馬場をおとずれて、

○ささやけき薬草《くすりぐさ》の一つとおもへども烟草《たばこ》のみしよりすでに幾《いく》とせ

（「漫吟」、『つゆじも』）

六月二日に喀血して、「二日から煙草をやめた。あんなに好きな煙草ゆゑ大兄もそれをきいて褒めるだらう」（七月三日、久保田俊彦あて）。だが、やめきれず、八月七日「朝日二本のむ」、八月八日「朝日一本のむ」、八月一〇日「タバコ二三本」、八月一一日「午後一時頃痰に色づく、タバコ二たびやむ」（いずれも「手帖二」）。

九月下旬には、

○烟草《たばこ》やめてより日を経たりしがけふの暁《あけ》がた煙草のむ夢視《ゆめみ》つ

（「古湯温泉」、『つゆじも』）

あとは禁煙できていたのだろう。一九二五年に、

○烟草をやめてよりもはや六年《むとせ》になりぬらむ或る折《をり》はかくおもふことあり

（「閑居吟　其一」、『ともしび』）

また一九三六年に、

○烟草やめてより幾年なるか眞近《まぢか》なるハバナの煙なびきて恋《こほ》し

（「雑歌」、『暁紅』）

「禁烟」の随筆（一九四九年、初出不明、『全集』第七巻）もある。もう夢で喫烟することもなくなった。温泉嶽で禁烟するに、烟草もマッチももたずに、山に谷間にでかけて数時間いた。口さびしさは、爪楊子を口にくわえてこらえた。この方法は人にすすめられるとおもう。この文章のはじめには、呉院長のこともでている。

研究　かれの前任者石田昇は、まえにのべたような事情があって、一九一九年末ごろに休職と、さらに一九二〇年九月二九日に「依願免本官」となった。かれは留守番でない教授になった。石田の問題のために、二年で東京にかえる積もりがだめになったようにもかかれるが、その点はどうだろうか。はじめ二年ということで留学して一年のびるのはよくあったことで、かれも、三年ぐらいといちおう覚悟してきたのではなかろうか。

さて、かれは論文らしい論文もかかずに教授になった。ちゃんとした研究は留学してやる、

とかれはかんがえていたようだが、ほとんどの医学者は、留学前にかなりの研究をしている。長崎にいって、かれもあせったに違いない。一九一八年七月七日阿部次郎あてはがき（「書簡補遺」）に、「来てより半年たち何もせざる事汗顔の至りに堪へ不申毎日 Thema の事につき煩悶いたす事有之それがすぐ消えてしまふ事奇態に御座候」とある。研究主題がうかんではきえる、というのだろう。のちにのべるエルゴグラフの研究は同年一〇月から一二月はじめにかけておこなわれたが、中断した。

かれは、一九一九年（大正八年）の第一八回日本神経学会総会に出席して、その第八席として「早発性癡呆ニ於ケル植物性神経系統ノ機能ニ就テ」の報告をした。この総会報告の抄録は『神経学雑誌』第一四巻第四号にのっているが、かれの報告の抄録はない。加藤淑子が指摘するように、「手帖一」のはじめのほうにある「Eppinger u. Hess.」以下の記載が、この報告のための手控えであったろう。アトロピン、ピロカルピン、アドレナリンを注射して、脈、血圧、汗、涎などを測定、観察して、自律（植物性）神経機能が、交感神経優位か副交感神経優位か判定する方法をとったらしい。それぞれが一一例および一四例、どちらともいえぬものが一三例、という結果だったようによめる。三月二五日中村憲吉あてはがきに、「学会の準備が出来なくて困り居る」とあるように、この辺で一回学会報告しておかなくては、と、あせっての仕事だったようで、抄録をかくまでにもいたらなかったものか。

このときは、三月二九日に長崎をたって、四月一三日にもどっている。このまえ二月にもエルゴグラフの実験をすこししている。そちらはまだ途中なので、自律神経機能のほうをいそいでやってみた、という感じもする。そして、東京からもどって、四月から六月にかけて、エルゴグラフの実験をまたすこし。あとは、「鑑定やら何やらの仕事片つけねばならぬ事多く」（一二月二〇日河野槙吾あてはがき）、研究に手がまわらなかったのか。そして翌年はほとんどが病気療養。

かれの師呉秀三は、一八八六年に医科大学助教授に任ぜられていた（教授は一九〇一年）。その在職二五年記念事業が計画されて、記念文集への論文の締め切りははじめ一九二〇年一一月末とされ、ついで一九二一年三月末までにのばされた。かれは一九二一年一月になって、あわただしくエルゴグラフの追加実験をおこなって、二月二二日に「緊張病者ノえるごぐらむニ就キテ」をかきあげた。ついで、長崎をさってからの一〇月七日に、その追加となる「二タビ緊張病者のえるごぐらむニ就キテ。附意志阻礙ノ説」をかいた。それにおわれていた様子は、久保田俊彦あて書簡にみられる。すなわち、一九二〇年一二月二五日には、「本年は呉先生の廿五年祝賀につき小論文をかかねばならず、正月からしばらく御無沙汰仕るべく候」、翌年一月二〇日には、「今年は呉先生が大学教授になられてより満廿五年めにあたりその祝賀のため門人ども寄りて医学上の論文集つくるよし小生も一小論文を草しようと存じ目下心がけ居り、そのため寸暇無之候、二月二十日頃に出来あがらねばならず、非常にいそぎ居り、その割に進行せず、気いらだち居り候、これのみは是非せねばならぬ事ゆゑ何卒御承知願上候」。また一九二〇年末に、この論文執筆のことをよんでいる、――

○長崎を去る日やうやく近づけば小さなる論文に心をこめつ

（「歳晩」、『つゆじも』）

第一論文では医員杠葉、学生松藤の、第二論文では医局の杠葉、松藤、浦邊の助力のあったことがしるされている。藤岡は、ほかに学生右田の協力もあったとする。とくに、学生時代の松藤は医局に宿泊して手つだったという。青山脳病院にいた齋藤平義智（「渡欧前後」、『アララギ』追悼号）は、ある夏休みに長崎からエルゴグラフをもってきて、青山の患者でも実験して、自分も手つだったが、なかなかうまくいかなかった、とかいている。長崎時代に夏休みの上京はなく、これは一九二一年夏に、さらに新知見をえようとこころみたものか。このときの成果は、論文には反映されていないのだろう。

エルゴとは、仕事のことで、エルゴグラフとは筋肉作業の経過を記録する装置で、記録されたエルゴグラムは作業曲線であり、また疲労曲線でもある。かれはドュボア氏型の装置をもちいた。この装置の具体的なところは承知しないが、木製円筒をにぎる形のもので、中指にかけた革輪に三キログラムまたは五キログラムの荷重をかけ、一分六〇回のメトロノームにあわせた中指の屈伸運動を記録するものである。患者のばあい、途中から自由運動にまかせ、運動がとまったときには、「うごかして」など命令することもあった。そして、一分作業して一分休憩で、五つの作業曲線をえるようにした。

第一論文の被験者は、健康者一一（自分、杠葉、看護婦深堀、学生右田をふくむ）、躁病三、破瓜病二、妄想性痴呆四、麻痺性痴呆五、てんかん一、緊張病一二である。緊張病とは早発痴呆（分裂病）のうち、運動興奮あるいは運動減少といった運動面の症状を主とするものである。緊張病例のエルゴグラムは、平均屈伸高がちいさく、全作業量、屈伸回数がすくなく、屈伸高のばらつきがおおきい。緊張病性興奮を主症とする例で、平均屈伸高が大でも屈伸回数のすくないものがある。緊張病例のエルゴグラムの特徴は意志障礙に帰することができる。

第二論文は、動きのはやい記録装置でこの屈伸運動の一回一回の経過をよりこまかくみようとしたものである。健康者では鋸型になる曲線が、緊張病者では鋸刃の高さがひくく山、谷ともに中間時間がはいり、不規則になり、あるいは平坦部がつづく、などの特徴をしめす。この結果は、意志阻礙の症状がエルゴグラムに図式化されたといってよい。今回の実験の被験者数などはしるされていないが、健康者二名（齋藤、杠葉）、麻痺性痴呆三、躁病一、緊張病四か。麻痺性痴呆例のうち一名、緊張病例のうち二名だけが第一論文にでるものと同姓である。エルゴグラムに日付けのはいっているところには、一九二一年二月一〇日および三月一日とある。第二論文の実験は、第一論文の大筋ができあがってからなされたのだろう。

これら両論文は、一九二五年（大正一四年）二月三日発行の『呉教授莅職二十五年記念文集第壹輯』（呉教授在職二十五年祝賀会・東京）に、つづけておさめられた。第一論文はB５判で三六ペイジ、写真版別図五ペイジ、第二論文は図を本文中にいれていて一八ペイジである。

かれはのちに、ヴィーンから青木義作にあて一九二二年一二月二〇日に「あゝいふ方面の論文では、僕のははじめてだ。仲間の奴等には、小生の論文の価値がまだ分からない。東京の教室ではせいぜいヒストロギーぐらいのところだ」と、ほこっている。たしかに、組織病理学全盛の時代に、実験心理学の方法で精神症状にせまろうとしたのは、新機軸ではあった。内村祐之は「科学者としての茂吉」（『アララギ』追悼号）で、「実験のスケールは小さく、その結果も現在の立場からすれば、とりたてていうほどのものではない」と評している。長崎で、組織標本つくりの技術者もおらず、ほとんど一人でやれる、しかもあたらしい面をきりひらく研究としてなされたのが、エルゴグラムの実験だった。かれも、ちゃんとした組織病理学の研究をしたかったことは、すぐに明白になる。

なお、『呉教授莅職二十五年記念文集　第貳輯・第参輯・第四輯』は、一九二八年（昭和三年）一二月一三日にでた。この第貳輯は第壱輯とおなじく精神病学論文集、第参輯は精神病学史、法律問題、精神史など関連分野の論文集、第四部は呉におくられた詩歌文章である。

帰京　藤岡のひくところでは、かれは病気療養中の一九二〇年六月から八月のあいだに、校長事務取扱の國友鼎教授をたずねて、自費留学の相談をしていた。「手帖二」には、一九二〇年九月一五日官報の「留学生の優遇　文部省在外研究員規程」の切り抜きがはってある。一一月一一日の久保田俊彦あて書簡に「これは大つぴらにしないが、僕は暮に東京にかへる予定だ、それで、後しまつに非常に忙しい。あと始末さへなければ何でもないが、実に忙しくこまる」

とかき、一二月一〇日の平福百穂あてには、「小生は明後年には官費留学も出来る順番になり居り候も、体の都合もあり、官にしばられ居る事はいやでもあり、留学は自費にして、いくら苦しんでも倹約してまゐりたき考に御座候。官費とせば未だ二年ほどは勤めねばならず、職にあれば幾ら怠けて居ても相当の責任感もある事ゆゑ、やはり三月頃やめて、十月頃までうんと養生して十月頃出張しようと考へ申候。この考いかゞに御座候や、いつか御意見伺奉り候」とかく。一一月一〇日頃に形をあらわしてきた将来計画が年末に具体化してきたのである。

留学の手続きにはいったのはいつだったか。年あけて一月二〇日に久保田俊彦にあて、「(当分以下他言無用)」小生は三月で学校をやめる。そして帰京して体を極力養生する。そして十月頃欧州に留学して少し勉強して来る。名儀は文部省の留学生といふなれど自費なり。名儀だけでもその方が便利だからである」とかいているのは、手続きにはいっていることだろう。この手紙にはつづいて、「小生は今まで医学上の論文らしきものを拵へたるためしあらず、そのために暗々のうちに軽蔑されること丶なる」、「たゞ茂吉は医学上の事が到々出来ずに死んだといはれるのが男として、それから専門家として残念でならぬ」などと、留学して医学上の実のある為事をなんとしてもしてこなくてはならぬ、との決意がのべられいる。また、同僚とフランス語の勉強もはじめた。

留学の辞令は三月二日にうけとった、――

○長崎医学専門学校教授齋藤茂吉／精神病学研究ノ為メ満二年間英吉利国仏蘭西国亜米利

加合衆国瑞西国及墺地利国へ在留ヲ命ズ／大正十年二月二十八日／文部大臣従三位勲一等中橋徳五郎
文部省在外研究員齋藤茂吉／渡航旅費留学中学資及帰朝旅費トシテ金五拾円ヲ給ス／大正十年二月二十八日／文部大臣中橋徳五郎

五〇円とは形だけの金額である。留学先のフランス国は四月一九日にドイツ国とあらためられた。後任には、一九一三年卒の東京府立松沢病院医長高瀬清が、三月七日づけで発令された。三月一日の文部大臣あて出発予定届は、三月二五日長崎市出発、九月一五日神戸港出港の予定。三月三日に法医学の、翌日に精神病学の試験。三月八日に「呉先生」の続きをかく、と「手帳三」にある。いつからかきはじめたのか。また、三月九日に「きもぐらひよん図ヲ張り、学会演説の用意をする」。第二〇回日本神経学会の演題受け付けの締め切りは三月一〇日で、それに間にあわせることはできなかった。三月一三日に高瀬がき、翌日県庁、病院、学校にまわって高瀬を紹介した。

「手帳三」の三月一五日のところに、留学案件についての学校側との交渉の一端がしるされている。「学校の齋藤照之助氏〔書記〕午後六時半頃来り、校長の意見なりとして、「一ケ年三百円ヲ給与スルコトハ笹川君ノ例モアルコトユヱ、一ケ年ダケニシテ呉レルコトヲ承知シテモラヒタイ」「辞職願を書いてきましたから、これに捺印願います、二通あります」「これは満二ケ年後に出します」〔中略〕余稍不快なり〔中略〕然り、山田は未だ「人間」の「心」を理解し得ぬ」。前年九月一日着任の山田基校長は軍医上がりの内科医。かれは一〇月八日に会いにいった校長に、己れとあいいれぬものを感じていた。校長にしてみれば、病弱で変人で、自分の科に医者もあつめられず（したがって稼ぎもわるい）、碌な研究もできぬ歌詠みを優遇する理由など、なかったろう。

「手帖三」にはつづいて、「行春の」の歌を色紙にかいて病院、学校に寄付するはずだったが、いやになった、としるされている。この歌は『つゆじも』には、「三月十五日。医学専門学校職員食堂のために一首をしたたむ」として掲載されている。

三月一六日夜長崎をたつ。そのまえ「病院ニ行カント思ヒ寿橋マデ乗リタレドモ心進マズシテ戻リ来レリ」。一七日福岡につく、旅館に青木義作がきた。九州帝国大学に久保教授と精神科の榊保三郎教授（榊俶の弟）とを訪問。あちこちでおりて観光しながらの旅行。二三日に岡山医学専門学校を訪問し、精神科の荒木蒼太郎教授にあう。「私がヤメテ林道倫ト云フ人ガ来ルコトニナッテ居ルサウデスガ、林ト云フ人ハ専門家デスカ。」、「ナカナカ Forschung（研究）ハヤリマス」。医科大学への昇格とともに、林教授にかわることになったのである。二四日には大阪医科大学で法医学の中田篤郎教授、精神病学教室の小關光尚副医長などにあう。三〇日米原からのった急行で、榊、和田、小野寺の三教授にあう。九州帝国大学の教授たちである。小野寺は内科。当時多くの学会の総会が四月はじめに集中していた。同日東京着。

三一日には、午後から夜にかけて帝国ホテルでおこなわれた呉教授莅職二十五記念祝賀会に出席。このとき森田正馬が、呉におくる記念品（当日の記念写真、祝賀の詩稿・歌箋・画楮などをはりまぜた六枚折り屏風、祝賀の詩文集および知友門下よりささげた学術論文集の出版）の目録を披露した。養父紀一も出席した。翌四月一日東京帝国大学法学部第二七番教室でひらかれた第二〇回日本神経学会総会に出席。

このあと留学をまえにいろいろあった。第一が体調のことで（「作歌四十年」中「つゆじも抄」）、

体格検査のをり、友人の神保光太郎博士は私の蛋白尿を認めて注意するところがあつた。『なあんだ齋藤！　Eiweiss〔蛋白〕が出るぢやないか！』といつた調子である。兎も角も遠い旅へ出るのであり、異境に果てるやうなことがあつては悲しいとおもつて、少しく煩悶もしたのであつた。ある日、入澤博士の診察を受けた。先生は大体診られ、尿を検査してをられたが、『なる程、あるね』としづかに云はれた。それから血圧を検べて居られた。器械を私の腕からはづされて、一寸考へてをられた様子だつたが、『まあ行つて見給へ』といふ結論であつた。大正九年流感後のこともあり、今回のこともあるから、兎に角私は一夏信濃富士見に転地して能ふかぎり養生して見ることにした。〔後略〕

入澤による診察は、神保の病院で七月六日になされた。八月五日から九月六日まで富士見に静養。この間に脚気にかかり、久保田俊彦にオリザニンの購入を依頼している。

第二は、呉祝賀記念事業関係のことで、第二論文は一〇月一七日にかきあげて、翌日精神病

学教室（この頃には本郷の大学構内）へもっていった。そのまえ、一〇月一二日には、東京精神病学会（まえの精神病科談話会が発展したもの）の第二席として「精神病者主トシテ緊張病者ノ「エルゴグラム」ニ就テ」の発表をした。抄録はのっていない。まえからかいていた「呉先生」は一一月の二日か三日に門司からおくった。「賀歌　芳溪呉秀三先生大学教授莅職二十五年賀謌竝正抒心緒謌（仏足石謌体）二十五章」はいつつくったものか。おそらく祝賀会のあとだろう。

この「賀歌」および「呉先生」は、一九二二年一〇月一〇日発行の『呉教授莅職二十五年記念文集』にのった（このときのものが、ほとんどそのままの形で一九二八年の『呉教授莅職二十五年記念文集　第貳部・第三部・第四部』の、第四部となった）。一九二二年『文集』所載のものでは、「（仏足石謌体）」がはいっていない。なお、呉は森林太郎の文章をかきなおしてもらったり、和歌は全部平仮名がきにして、左側に漢字をふらせた。呉が手をいれた分か、かれが『つゆじも』編集のときにあらためたか、漢字の使い方が『文集』と『つゆじも』とでずこしことなる。たとえば第一首は、『つゆじも』には「長崎の港をよろふ山並《やまなみ》に来むかふ春の光さしたりあまつ光《ひかり》は」とあるが、文集ではほかに「繞」「向」「照」「天」の漢字がふられている。つぎの「明暮《あけく》れて」は「日暮れて」である。また、このときすてられた「あたらしきさきはひにみつるこころもてをしへのおやを讃へざらめや」が「短歌拾遺」にある。

かれが祝賀行事のために努力したのは、自分の作品においてだけではない。久保田俊彦、中村憲吉に賀歌をたのみ、平福百穂に「狂人」の題の絵をたのみ、また石原純から二首、釋迢空が三首くれた、岡麓にもたのんである、などとかいている。呉はかれあて九月一三日はがきに「別送付の絹地へ御手数ナカラ貴兄、迢空、赤彦三氏前に頂戴ノ賀歌御揮毫被下度右御依頼申上候」とかいている。

『文集』には、島木赤彦「呉博士在職二十五年を賀する歌」五首、石原純「賀歌」二首、釋迢空「呉博士開講二十五年にあたるとしのほぎ歌とて」三首がのっているが、岡のものはない。その他の歌人では、呉門下の氏家信や呉と同級の井上通泰の関係でよせられたものがあろう。石槫千亦のものにはかれが関与していなかったのか。平福の絵もかかれた。呉章二家に蔵される『在職二十五年祝賀記念帳』三冊は、このときの書画をはりまぜているもので、平福の絵、前記三人の書もある。かれのものは「ものぐるひはかなしきかなとおもふときさびしきこころきみにこそよれすくひたまはな」。森田が披露した目録にあった屛風はしたてられずにおわったのだろう。また、祝賀会の写真はまだ目にしたことがない（呉家関係にはのこっていない）。

当時また、石原純と原阿佐緒との恋愛問題で気をもんで、石原休職のために診断書をかく。結城哀草呆あて家族の病気の件で助言の書簡（五月二七日）、「睡眠薬ハ夜、寐ル前ニ呑マセ、五日間以上持続シテ用ヰルベカラズ」。また、改選『赤光』の手入れ、校正。

精神病医仲間との交際では、六月二八日東大精神病学教室医局懇親会（早尾乕雄帰朝歓迎、下田光造慶応医大教授就任祝賀、かれの東上歓迎など）。一〇月一四日には、林道倫、井村忠太郎およびかれのヨーロッパ遊学などをおくる同前の懇親会。一〇月二〇日、松沢病院医局送別会、そこで早尾から「づうづうしく、broken デモ何デモイーカラ話スコト、Prof カト云ヘバサウダト云フコト」などの助言をうけた。ところで、齋藤平義智は「渡欧前後」に、かれが特別研究生の名目で下田教授の慶応医大神経医局に月に一、二回顔をだすようになったが、これは慶大神経科へ籍をおく海外研究生としていくのに都合がよいためだったようだ、とかく。これはどうだろうか、長崎医学専門学校教授の肩書きはのこっていたのである。青山脳病院にちかい医局からの応援を期待してのことだろう。

「帰京」（『つゆじも』）にあつめられている歌には、精神科に関係するもの、気にかかるものがいくつかある、──

○東京に帰りきたりて人ごろしの新聞記事《しんぶんきじ》こそかなしかりけれ
○さみだれの日《け》ならべ降れば市《いち》に住む我が腎《じん》ははや衰へにけり
○流行の心理は模倣《もはう》憑依《ひようい》の概念《がいねん》を以て律《りつ》すべからず夏の都会《とくわい》に
○ゆたかなる春日《はるび》かがよふ狂院《きやうゐん》に葦原金次郎《あしはらきんじろう》つひに老いたり
○さみだれはしぶきて降れり殺人《さつじん》の心きざさむ人をぞおもふ
○ものぐるひを看護《かんご》して面《おも》はればれとしてゐる女《をんな》と相見つるかも
○このごろ又外国人《ぐわいこくじん》を殺しし盗人《どろぼう》あり我心《わがこころ》あやしきを君はとがむな

計一九首中三首が殺人にふれている、なにがかれの心をあやしくしていたのか。春のあいだに、巣鴨病院から移転した松沢病院を見学している。「ものぐるひ」は、看護婦との性的関係とよめる。

ところで、出発まぢかい一〇月一一日渡邊幸造あて書簡には、「実は小生は都合よければ医学の仕事もしてまゐりたく同僚などからは冷かされながらも内心には少しく決心も御座候次第に御座候。日本にゐてはやはり歌の事もせねばならずつひ教室にばかり行つてはゐられないが向ふにまゐれば専門になるゆゑ勉強も出来ること〻存じ候」と、だいぶ弱気のところをみせている。やはり、ゆれうごくものがあったようである。

二　留学

一九二一年（大正一〇年）一〇月二七日夕、ついに東京駅をたって留学の途につく、三九歳。みおくった一〇〇名ほどのうち、精神科関係者は三五名ほど。

ヴィーンまで　一〇月二八日午前横浜出帆の日本郵船熱田丸にのり、途中神戸、門司に上陸して、一一月三日門司出港。一二月一三日マルセーユ着。当時まだ落ち着き先ははっきりとはきめてなかった。一〇月二七日前田茂三郎あて書簡には、「さて小生は、オーストリーのウイーンに友人あり、それに頼まれ物など有之につき一先づウインにまゐるつもりに御座候されば、下宿の儀はウインから御手紙差あげたしと存じ候」。このときはヴィーンにちょっとよってベルリン、とかんがえていたのか。一二月一三日にはおなじく前田に「小生は Wien か Hanburg に落付くことゝ存じ候」。さらに、のちにかかれたものだが、「大正十一年の一月に私が伯林に着いてミユンヘンの事情をさぐると当時ミユンヘンは唯ひとりの日本人が特別の許可を得て研究してゐるに過ぎず、ここへの入国は厳重で出来なかつたのである」（「日本大地震」、『改造』一〇月号、一九二九年、『全集』第五巻）。いちおう三か所がかんがえられていたようである。

一二月一五日パリ着。一二月一九日パリをたって、二〇日ベルリン着。翌日前田茂三郎《しげさぶろう》にあった。前田は山形県南村山郡堀田村飯田（現・山形市蔵王飯田）に一八九七年にうまれた。かれにはとおい親戚にあたる。東京工業学校を卒業してから海軍工廠につとめ、一九一九年飛行機の研究でフランスにわたり、ついでベルリンに居住し、大使館書記の身分で、特務機関の仕事をしていた。留学中本の購入やら私事にわたりいろいろとかれの世話をした人である。かれはのちに、「三年の留学の間、一日として君との交渉の断えたことがない。僕が今、干蕨《ほしわらび》の味噌汁を吸つて、痛切に君を思ふのは、単に共に蔵王山の麓に生れたといふゆゑのみではあるまい」(「寸言」、『改造』四月号、一九二五年、『全集』第五巻)と前田につきかいている。

かれは、横浜正金銀行による日本貨円の特別信用状をもっていった。それをポンドかドルの信用状になおせる横浜正金銀行の支店はドイツではハンブルクにしかなかった。それに、ハンブルクには義父紀一と親交のある老川茂信夫妻がいた。一二月二七日ハンブルクにいって、翌日用をすませてベルリンにもどる車中で盗難にあったことは「盗難記」(一九四一年執筆、『全集』第七巻)にくわしい。「東京を発つときの計画は、大体ここの大学で研究しようとしたからで、私のために呉教授からワイガント教授に宛てた懇篤な紹介状をも持参してゐた。ワイガントの処で研究した日本人がまだ一人も居ないので、自分はその最初の者として此処の業房に入らうとしたのであつた」。電話帳で、精神病学教室の、ヴァイガント、ヤコプ、プラウト三教授の宿所と電話番号などをしらべて、手帳にかきとめたりした(「手帳五」に、プラウトはしるされていない)。だが、盗難事件があったりして、気がかわった。ハンブルクへ出発する前日に、一つはやい船できた磯部喜右衛門、中村隆治(一九一一年医科大学卒業、のち新潟医科大学教授）にご馳走になっていた。

それから、私はこれから、ハンブルクに行くか、維也納に行くか、未だ極まつてゐないので、同じ専門の中村君に意見を徴したのであつた。すると、『維也納には△といふ謂はば主《ぬし》がゐて、吹かれるぞ、吹かれるぞ』と云つた。『君や僕のやうに専門学を一とほりやつて来たものには、その吹く法螺も馬鹿らしくて溜まらないだらう。それが承知の上なら維也納でもかまはんよ』とも云つた。これは暗にハンブルクを賛成するといふ意味にも取れたのであつたから、私の心もハンブルクに傾いてゐたのであつた。特に老川氏も居られるためになほさういふ心の動きがあつたやうである。

然るに、この盗難事件があつてから、私はハンブルクを気味悪くおもふやうになつた。さうして一夜ひとりで熟慮を重ね、維也納で勉強しようと決心し、一月十三日伯林を出発して維也納に向つたのであった。（「盗難記」、一九四一年筆、『全集』第七巻）

という次第で、一九二二年（大正一一年）一月一三日にベルリンをたって、同日長崎で同僚だった笹川正男（皮膚科、当時慶応義塾大学医学部教授）の出迎えをうけた。前田に「ウイーンに友人あり」とかいていたのはこの人である。なお、ヴィーンの主とは齋藤眞でなかろうか。

一月二〇日に、目的のヴィーン大学神経学研究所をたずね、所長のマルブルクにあった。呉の紹介状をもっていったろう。
○大きなる御手無造作《みてむぞうさ》にわがまへにさし出されけりこの碩学《せきがく》は

○はるばると来て教室の門《もん》を入る我の心はへりくだるなり

（『維也納歌稿　其一』、『遠遊』）

当時ここにいた日本人は、久保喜代二、小關光尚、齋藤眞、内藤稲三郎、西川藤英の五名。久保（一八九五―一九七七）は一九一八年医科大学卒。そののち慶応義塾大学（神経科ではない）にいて、留学からの帰国後精神病学教室にはいった。のち京城帝国大学、日本医科大学の教授をした。小關は大阪府立高等医学校をでて、母校精神科の助教授から、のち大阪府立中宮病院（精神科）の院長になった人。齋藤は、一九一五年医科大学卒、のち名古屋帝国大学教授、外科で脳外科もした。論文発表からみて、この人が最古参だったろう。内藤稲三郎は、一九一七年愛知医学専門学校卒、精神科の北林貞道の助手だった。西川藤英は一九一三年医科大学卒、のち岡山医科大学教授で外科。この人がかれをマルブルクにひきあわせたのは、すでに面識があったか。研究所の職員にはマルブルクのほかに、講師ポラク、助手シピーゲル、小使いのヴィンメルなどがいた。

ヴィーン大学神経学研究所　ここは、かれの師呉秀三がかつてまなんだ所である。それを創始したのは、先代所長のオーベルシタイネルである。

オーベルシタイネル（Heinrich Obersteiner）は、一八四七年一一月一三日ヴィーンに医師の子としてうまれ、ヴィーンの医科大学を一八七〇年に卒業。一八七三年に中枢神経系の解剖生理の講師となった。実地開業のかたわら、精神神経学、神経病理学の研究をすすめ、一八八〇年に感覚体側逆転の症状をみいだした。一八八〇年助教授にのぼり、一八八二年には自費で研究室をつくった。一八八七年にでた『健康状態および病態状態における神経中枢器官の構造を研究するさいの手引き』は、中枢神経系研究の手引き書として版をかさねた。一八八九年ヴィーン大学教授となる。一八九二年からは、この研究室から『ヴィーン大学神経学研究所業績集』(Arbeiten aus den Neurologischen Institute an der Wiener Universität) をほとんど毎年刊行した。研究室といっても、一八九五年まではオーベルシタイネル一人だけで、一八九六年にはじめて技手をやとった。一八九七年に呉がそこに留学したときは、オーベルシタイネルと技手とのほかに、老年の小使いが一人いるだけであった。精神科のクラフト-エービング教授が一九〇二年に死去したのちは、オーベルシタイネルは死去するまで、ヴィーン精神神経学会の会長をつとめた。

この研究室への政府補助はアルコール代にもたりぬほどであった。助手も私費でやとっており、一八九九年にはマルブルクが助手になった。一九〇五年にはこの研究室(研究所)がヴィーン大学神経学教室とよばれることになった。オーベルシタイネルは一九一七年一一月に満七〇歳で教授を退職したが、その後も研究室の指導にあたっていた。研究室はながいあいだ、せまいボロ家であったが、一九一九年におなじ場所に新築された。オーベルシタイネルは一九二二年一一月一日に死去し、その葬儀にはかれをふくむ四名が、日本人を代表して花輪をささげた。『遠遊』(岩波書店、東京、一九四七年)の巻頭には、年おいたオーベルシタイネルの写真

（図29）がかかげられている。

オーベルシタイネルの後継者マルブルク（Otto Marburg）は、一八七四年モラヴィアにうまれて、一八九九年ヴィーンの医科大学をでた。学生時代からオーベルシタイネルの研究室で研究していて、卒業とともにその助手になった。一九一七年に所長となったかれは、ユダヤ系であったために、一九三八年に合州国にうつらざるをえなくなった。ニューヨークのマウント・サイナイ病院にかれの研究室がもうけられ、ついでコロンビア大学の神経学教授としてはたらいた。合州国でも精力的に仕事したマルブルクは、一九四八年に死去した。なお、ヴィーンの研究所は一九三九―四五年とオスカル・ガーゲルが所長だった。

図29　オーベルシタイネル（『遠遊』巻頭）

ところで、このヴィーン大学神経学研究所は専門の脳研究施設としては世界でもっともはやいものの一つで、世界中から多くの研究者をひきよせた。マルブルク所長になって建て物が新築拡張されてからはとくにそうであった。一九〇七年にマルブルクがかいた「ヴィーン神経学研究所史によせて」には、不完全目録としながらも、三〇〇名ほどの研究生の名があげられている。そこにでる日本人は、淺山郁次郎（眼科、一八八四年東京大学卒、

のち京都帝国大学教授）、保利眞直（眼科、軍医、一八八七年医科大学卒）、今村新吉（精神科、一八九七年医科大学卒、のち京都帝国大学教授）、呉秀三、村上安藏（眼科、一八八八年医科大学卒）、三宅鑛一（精神科、一九〇一年医科大学卒、のち東京帝国大学教授）、能勢静太（神経、一八八七年医科大学卒）、岡田榮吉（神経、一八九八年医科大学卒）、島邨俊一（精神科、一八八七年医科大学卒、のち京都府立医学専門学校教諭）、島居春洋（内科、一八八七年医科大学卒）の名がみられる。

東京大学医学図書館に蔵されている『ヴィーン大学神経学研究所業績集』は何冊かかけている。そこから、いま名をあげたほかの日本人の論文執筆者をひろうと、さらにおおい（ローマ字綴りの名を、『日本医学博士録』（中央医学社・東京、一九五四年）と照合し、推定した）。齋藤眞、坂井精一（内科、一九〇三年医科大学卒）、高橋傳吾（内科、一八九七年医科大学卒、のち名古屋で教授？）、長尾美知（小児科、一九〇一年医科大学卒、のち千葉医学専門学校教授）、三浦操一郎（小児科、一八九七年医科大学卒、のち京都府立医科大学教授）、佐野彪太（精神科、一九〇〇年医科大学卒）、島柳二（内科のち精神科、一八九九年医科大学卒、のち第二高等学校教授）、加藤豊次郎（内科、一九〇七年医科大学卒、のち東北帝国大学教授）、内藤、小關、澁谷壽雄（外科、一九一三年長崎医学専門学校卒）、高瀬清、西川、久保、高木純五郎（解剖学、一九二三年東京帝国大学医学部卒、のち長崎医科大学教授）、長坂源一（精神科、一九一六年大阪府立医科大学卒）、河田明（神経、一九二三年大阪府立医科大学卒）、竹内譲（？

皮膚泌尿器科、一九一一年愛知医学専門学校卒）、中村讓（精神科、一九〇五年医科大学卒、のち台湾総督府医学専門学校教授）、内田賢助（内科、一九一二年京都府立医学専門学校卒）、西井烈（精神科、一九一九年東京慈恵会医院医学専門学校卒）、陌間《はざま》時春（耳鼻科、一九二三年金沢医学専門学校卒）、石川榮助（?·産婦人科、一九〇七年東京慈恵会医院医学専門学校卒）、多賀憲（神経、一九一八年九州帝国大学卒）、中村爲男（解剖、一九二〇年東京慈恵会医院医学専門学校卒）、小林儀作（産婦人科、一九一三年九州帝国大学卒）、村田美喜雄（内科、一九一六年京都帝国大学卒、のち教授?）。

このほか、見当をつけられなかったのは、ムラチ、シマ・K（東京）、タマイ・トヨフク、ワクシマ・M、ナカムラ・マサト（福岡）、タケシタ・タマオ（東京）、サトウ・ゲンイチ（東京）、ユサワ・タケシ（東京）、クロサワ・トシオ（大阪）、トヤマ・マサミチ（東京）、イシカワ・カンイチ（朝鮮大邱）。

ここに名をあげた人の合計は四八名で、このほかに、かけている巻に論文をかいている人がいて、五五名ぐらいになるだろうか。なお、島郁俊一はこの『業績集』に論文をかいていない。ひじょうに小規模のものであったとはいえ、ヴィーン大学神経学研究所の、またオーベルシタイネルおよびマルブルクの日本医学にたいする貢献は巨大であった（外国の医学史を紹介するさい、こういった日本医学にとっての意義という観点からするものがほとんどない）。また研究所の歴史にとっても、日本人の研究生の重みは大であった。たとえば、一九二九年発行の

『業績集』第二九巻所載の論文著者は一五名、うち日本人が九名（実人数七名）をしめている。

オーベルシタイネルは日本を愛してくれた。「オウベルシュタイネル先生」（『脳』一九二七年三―五月号、『全集』第五巻）には「告別式に行く途中、電車のなかでマアルブルク先生夫妻と一しよになった。その時先生は、『故先生には遺言書《テスタメント》があつて、そのなかには日本の医育に関することもあるからいつか見せませう』などと云はれた」とあり、これは「先生の遺言に「日本医育」のことありとマールブルク教授が語る」の歌（「維也納歌稿　其二」、『遠遊』）にもなっている。

ついでに、一九二三年四月二〇日にかれがオーベルシタイネルをその家に訪問したとき話題にのぼった日本人を、「オウベルシュタイネル先生」によってみると、「さうか、呉はなかなか偉い男ぢや」といったあと、

『このあひだ、モオリツシユが仙台に行くので、わしは加藤のところへ紹介状を書いたところぢやつた。……大学の方では誰々がゐるかな。……さうか。三宅もなかなかいい学者ぢやが、体が弱かつたやうぢやな。さうか。このごろは丈夫か。それは結構ぢや。今村か。今村は宅の嬢とようくロオンテニスを遣つたものぢや。…何とかいつた。あれは沒したさうぢやな。いや岡田ぢやない。わしも年老いて物忘れがしてな。それに大勢ゐるからな。……さうか、岡田も沒したか』

それぞれ加藤豊次郎、三宅鑛一、今村新吉、岡田榮吉である。

日本人のほうでもオーベルシタイネルの学恩にむくいようとした。すなわち、かれも出席した一九二一年四月一日の第二〇回日本神経学会で呉が、知人醵金して老教授を慰安せんことを提議したのである。呉・三宅によってあつめられた慰問金九〇余ポンドがヴィーンにとどいたのは、オーベルシタイネルの死後であった。一九二三年三月二〇日にマルブルクはモーニングをき、かれをつれて日本公使館にいき、呉からの書き留め郵便、書面、オーベルシタイネル未亡人への書面をうけとった。金は図書雑誌費にあてるとのこと。戦後の窮状ではありがたい金であった。

ヴィーンでの研究　すでにみたように、かれは一九二二年一月二〇日にマルブルクにあい、このとき研究主題がさずけられたか。一月二三日マルブルクの材料指導。研究所にオーベルシタイネルがきたとき、マルブルクはオーベルシタイネルにかれの研究の方針を「前頭葉が一番犯されて、後頭葉が一番おかされてないことになつて居りますが、もつと細かく、細胞の各層に就いても充分しらべて貰ふつもりでございます」というと、オーベルシタイネルはかれに「さうか、それはなかなか骨が折れるぢやらう。しかし辛抱しなさい」といわれた（「オウベルシュタイネル先生」）。なお、このときオーベルシタイネルは呉教授在職二五年祝賀の文を即座にかき、それは『記念文集』の巻頭をかざった（ここでもオーベルシタイネルは「君〔中略〕ヲ初メトシ勤勉ナル日本学士ガ数多ク此ニ来遊セラレシ」としるしている）。

あとは、『遠遊』によって経過をおっていこう。一月二三日のことは、

○はるばると憧憬《あくが》れたりし学《がく》の聖《ひじり》まのあたり見てわれは動悸《どうき》す
○門弟《もんてい》のマールブルクをかへりみて諧謔《かいぎやく》ひとつ言ひたまひけり
三月一四日（かれが七日とするのは誤り）ワグネル教室大講堂で、ヴィーン精神神経学会
（演題はビホフスキー「分裂病患者の思考」）、
○学者《がくしや》らをまのあたり見て業績《げふせき》のつながるさきをたぐるがごとし
三月一一日オーベルシタイネルがかれの研究室にきて、
○おもひまうけず老先生《らうせんせい》そばに立ち簡潔《かんけつ》にわれを励ましたまふ
三月一三日にはマルブルクがかれの標本をみて、
○わが作りし脳標本をいろいろ見たまひて曰く、"Resultat positiv !"
予期された成果がえられている、というのである。
四月二〇日オーベルシタイネル邸訪問、
○わが業《げふ》を励ましまたひ堪忍《かんにん》の日々《ひび》を積《つ》めとふ言《こと》のたふとさ
○「四週間業績を羨むことなかれ」かくのごとくも諭《さと》したまへる
五月七日（日曜）にLaxenburg 離宮にいって、
○いつしかも青くなりたる丘こえてSteinhof《シュタインホーフ》の狂院が見ゆ
この病院はとおくながめたのである。かれはふしぎに精神病院の見学はほとんどしていない。

ドイツ留学中にはかれに学者指向がつよかったのか。

はじめ順調だった研究も、この頃にはおもうようにすすまない。五月三日には前田茂三郎にあて、「ベルリンで御わかれしてからもう四月になります、その割にアルバイトが進まず、教授も猶太系の人ゆゑ口の上手の割に眞実性に乏しいやうです。しかし今更やめるわけにも行きませんから、大に勉強してゐます」とかいた。そして、五月一七日は教室にて、

○この野郎小生利《こなまぎき》なことをいふとおもひしかば面罵《めんば》をしたりけり

西川義英はこのときのことをかいている（「ウィーン時代の齋藤君」、『アララギ』追悼号）、

―

〔前略〕君の研究法はごく綿密で、時間をかけてやる所があつた。所がガタガタと仕事を片づけるたちの人もゐて、其一人が「齋藤君、そんなのろくさいやり方ぢや出来上りはしないよ」と言つたことがある。其時は珍しく激昂して、「何をッ」と叫ぶと一緒に拳をふり上げたので、丁度居合せた私が「喧嘩ならウィーン迄来てやる必要はないぢやないか。日本へかへつてからやれ。」と言つて漸く止めたことがある。さうして夕飯を三人で食つて仲直りをした。君は精魂をかけて研究してゐたから、かういふ激昂もあつたわけだと思ふ。綿密であるから君の研究には誤りがないのである。

六月二三日にライヒェルト顕微鏡工場を見学しては、

○顕微鏡の会社見学に来ておもふこの間《あひだ》にも余裕なきをおぼゆる

顕微鏡は、かれにははなせぬ研究の道具である（ここまでの歌は、「維也納歌稿　其一」）。

これまでは勤勉に研究にはげみ、そう遊びもせずにきた（なお、研究室は夕方でとじられる）が、七月下旬から夏休みにはいったか。七月二七日にドナウをくだってブダペストにいたり、二九日にかえった。つづいて、「独逸旅行」。八月四日ヴィーンをたってミュンヘンにつき、一〇日ニュルンベルク、一一日ヴュルツブルク、一二日フランクフルト、一四日ギーセン、一五日マインツ、一六日ボン、ケルン、一八日ベルリン、二四日ヴァイマール、二五日ライプツィヒ、二六日ドレスデン、二八日ベルリン、そして九月一日ヴィーンにもどる。その間に多くの教授たちにあっている。

〔ミュンヘン〕諸教授を訪ひてこころは和《な》ぎゐたりSpielmeyer《シュピールマイエル》, Rudin《リューヂン》, Isserlin《イッセリン》

ヴァルテル・シピールマイエル（一八七九〜一九三五）（図30）は、精神医学者で、とくに神経病理学の大家。一九一二年クレペリンにまねかれてミュンヘンで精神神経科の神経病理研究室を主宰、一九一七年新設のドイツ精神医学研究所の神経病理部長。一九二八年カイゼル・ヴィルヘルム研究所開設とともに神経病理研究所長として、みずからの研究をすすめるとともに、世界中からあつまった神経病理学研究者を教育した。日本の内村祐之もその一人である。肺炎のため五五歳で死去。『遍歴』（岩波書店・東京、一九四八年）の巻頭には、

図30　シピールマイエル（『遍歴』巻頭）

シピールマイエルの写真がのっており、「追記」には、「口絵のシュピールマイエル先生の肖像は、私が当時先生の部屋で撮影したものであつた。先生はこの質素な狭い部屋で顕微鏡を観、論文を書き、著述をせられた」とある。

エルンスト・リューディン（一八七四―一九五二）は、スイスでうまれドイツで活躍した精神病学者。一九〇七年ミュンヘンでクレペリンの教室にはいった。一九一一年から精神疾患患者の家系研究につとめ、一九一七年よりミュンヘンのドイツ精神医学研究所で家系学・民勢学部長。断種法を推進した一人で、戦後一年ほど逮捕されていた。マクス・イセルリン（一八七九―一九四一）は、クレペリンの助手をした人で、心理療法についての著あり、のちイギリスに移住した。ミュンヘン時代にはこの講義もきくことになる。

〔ヴュルツブルク〕この大学の精神科主任のRieger《リーゲル》翁《をう》は兎の脳を持ちながら話すコンラト・リーゲル（一八五五―一九三九）は一八九五年にヴュルツブルクの精神科教授、一九二五年名誉教授。かれが訪問したときは六七歳だったか。リーゲルにあうまえにか、

○シイボルトの記念像を暫し立ち見るに長崎鳴滝《ながさきなるたき》の事をしおもふ

〔フランクフルト〕熱心に語りてやまぬ教授Jahnel《ヤーネル》のやぶれし靴を今は尊ぶ

ヤーネルは進行麻痺、とくにスピロヘータの問題を研究した人。「蕨」（『改造』一九二八年三月号、『全集』第五巻）には、「教授の靴紐は切れたのをつないだ結目がいかにも目立つた。それを大発見でもしたやうな気持になつて教室を辞した」とある（「蕨」にはリーゲルのことも

でている)。

〔ギーセン〕しづかなるギーセンに向ふはRobert《ローベルト》 Sommer《ゾムメル》 翁を訪はむためのみ
　碩学《せきがく》のこの老翁《らうをう》は山嶽《さんがく》に行かず日ごとにここにし通ふ

ゾムメル（一八六四―一九三七）は、リーゲルの助手だった。一八九五―一九三三年とギーセンの教授。かれが岡山であった荒木蒼太郎はこのもとに留学していた。

〔ボン〕Störring《シュテーリング》 教授を訪ねむとしたりしが罷《や》めてベエトウフェンの家に来ぬ

日本で最初の精神病理学の書竹内楠三訳『精神の病理』（尚友館、東京、一九〇五年）は、一九〇〇年発行シテリング著による。

　ベルリンでは、シャリテ病院を見学しているが、これは総合病院の全体か、その精神科か。

〔ライプツィヒ〕Bumke《ブムケ》 教授の考案による病室の壁の色いろいろに塗りてありしは
　Bostereom《ボステレム》 講師がわれを案内《あんない》せり専門学的に複雑せるを

オスワルト・ブムケ（一八七七―一九五〇）は、すぐれた臨床家でまた司法精神鑑定医。一九二一―二四年とライプツィヒの教授のあと、クレペリンの後任として一九四五年までながくミュンヘン大学教授をつとめた。『精神病学全書』および『神経学全書』を編集し、また優生学に力をいれていた。

　二度目にベルリンにきた八月二八日に森鷗外の死をしった。

〇帰りゆかば心おごりて告げまゐらせむ事多《ことさは》なるに君はいまさず

九月四日からはまた教室での研究。そして九月一九日、

○「マアルブルク教授予の標本を一覧す」新秋《にいあき》の夜《よる》に記《しる》しとどむ

九月二六日久保田俊彦あて書簡に「小生養生し、倹約し、勉強し居り。勉強は若い者に負けない精勤だ。けれども論文はなかなか出来ない。しかし日本に居ると、論文に専門になることが出来ないが、こちらへ来ると、それが出来るから、い丶とおもひ居る」。一〇月一〇日前田茂三郎あてには、「実は教授が小生の標本を見て呉れはじめたのでそれに追ひかけられてその日その日を過しつひに今日に及び申候」。一〇月一六日久保田あてに洗濯のことをかいている、時間がないし汗かきなので洗濯ものがたまって大変。「穴があけば自分で縫う。不気用〔ママ〕だが、それでも間にあふ」（巣鴨時代の靴下のように、墨をぬってはすまされない）。この頃血痰。

一〇月二二日ワイドリングで、詩人レナウの墓にもうでて、

○悲しみを歌ひながらに気狂《きぐる》ひて果てしレナウの墓のべにたつ

レナウのことは、オーベルシタイネルにきいていた。その家をたずねたとき、「君は詩人ぢやさうな」という話しから（「オウベルシュタイネル先生」）、

『君はLenau《レナウ》といふ詩人を御存じかな』

『はい、存じて居ります』

『あれは、わしの病院で亡くなったのぢや』

『左様でございますか。やはり神経病ででもあつたのでございますか』

『進行性麻痺狂で亡くなったのぢや』

『さやうでございますか』

自分がいまやっている研究の材料となりうる脳の持ち主として没したことをおもうと、慄然とし、また、レナウの脳の細胞層の変化が、ある現実性をおびて自分の意識裏にあらわれてくるのでもあった。

そのオーベルシタイネルが一一月一九日に没して、
○ハインリヒ・オウベルシユタイネル先生死し給ひ堪へがてに寂し立ちても居ても
○あたたかき御心《みこころ》をもてわがかしら撫《な》でたまひたるごとくおもひし
○老碩学の棺《ひつぎ》のまえに相ともに涙垂《なみだた》れてシューベルトうたふ悲しみ
○三日《みつか》まえ降りたる雪の消《き》えのこる道をかへりぬかうべを垂れて
「オウベルシュタイネル先生」には、「現在の維也納大学の精神病学教授、ワークネル〔ママ〕・フォン・ヤオレックが冬外套の襟を深く顎のところに立てたまま棺前に進んで来て、『僕の親愛なる、四十年来の友よ』と呼びかけた」とある。そして一二月五日に追悼会、
○ワーグネル・ヤオレック教授も立ちてO《オー》先生讃へたるが簡潔にて可也
○マールブルク教授は門下生後継者として碩学マイネルトに比す
（ここまでの歌は「維也納歌稿、其二」）

一二月二〇日、青山脳病院内青木義作あて書簡は、呉の精神病学教室にはいったばかりの人

にたいするだけに、関係の内容が豊富である。「先づ呉先生と杉田君等の信用を得る必要がある。信用を得たならば、今度は小さいアルバイトに取り掛りたまへ。アルバイトは、やはりヒストロギが一番纏まり易い。〈ヒストロギーは論文の初歩だ〉三宅先生に御願してテーマと文献とを貰ふのが一番、捷径だ。それから、教室に一年余りもゐたならば、松沢病院の方にも半年か一年居るとい丶と思ふ」。当時、教室には呉教授のもとに、三宅、杉田直樹の両助教授がいたが、先任の三宅は松沢病院副院長兼任、そして呉は杉田のほうをひいきしていた。かれもそのへんの関係をのみこんでいるようである。自分の研究については、

○外国に来て、アルバイトするといふこともなかなか骨の折れることで、日本では論文を買つて来るやうに思ふ者もあるが、さう旨くは行かぬ。たゞ日本にゐた時とちがつて、専門にアルバイトにか丶れるし、又教授が兎に角世話をする。日本のやうにうつちやりぱなしとは違ふので、どうにかかうにか纏まるといふものだ。それから、兎に角世界的の大家の顔をまのあたり見るので、おのづから気が向上する。この夏はドイツの大家を訪問して大に得るところがあつた。これは洋行のい丶ところである。

ここではかれが、研究に専念できる、といっているところはよい。留学前のかれは歌作りなどに時間をとられていたのだから。だが、日本ではうっちゃりぱなし、と非難めいてかくのはどうだろうか。オーベルシタイネルも自力で研究室をつくったとはいえ、外国の研究者もうけいれる態勢をつくりあげていたし、研究材料もためていた（もちろん、研究室に不足する塩化

金の入手をかれがベルリンの前田に依頼しなくならぬ、といったいくらかの不足はあった)。日本の教授は病院づくりからはじめなくてはならなかった。また教授によっては、研究主題をわりあててビシビシやらせた。呉はそういう人でなく、自由に研究させていた。そういうなかでも、木村、下田、林などやる人はどんどんやっていた。かれは、七年間教室にいて、歌にかまけて研究をしなかったのである。

ところで、青木あて書簡の最後にも、重要なことがかいてある、「仙台の□□などは、秀才で内科から直ぐ洋行して、精神科の教授になつたけれども、実は分かりつこが無いのだ。○東京の精神病学教室は、いよいよ巣鴨に建つやうにきまつたか」。削除された二字は、丸井(清泰)である。第二高等学校教授宮城病院内科部長の島柳二は精神病学・神経病学研究のためドイツ、オーストリーに留学して、一九〇九年九月に帰国したが、一九一〇年六月に病没した。後任は呉門下の齋藤玉男か杉田かと噂されていたが、実力者の青山胤通教授(内科)が、門下の丸井にきめてしまつた。精神病学教室関係のあいだにあった憤激がここにもでている。準付属病院であった東京府巣鴨病院が松沢村に移転したあと、精神病学教室の付属病院を本郷からちかいところにつくる方針があり、その候補地があれこれとあげられ、予算もついた。ところが、関東大地震がおこって、その予算は復興費にとられてしまった。

年あけて一九二三年(大正一二年)三月八日、主研究をまとめた論文の原稿を発行所にわたした。

○残念《ざんねん》も何も彼も澹《あは》くなりゆきて重重《おもおも》とせるわが原稿わたす
○一区劃《ひとくぎり》とおもふ心の安《やす》けさに夜《よる》ふけてかへりわが足洗ふ
四月一四日にその論文の印刷がなった。
○ぎりぎりに精《せい》を出したる論文を眼下《がんか》に見をりかさねしままに
○簡浄《かんじやう》にここに記《しる》せる論文の結論《けつろん》のみとおのれ思ふな
○過ぎ来つる一年半《いちねんはん》のわが生《せい》はこの一冊にほとほとかかはる
○眼前《がんぜん》に存《いま》すごとMarburg《マールブルク》先生に感謝《かんしや》ささげけり動悸《どうき》しながら
○Forschung《フォルシュング》の一片《いつぺん》として世のつねの冷静《れいせい》になりし論文ならず

この論文は、かれの主要研究であるドイツ語文の「麻痺性癡呆者の脳カルテ」。本文一八二ページ、顕微鏡写真二一葉で『ヴィーン大学神経学研究所業績集』第二五巻第一集の全巻をしめる（「簡浄」どころではない）。副題は「大脳皮質内における麻痺性病機の本能と分布との研究」。マルブルクが提供した七つの脳につき、大脳皮質の構造のちがう五〇か所ほどをとりだして、組織変化がどのように分布しているか、しらべたものである。臨床所見との対比など不充分で、「本態」にせまったとはいえないが、ともかくも根気のいる仕事であり、「四週間業績」ではなかった。かれがえた結果に、とくに独創的なものはなく、ほぼわかっていたことをきっちり確認したものといえるだろう。

そして四月二七日、

○難儀しつつ為しし実験的論文ひとつ纏《まと》めて故郷《こきやう》へおくる
そのまえ四月一四日、「ワーグネル教室にて、麻痺性癡呆のマラリア療法の講演供覧あり、
豊富なる症例を示す」、
○新しきこの療法を目のあたり客観的《かくくわんてき》に見ればくすしも
○われ医となりてよりのことをよく知れりこの療法を革命《かくめい》とせむ
まえにもかいたように、サルヴァルサンは麻痺性癡呆（進行麻痺）にはきかなかった。熱性疾患ののちに麻痺性癡呆がよくなるとの知見から、マラリヤ接種が一九一七年に考案された。それまかれは、まだ斬新であったこの療法の、その考案者自身による供賢に列したのである。それまで積極的治療法がなかった精神病学のなかに、ここにはじめてその一つが姿をあらわしたわけで、その衝撃はおおきかった。このマラリヤ療法、あるいは他の手段によるものもふくめて発熱療法は、戦後までその命をたもった。ペニシリンが導入された初期にも、普通の梅毒にはペニシリンはきいても、進行麻痺は発熱療法でないと、といわれていて、一九五六年に医者になったわたしにも発熱療法の経験がある。そののち進行麻痺でもペニシリンが充分に有効であることがわかり、発熱療法はその役割りをおえた。

この発見者ユリウス・ヴァグネル・フォン・ヤウレク（一八五七―一九四〇）はオーストリーの生まれ、一八八九―一八九三年とグラーツの、一八九三―一九〇二年とヴィーンの第一精神科の、一九〇二―一九一一年とおなじく第二精神科の、そして一九一一―一九二八年と統合

されたヴィーン大学精神神経科クリニクの教授だった。一九二七年にはマラリヤ療法の発見によって、ノーベル賞をうけた。

このまえから、べつの研究を手がけていた。一月二六日前田にあて、「小生は、もう一つ実験心理の教室に通つてゐます。〔中略〕そこで一つ小さいアルバイトをやりたいと思つてゐますが、一ケ月に百円かゝります」。四月七日の呉あてでは、「小生暇の折生理教室の Allers といふ人の処にまゐり居り候。この人は実験心理の一室を持ち居り、もとクレペリンの処にてなかなか為事して居り候」とかいている。そして四月二〇日、

○この日ごろ心理実験《しんりじつけん》を励みしが夜半《よは》過ぎてよりしばしば目ざむ

そして五月一六日、「重量感覚知見補遺」の稿なり、

○日本《につぽん》に帰りてよりの事のためこの小実験《せうじつけん》をわれは為《し》たりき

「重量感覚の基礎についての知見によせて」と訳すべき、一一ペイジのこの論文は、『神経学・精神病学総合雑誌』にのった。この雑誌は当時年間に六巻をだしていた（経済的にくるしい時にも、立派な紙の年間三〇〇〇ペイジをこす学術雑誌をだしている）その二巻目だから、一九二四年の春頃にでたものか。受理が一九二二年一一月一七日となっているのは、一年違いだろう。かれの所属はヴィーン大学生理学研究所となっており、最後にR・アレルスの指導によったとある。筋肉疲労と重量感覚との関係をしらべたもので、まえのエルゴグラフの研究と共通方向のものである。とくに新知見はない。歌に「日本に帰りてよりの事のため」とあるの

は、帰国後も類似の実験心理学上の仕事を続けたいとの意向の表明だろう。
この稿がなった翌五月一七日、小關光尚、高瀬清の二君を停車場へむかえるのに、
〇同学《どうがく》の二人《ふたり》の着くをよろこびて今朝《けさ》ははやくより目がさめゐたり
このまえ四月三〇日に平福にあて、「小生も一つ小論文が出来ました」とあるのは、「重量診断」のほうでなくて、「脳カルテ」のほうだろう、去年一心不乱に勉強したのがいままとまった、とあるから。

ヴィーンでは上記のほかに、「水脊髄症および神経膠症をともなった髄膜脳嚢瘤」および「植物神経中枢のホルモンによる興奮性について」と訳すべき二論文がある。ともに、一九二四年の『ヴィーン大学神経学研究所業績集』第二五巻第二・三冊にのる。前者は一六ペイジの論文で、中枢神経系先天異常例の病理組織学的所見をのべている。みおとされていたのを、加藤淑子が発見したものである。一四ペイジの後者は、神経学研究所の助手であったE・A・シピーゲルが筆頭著者になっている。これは、シピーゲルが単独で、あるいは共同研究者とともにやってきた植物神経機能研究の第四報である。家兎の頭蓋に穴をあけて、ホルモンを脳室内に直接注入して、血圧にたいする影響をみたところ、諸種ホルモンの作用は血液を介したばあいと類似のものであった、という知見は、当時としてあたらしいものであった。『全集』第二六巻の「齋藤茂吉年譜」は、一九二二年一一月にこの論文が完成したとしるすが、かれ自身の記述にそれをしめすものはみつけられなかった。

五月二七日に阿部次郎を西停車場にむかえ、シーボルト記念碑をさがし、「シイボルト記念碑の事見つかりて呉教授に手紙をいそぎしたたむ」。呉は、『シーボルト先生　其生涯及功業』第二版（吐鳳堂書店、東京、一九二六年）に、自分がヴィーンにいるときみつけられなかったこの記念碑を、かれが帝国園芸協会の庭前にさがしあててくれたことへの感謝をのべている。そして六月一日阿部はミュンヘンにたった。

○業房のことに関りいとま無み君と会ひ居しはただ五日《いつか》のみ
○論文をまとむる暇にもあこがれしルネッサンスの芸術を問ふ

二日イタリア旅行にたって二〇日ヴィーンにもどる。一九日ミュンヘンにむけたつ前日「論文のタイプライター製本出来たる」。ヴィーン最後の日にしあげたのは、「髄膜脳嚢瘤」の論文であったろう。シピーゲルとの共著なら、シピーゲルが最後に手をいれるはずだから。

四月七日に呉に、「維也納の神経学会の月次会には殆ど出席して、演説きき居り候。そのほか出来るだけほかの学会ものぞき居り候。通俗界では Freud の Psychoanalyse が在外勢力あり、若き医者などは、それを知らぬと何だかはばきかぬやうな面持の見え候ことも有之候。しかし Bleuler 一派の同情あるほかは、心あるものは、本当には尊敬せぬらしく御座候」とかいた。

四月九日、「墺独連合内科学会、エコノモ（ウイン）、ノンネ（ハンブルク）の特別講演あり」、

○独墺《どくおう》の教授等の貧《まづ》しき昼餐《ちうさん》のその食券《しよくけん》をわれも買ひ持つ
○この堂に満ち満ちてゐる学者《がくしや》の心競《こころきそ》ひをおほにし見めや

このとき内科学会が四月九―一二日とヴィーンであり、九日がその第一主題嗜眠性脳炎にあてられた。主演者コンスタンティン・フォン・エコノモ（一八七八―一九三一）は、ギリシヤ貴族の出身だが、一九〇六年からヴィーンで精神神経学の研究にうちこんでいた。一九一七年に嗜眠性脳炎に関する論文を発表し、さらにそれをまとめていった。いまは幻の脳炎となった嗜眠性脳炎は、エコノモ脳炎とよばれることもおおい。四月九日には、かれの「嗜眠性脳炎」の講演につづき、討論があった。ヴァグネル・フォン・ヤウレクは、エコノモの研究が完成したと発言し、髄液のノンネ‐アペルト反応（「手帳三」にその記載あり）でしられるマクス・ノンネ（一八六一―一九五九、一八九六―一九三三年とハンブルク大学神経科クリニクを主宰）が、結びのことばで髄液につきのべた。

四月一三日、樫田五郎がきて案内し、
○同門《どうもん》の友とあひ見て夜ふけまで業房《げふばう》のことを話《はな》してゐたり
（ここまでの歌は「維也納歌稿　其三」）

これまでもでたが、「業房」とは、ラボラトリウムにたいし森林太郎がつかった訳語。

ヴィーンでの私生活　一九二三年三月五日前田あてにかいた、前日日本人会でよんで二等賞をもらった「はるばるとウイン三界にたどり来て交合らしき交合をせず」が有名である。また、

「オウベルシュタイネル先生」にしるすところでは、その死、一九二三年一一月ごろまで、「そのあたりは私は女人不犯の生活を守つてゐた」。書簡をみると、そうおこないすましてはいない。

一九二二年一月二六日（ウィーンについてすぐ）神尾友修あてはがきには、「女はまだ一ぺんもかはぬ。二十名ぐらゐ居り候」。二月二三日前田あてはがきに、「小生もウインで女知らずに居るといふので、嘲笑するものも有之候、御序の節あの住所も御知らせ下されたく願上げ候」。五月三日前田に、「それにつけてももう百五十麻では到底味はれなくなつたでせう。ベルリンもなかなか高くなつたさうですから」。六月七日前田あてに「六月四日から休みになつたので、伯林から来た友達と友達の女とその女達が小生に世話した（一度試みて）女と、小生の女は友達の女の姉に当り、仕立屋の娘で廿七八になり候。顔が佳くないので困るが金のせいきうなどは余りしないやうなところがよいと友達が申し候」。温泉にいったが、夜中に食中毒。六月一三日には、「明日、醜い娘と合ふことになり居ります。明日は何か買つて呉れといふのです」。

七月二二日前田あてにはもっとあからさまに「どうも西洋人の□□が太くて大きいのでそれに適合するやうに穴も出来てゐると思はれます。どうもぼくはパリよりも百五十マルクの処の方が気に入ります〔中略〕太く大きい奴を持つてゐたらかういふ女をつぶすやうにやつつけたら愉快でせう。しかし日本人では虚空に浮いてゐるやうで変でせう」。削除された二字は魔羅あたりか。一〇月一〇日前田あてに、「ベルリンから友人が来たので一しよに淫売も一度買つて見候が実に銭ばかりせびり不愉快に相成候」。

一九二三年四月二八日平福あてに、「僕は武者修業のつもりで、来てゐるのですから、妻などあつては邪魔です。男世帯の我儘で、実に滑稽な程ですが、勉強するにはそれに限るのです。なにやりたい時は淫売つかまへて一時間で抜いて来ます。それでも寒い時などは、結局寐る方が楽にて、色欲の方は、どうにでもなります」。ここでは、色欲のことは排泄の問題としてあつかわれている。たかい金をつかって留学して、性欲になやんで研究できぬよりは、女をかってだしてくるほうがよい、とは、わたしも茶飲み話しではきいたが、かれはそれをかいてしまう。あからさまにすぎるのか、即物的なのか。

ついでにこのあともみておこう。一〇月一四日前田あてミュンヘンから「ミュンヘンは室町のやうな処がないのでやゝ不自由に候」。一一月一〇日久保田あてミュンヘンから「ミユンヘンに来てよりそろそろ満四ケ月になるが交合一たびもせず。これも、馴れてしまへば、何ともなきことをさとりたり。それでも心配ごとがあつたりすれば交合したくなる。大地震の心配の時にしたくなりしことあり」。一九二四年二月一七日平福あてにも、「交合はミユンヘンに来てから一度もやりません」。

ユダヤ人へのかれの感情もかいておくべきだろう。「オウベルシュタイネル先生」には、この人はじめ教室は全部ユダヤ系ときかされ、そうと信じこんでいたが、この死にあって、キリスト教徒としらされたときの、複雑で微妙な感じをかいている。「猶太人と雖さう私は軽蔑はしてゐない。現にいま私の指導を受けてゐる教授は純粋にして敬虔な猶太教徒である。それから私は長崎にゐる時分、猶太の商人とも交り、十月の猶太新年祭には、古賀十二郎武藤長蔵の諸氏と、長崎の猶太殿堂《シナゴーグ》を訪ねてその儀式を見たのであつた」。そのあとに、「九一《くいち》」（猶太人《じふ》）の符徴語をつかった友との会話がしるされている。

まえにもひいたように、一九二二年五月三日前田に「教授も猶太系の人ゆゑ口の上手の割に眞実性に乏しいやうです」とかいた。同一一月二九日にはやはり前田に、「ウイン大学学生のストライキが行はれ申候〔中略〕目下のウイン医科大学の総長はやはり猶太人なるために御座候〔中略〕九一人は、何処かいやらしいところがあるらしく、こんなに嫌はれて、それでもダニのやうに食い込んでゐるのは、異様の現象に御座候。ドイツでもラーテナウの殺されたのは、やはり九一なるが為めとき丶及び候が、九一人は、どうもいけない処があるらしく御座候」。見聞を報じているようだが、途中から「九一人」とし、「ダニ」の表現をつかう。いやらしい文章である。

ともかくも、ヴィーンでの仕事はおえた。「脳カルテ」の脱稿ののち、三月三〇日―四月五日と、インスブルク、ザルツブルクなどへの小旅行。ついで、六月二日~二〇日とイタリヤ旅行、美術観光であった。

六月二八日、教授助手をオペラに請待し、インペリアルホテルで夕食。翌日より片付け。七月一三日オーベルシタイネル未亡人に、一日はヴァグネル・フォン・ヤウレク、ベルツェ、ピルツ、シトランスキー、エコノモなどに暇乞いの挨拶。七月一九日午前ヴィーン西停車場を発してドイツ国ミュンヘンにむかう。歌集『遠遊』(岩波書店・東京、一九四七年)もここでおわる。

ミュンヘン志願　現代精神病学体系の生みの親、そして呉の師であったクレペリン、そしてニスルの跡をつぐ組織病理学の第一人者シピールマイエルのいるミュンヘンは、当初からかれの憧れの地であった。一九二二年はじめベルリンで、ミュンヘンの事情をさぐったところ、そこへの留学は不可能らしいとあきらめたことは、すでにみた。

マルブルクへの不満もさきにみた。もう一つ、一九二二年六月三〇日中村憲吉あてはがきに、「今ゐるところの教授を小生は余り尊敬しないので、来年からどこかに移るつもりだ」。ここでは、藤岡が久保喜代二からききだしたことに注目しておく必要があろう。マルブルクは親切な人だったが、かれはドイツ語でしゃべるのがへたで、表情がとぼしく無愛想なため、マルブルクはかれに特別な好意をよせなかったのである。

八月にドイツ旅行の途中にシピールマイエルをたずねたときは、留学のことを打診していたようである。「以後しばしば手紙の遣取をして、維也納にゐるうちに、すでに大体の研究問題を極めてもらつた」(「馬」、一九二九年稿か、『全集』第五巻)。

一九二三年一月一八日前田に、「小生は、夏から、ハンブルクか、ミユンヘンにまゐりたく存じ居り候が、ミュンヘンの方を選びたく存じ居り候」。研究問題もきまっているぐらいなら、どうして「ハンブルクか」とまよっていたのか、「馬」における記憶違いか、あるいはミュンヘンにはいれぬかもしれぬとおもっていたか。二月二五日には前田に、「ミュンヘンの教授からも手紙をもらひました。教授の証明があれば滞在が出来るらしいのです〔中略〕僕はドイツ万能ではありませんが、ドイツを好いてゐます」とかいた。

ミュンヘンでの研究　そして、一九二三年（大正一二年）七月一九日午後九時五〇分ミュンヘン着、これからは『遍歴』（岩波書店・東京、一九四八年、『全集』第一巻）の世界である。そして二一日シピールマイエルの教室（ドイツ精神医学研究所神経病理部）にはいったが、本格的神経病理組織学発祥の地なので、染色法はじめ標本作りの初歩から練習させられた。

○初学者《しよがくしや》のごとき形《かたち》にたちもどりニツスル染色法《せんしよくはう》をはじめつ

○この教室に外国人《ぐわいこくじん》研究生五人《ごにん》居りわれよりも皆初学《しよがく》のごとし

七月二八日エトス食堂で神経精神病学会があった（どういう会だったか、たしかめきれていない）。

○大戦後はじめて開く学会にまだいたく若き学者も来て居る

みじかい夏休みであったのか七月三〇日にベルリンにいって、八月一二日にミュンヘンにもどったが、

○ベルリンに吾居るうちに一ポンド五ミルリオンより十四ミルリオンとなる

わたしが古書展で入手したカルル・ヤスペルス『アルゲマイネ・プシホパトロギー〔精神病理学総論〕』（第三版、一九二三年）の内扉には、「齋藤茂吉／七月二十六日民顕／三十六万マルク」としるされている（図31）。この本も数日すれば、ぐっと高値になっていたろう。

八月一四日にシピールマイエルから研究主題があたえられた、

○「小脳の発育制止」の問題を吾に与へておほどかにいます

のちのことだが、一〇月九日「きのふより暖められし隣室《りんしつ》にシュピールマイエル口笛を吹く」。シピールマイエルの人柄がでている。

研究をはじめたが、ミュンヘンでの生活は多難である。

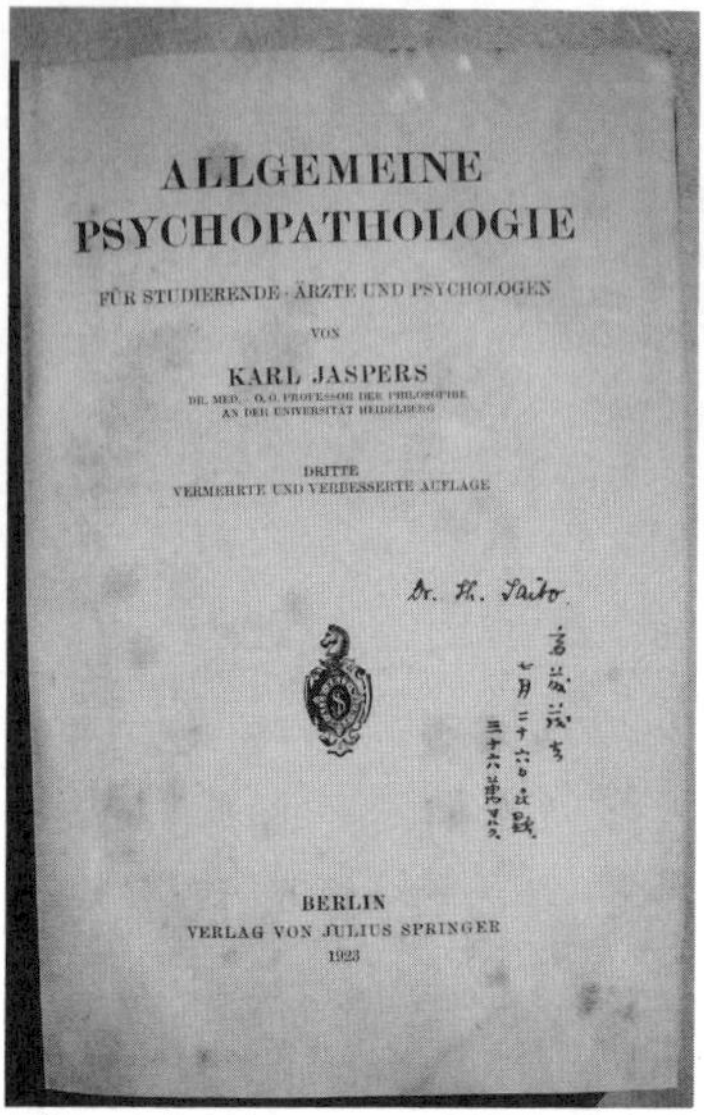

図31　かれがミュンヘンで36万マルクでかったヤスペルスの著

七月二七日に実父守谷傳右衛門が急性肺炎で死亡したとの報を八月二九日にうけとった。超インフレイションのドイツで、南京虫のいない下宿がみつからぬ。九月一日の関東大地震のことは九月三日の新聞でしったが、はじめてみたのは、富士山の爆発らしく宮城も火災などの記事。九月一三日、家族無事の電報をうけとった。だが、青山脳病院の被害もおおきく、紀一からは、財政ゆるさず帰朝せよとの連絡あり、妻の洋行計画も中止になる。友人に金策依頼して留学をつづけることにする。ときどきの血痰。一九二三年「十一月九日（金曜）より十五日に至るヒットラー事件」、戒厳令。一九二四年五月の衆議院議員総選挙には、義父紀一は立候補をあきらめた。

青山脳病院は煉瓦がわれ、「丸柱の人造石（心が木に候）がむけて、化の皮が表はれ候」、入院料の支払いなく、いままでたまった分は無料にしてくれとの要求あり、患者は娯楽室に雑居、さらに患者の身寄りが病院におしかけ只飯をくっており、長屋も半年無賃の要求がでている、などの窮状が一〇月二五日、一一月二日に前田あてにかかれている、大杉榮ら三名がしめころされたことについては、大杉をおしみながらも、「その軍人は三人までよくやつつけたと感嘆いたし候」（一〇月一四日前田あて）。ともかくも、「小生も当分とゞまりアルバイトを続ける決心を致し申候」（一一月二日前田あて）。

すこしもどって、九月二八日、満州医科大学教授になっていた大成潔がきた。

〇おもほえず君と相見てあなうれし呉先生のことをたづぬる

「大成潔君を憶ふ」（『満洲医科大学時報』一九三九年、『全集』第六巻）によると、日本人への敵意がつよいミュンヘンの教室に日本人一人でこころぼそかったところ、

そこへ大成君がひよつこりやつて来た。ある日教室に行くと、シユピールマイヤア先生が私の傍に来られて、『君のハイマートコレーゲ〔同国の仲間〕が来ましたよ』といふ。

図32　クレペリン（1910年ごろ（かれの“Lebenserinnerung”, Springer-Verlag, 1983, より）

一体誰かとおもつて先生の部屋に行つて見ると大成君であつた。／それからといふものは二人は常に一しよであつた〔後略〕

大成はここにいた一年ほどのあいだに、初老期痴呆の一つピク病に関する世界的業績をあげた。

一〇月一一日学会（これがどういう学会だったか、たしかめえていない）、

○愛敬《あいぎやう》の相《さう》のとぼしき老碩学《らうせきがく》Emil《エミール》 Kraepelin《クレペリーン》をわれは今日見つ

○われ専門に入りてよりこの老学者《らうがくしや》に憧憬《どうけい》持ちしことがありにき

そのあと一一月二九日の学会（これもどういうものか、たしかめえていない、前回とおなじ木曜日、研究所内のものであるまいか）、

○学者らの並びてゐたる学会に我も来居りて心たかぶる

○クレペリーン「眠りの深さ」についての報告をなしたり嘗ての増補をも為《し》き

エミール・クレペリン（一八五六—一九二六）（図32）は、医学部を卒業したのち、実験心理学のW・ヴントおよび精神病学のB・フォン・グデンにまなび、一八八三年に『精神病学要略』をあらわした。第二版から『精神病学《プシヒアトリー》』の題になったこの本は、かれの存命中に第八版まででたが、かれが精神疾患分類体系につとめていたので、版ごとにその内容はかなりかわった。

早発痴呆（いまの精神分裂病）—躁うつ病という分け方はクレペリンが確立したもので、その大筋は一〇〇年余をへた今日もいきている。一八八六年ドルパト、一八九一年ハイデルベルク、一九〇三年ミュンヘン（師グデンが教授だった）の精神科教授。一九二二年ミュンヘンの教授を退職。ドイツ精神医学研究所は一九一六年にクレペリンの尽力によりつくられていたが、教授退職後は研究所主宰の仕事にうちこんでいた。研究所には臨床（ランゲ）、神経病理学（ブロードマン、ニスル、シピールマイエル）、血清学（プラウト、ヤーネル）、系譜学（リューディン）の部門があり、精神病学教室のいくつかの部屋および外部の貸し家をつかっていた（かれが研究した組織病理部は、ミュンヘン大学精神科病棟の三階にあった）。クレペリンはまた熱烈な禁酒論者であった。クレペリンは日本訪問もくわだてたが、それは実現しなかった。

このクレペリンへの思いと怨みとは、「エミール・クレペリン」（『鉄門』第四号、一九二六年、『全集』第五巻）にくわしい。一〇月一一日、ハンブルクからきているプチに、活動写真がある、クレペリンもくるそうです、とさそわれ、渇仰仏のまえに額づかんとする衆生の心のような動悸の亢ぶりをおぼえた。クレペリンは、ジャワからきた二人の医者と握手した。プチに紹介されたかれは丁寧に名のり名刺をだしたが、クレペリンは名刺をうけとったものの、それをみずに無言。活動写真がおわり、クレペリンに礼をいったが無言。ついで礼をいったプチには、クレペリンが手をだして握手したので、自分も手をだしかけたら、クレペリンは手をひっこめて、おりていった。そのあと学会でクレペリンをみたが、もう自らをクレペリンと対等の位置においていた。クレペリンと目があうと、クレペリンが目をそらしたが、かまわずクレペリンを凝視しつづけ、目礼など決してしなかった。

この出来事は、内村祐之もきかされ（『わが歩みし精神医学の道』、みすず書房・東京、一九六八年）、息宗吉は、「うぬれ、この毛唐め！」という言葉とともに何度もきかされた（北杜夫『壮年茂吉』、岩波書店・東京、一九九三年）。内村祐之（「茂吉さんのミュンヘン時代」月報第二期25、一九五一年）は、「目上のものよりさきに目下のものから手をだしたのが、ドイツの学者によくある格式ばったクレペリンのカンにさわったのであろう」とする。

クレペリンに関係なく研究はつづけている、一一月二六日、

○またたくまもさだまらぬ金位《きんゐ》ききながら兎の脳の切片染めつつ　一ポンド一八ビルリオン

〔小脳とはべつの仕事もしかけたのか、あるいはべつの時のものか〕

一二月二日

○金のことも願ひて手紙書きにけり業房に明暮るる心きめつつ

ところが、一二月二一日、

○小脳の今までの検索《けんさく》を放棄せよと教授は単純に吾にいひたる

一二月二三日

○業房の難渋をまた繰返しくらがりに来て心を静《しづ》む

（ここまでの歌は「ミュンヘン漫吟其一」）

あけて一月二日、教授に新年の挨拶をし、五日になって、

○小脳の研究問題もいさぎよく放棄することに心さだめつ

この間の経緯は「馬」（一九二九年稿、『全集』第五巻）にくわしい。小脳に障碍変化のある数例の脳をもらって、一二月まで多くの標本をつくり文献もよんで、だいたいの結論をまとめて教授の批判をあおいだが、「帰国してもっと症例をふやしてからしあげたほうがよい、新発見がほしい」といわれ、自分の顔色をみて、「自分もかつてアルツハイマー病の例を数年間検索したが、新発見がないのでそれを全部すてた」といって、たちさった。翌日教授、動物実験をすすめた。またその翌日、珈琲店でひとり涙をながした。

一九二四年（大正一三年）一月八日、腰痛があるが、新研究にとりかかった。

○新しいテーマに入りて心きほひ二匹の兎たちまち手術す

一月一八日、

○一匹の犬の頭蓋《づがい》に穴あけし手術にわれは午前を過ごす

一月三一日、

○けふ第二の犬の頭蓋の手術をばつひに為したり汗垂りながら

二月一〇日、

○実験の為事やうやくはかどれば楽《たの》しきときありて夜半《よは》に目ざむる

○風気味《かぜぎみ》のことは屢《しばしば》ありしかど熱《ねつ》に臥《ふ》ししこと一日《ひとひ》もあらず

しかし、留学はくるしく、あせらざるをえない。二月二四日前田に、「ドイツの教授等も愛想などばかりよくて、なるべくなるべく延ばさう延ばさうとしてゐるのが目に見えます。しかし、づうづうしく腰を据ゑてをればよいのですが時々かんしゃくおこります〔中略〕一月十五日の地震で、青山病院の修膳〔ママ〕した処がやられてしまひました」。二月二五日平福に、一〇〇〇円の為替への礼をいったあと、「今までの留学費が一万円使ひました」、〔石田昇が精神病院にうつされるらしいので、ぜひあいたかったが、―二月一七日〕アメリカまはりは二五〇〇円から三〇〇〇円かかるので、やめて、帰朝後の研究のため小器械を二、三かいたい、など。

三月一七日に青木に、「日本にゐて専心それにかゝれるならば、さうして指導して呉れるものさへあらば日本でアルバイトする方が便利になれども、どうも日本では指導して呉れる人が少なく困り候」とかいたが、四月三日には前田に、「僕のアルバイトはいつ片付くか分からぬのに、教授は春休みで一ケ月ばかり旅行に出かけました。兎に角さういふことをします。毎日癪にさはつてゐます。兎に角僕にはミユンヘンは失敗でありました」と、四月二七日また前田に「只今教授は伊太利に旅行して居り候」と、五月一日また前田に、ミユンヘンは「無愛想な教室が多いからでせう」と、五月二八日前田に、「どうもミユンヘンは幸福には行きませんでした。教授もウインほど熱心ではありません」と不満つづき。どうも、おもいどおりにいかぬと、それを他人のせいにする傾向がかれにほのみえるようである。

とはいっても、仕事はすすんでいた。三月二六日、

○兎らの脳の所見《しよけん》と経過とを書きはじめたり春雨《はるさめ》ききつつ
○たどたどしき独逸文《どいつぶん》にて記《しる》しゆく深秘《しんぴ》なるべき鏡見像《きやうけんざう》を
　四月一日、
○この為事《しごと》いそがねばならず日もすがら夜《よ》を継《つ》ぎて運び来りしかども
（ここまでの歌は「ミュンヘン漫吟　其二」）

四月一八日―二二日とドナウ源流行にでかけたのは、シピールマイエル旅行ですることがなかったためか。

四月二六日
○十六例の兎の所見《しよけん》を書き了へてさもあらばあれけふはやく寝む
四月二八日下田光造がきて、大成とも三人で話しがはずんだ。下田をヴィーンにおくった五月一日、教授が標本、文章をみてくれて、顕微鏡写真をとりはじめた。
○わが書きし独逸文を教授一読し文献補充のことに及べり
五月五日教授、標本を鏡見してくれ、
○文献は電文《テレグラム》のごとき体裁《ていさい》に書きてもよしと教授いひたり
五月一八日
○結論《けつろん》を付けねばならずとおそくまで尚《なほ》し起きゐる夜《よは》がつづきぬ
二〇日午前一時、結論の一部をかきおえたが、

○朝々に少しづつ血痰《けったん》いでしかどしばらく秘《ひ》めておかむとおもふ

翌日、教授より夕餐にまねかれた。

○ワルツール・シユピールマイエル先生《せんせい》をいつの日にかもわれは忘れむ

じつは、教授の名はヴァルテル（Walter）なのだが。そして、三〇日、

○教授よりわが結論の賛同を得たるけふしも緑《みどり》さやけし

「家兎の大脳皮質における壊死、軟化および組織化についての実験的研究」と題するこの論文は、『神経学・精神病学総合雑誌』に七月一五日に受理されて、その第九六巻（一九二五年）にのった。この年に六巻でた三巻目である。顕微鏡写真一八図をふくむ三二ペイジの論文。著者の当時所属はドイツ精神医学研究所だが姓名はシゲヨシ・サイトウ（トウキョウ）となっている。「脳カルテ」では名のまえに教授をつけ、あとに「ナガサキ」とはいっていた。「重量判断」では教授はつかず、「ナガサキ」、「髄膜脳嚢瘤」は教授をつけて「ナガサキ」はつかず、シピーゲルとの共著では姓名だけ。ミュンヘン時代は、文部省在外研究員の身分はきれているのである。論文の内容は、家兎の軟脳膜を実験的にはぎ、その結果おこる大脳皮質の血行障害による破壊、修復の模様を、一六匹をつかって、一日後、二日後、などなどと二〇日後まで追究したものである（犬をつかった分は論文にいられなかったか）。内村は、「科学者としての茂吉」で、ヴィーン時代の仕事はすでに解決にちかづいていたものであるのにたいし、ミュンヘンのテーマはこれからのものなので、このほうがおもしろい、と、さらに「ウィーンの論文の

冗長なのに比し、簡潔で手ぎわよくまとめられたすぐれた研究である」と評している。また、そのドイツ語文は「実に達者なことが私をおどろかせた」、「ドイツ人の誰かに相当手を入れてもらったのではないかなどというさもしい妬み心さえおこるほどだ」と内村はいう。

ミュンヘンできいた講義のいくつかは、「手帳十（ミユンヘン講義）」にのこされている。一九二四年一月二五日、リューディン教授のクリニクよりの戦争神経症事例とその活動写真。二月五日リューディンの臨床講義で、進行麻痺、テタニー、老年痴呆、流行脳炎後遺症。二月五日病理教室での動脈硬化症についての講演、二月八日プラウトによる進行麻痺および脊髄癆におけるスピロヘータの示説、などなど。「手帳十一」には、一九二三年一一月二九日、シパッツ講師による兎脳解剖についての講義がでている、これはかれの研究に直接役だったろう（『全集』にはいっている講義録は一部分だけである）。そのほか、イセルリンの講義もきいた。

また、一九二四年五月六日には、クレペリンがさったあとしばらく空席になっていたミュンヘン大学精神科教授（正教授）にブムケが新任しての第一回講義あり、プラウト、シピールマイエル、リューディン三教授も出席した。

○クレペリンの後を継ぎたる一代《いちだい》の碩学《せきがく》としてこの講堂は満つ

一九二四年二月二三日に、シピールマイエルから、二年後に七〇歳になるクレペリンの古稀祝賀行事の趣意文をみせられた。プラウト、リューデン、シピールマイエルが事務局で、委員会にはシューゾー・クレもはいっている。シピールマイエルもクレペリンに遠慮しているようだが、「金を寄附シテモラフノニモ、ソンナニ威厳ブッタコトヲシテ貰ヒタイデアラウカ、実ニヲカシイ」と批判的に手帳にしるされている。呉の呼び掛けにより日本であつめられた二五〇〇円は一九二四年末にドイツへおくられた。

ところで、同三月一七日青木にあて、病院見学にきたというあの男は、「患者一人見たことがなく、あつぱれ精神病学者のつもりゆゑ、滑稽に御座候」とかいているのは、やはり丸井のことだろうか。

そのほか、ルトヴィヒ二世とともに湖にしずんだグデンの墓に四月八日にまいり、呉にたのまれたシーボルト関係の探索もしている。

また、金を節約しては本をかいこみ、前田にたのんでおくりだしてもらっていた。

ともかくも、目的の論文もやっとできあがり、六月五日には、シピールマイエル、プラウトの自宅に暇乞いし、六日にはリューディン、イセルリンに挨拶した。

〇ミュンヘンの諸教授《しょけうじゅ》をけふ訪《たづ》ねゆき別《わか》れ告《つ》げたり感恩《かんおん》とともに

（ここまでの歌は、「ミュンヘン漫吟　其二」）

ヴィーンのときのように、教授たちを招待することはしていない。まだミュンヘンの宿はひきはらっていないが、七月一七日平福に、「ミユンヘンには丸一年と三日ゐることになります。ミユンヘンではいろいろ苦しみました。しかしかういふことは一人で胸に蔵めておきます。そして、やはり苦しんだだけ為めになつたことを感謝してゐます」とかいたのが、ミュンヘンのまとめだろう。

帰路につく　六月七日—九日と、日本人三人とともに、ベルヒテスガーデンなどへの山の旅。このときのことは、藤岡がひく「西村資治日記」にくわしい。つづいて、一〇日、一一日とガルミッシュへ旅行。ホテルで鍵穴から隣室の男女の交情をのぞいて、扉のつまみに額をぶつけたことは「蕨」(『全集』第六巻)にくわしい。有名な「接吻」(かれがみつめていた二件は、ヴィーン市街および郊外でのことだった)といい、これといい、かれにのぞき癖があるというか、あるいはだれにもあるそれを、かれが露出的にかたっているのか。

六月一二日には、ミュンヘン郊外の Eglfing 精神病院を参観、

〇おおきなる狂院に来て現《うつつ》にし身に沁むことのそのかずかずを

さらにつづいて六月一六日から七月一三日までドイツの旅。一七日チュービン医科大学で、主任教授のロベルト・ガウプ(一八七〇—一九五三、一九〇六年から一九三六年までチュービンゲン大学の主任教授で、チュービンゲン学派の総帥とされる臨床家、パラノイア研究で有名)、エルンスト・クレチメル(一八八八—一九六四、ガウプ門下で、一九二六—一九四六年とマールブルク大学の、一九四六—一九六〇年とチュービンゲン大学の教授、多次元診断の考え方で有名で、多くの日本人がかれのもとにまなんだ)、ヴィリバルト・ショルツ(一八八九—一九七一、ガウプに師事したのち、一九三一年からシピールマイエルの神経病理研究室にうつり、一九三六年シピールマイエルの死後は、脳病理研究所となっていたその研究部の所長、か

れがいた頃のシピールマイエルの所にもしばしばきていて面識あり、一九三七年の来日時にもあった）にあい、

○小さなるこの町に研鑽《けんさん》の学者等をたづぬる心きよくもあるか

このときガウプの講義をきいたのだろうか。

一九日から二一日までいたハイデルベルクでは、

○Wilnans《ウィルマンス》教授にあひてわが父が嘗て来しことをおもひいでしも

カルル・ヴィルマンス（一八七三―一九四五）は、クレペリン門下で、一九一八年にハイデルベクルの教授となったが、一九三三年その反ヒトレル的言動によりおわれた。犯罪精神医学の研究で著明。

六月二五日イェナでツァイス工場、精神病学教室をおとづれた。

○教室にては教授Berger《ベルガー》氏と講師Jacobi《ヤコビ》とがわれをもてなせり

ハンス・ベルゲル（一八七三―一九四一）は、一九一九年から一九三八年までイェナの教授で、一九二九年にヒトの脳波につき発表した。最後は老年うつ病による自死。

六月二六日にレッケンで、ニーチェの墓にもうで、二八日にはハレ大学をたずね、父がまなんだ頃のエドゥアルト・ヒツィヒ（一八三八―一九〇七、一八七九―一九〇三年とハレの教授）の、髯のしろい写真をみせてもらった。テオドル・ツィーエン（一八六二―一九五〇）は、一九〇四年から一九一二年までベルリンの精神科の教授で、日本では片山國嘉がツィーエンに

よって精神病学を講義していたが、哲学者でもあって、一九一七年から一九三〇年まで、かれが「この都市に哲学部門を講じいませり」とうたうとおり、ハレ大学の哲学の正教授だった。
六月二九日から七月六日まで滞在したベルリンでは、カイゼル・ヴィルヘルム脳研究所をたずねた。かれは「神経研究所」とかいているが、まえのベルリン大学附属神経生物学研究室が研究所となったもの、フォクト所長。オスカル・フォクト（一八七〇〜一九五九）は、脳の形態学的研究のベルリン・グループの総帥で、一八九八年から一九三七年まで前記の所長、妻セシルも夫とともに研究していた。マクス・ビールショフスキ（一八六九—一九四〇）は一九〇四年からフォクトのもとではたらき、研究所の部長だった。ビールショフスキが開発した神経線維銀染法には、その名が冠されている。

〇ベルリンの研究所にて碩学《せきがく》の二人《ふたり》にあへば心みつるごと

七月七日にはハンブルクの精神病学教室でヴァイガント、ヤコプ、カフカにあい、

〇同胞がここに為事《しごと》せしゆゑにヤコブ教授はわれにも親《した》し

（ここまでの歌は「独逸の旅」）

ヴィルヘルム・ヴァイガント（一八七〇—一九三九）は、クレペリンの助手だった人で、一九〇八年—一九三五年とハンブルクの教授、かれの教科書『精神病学図説・概要』（一九〇二年）は、題のとおり三〇〇ほどの図版がついていてたいへんわかりやすく、日本の精神病学初学者に愛用されたようである。一九三〇年には来日した。アルフォンス・マリア・ヤコプ（一八八

四―一九三二）は、クレペリン、アルツハイメルについたのち、一九二一年ハンブルクにある精神病院の解剖学研究室の長となり、またハンブルク大学講師でもあった。クロイツフェルト・ヤコプ病にその名がのこっている。ヴァイガント―ヤコプのもとには、大成潔、樫田五郎、林道倫が留学した。

七月二三日ミュンヘンをたって、二三日早朝パリ着。さて、はじめは途中からともに旅行するつもりでいた妻には、大震災後の窮状から洋行をやめさせようとした。しかし、父の許可をうけたからいく、といってきて、かれも「それを口実にしてしばらく旅行も出来るかもしれないとさういふづるい考をも」もったりした（一九二四年三月一八日前田あて）。四月一四日久保田あてに、「小生はフランス語が駄目ゆゑ、そのへんのことも考へ居り候」とかいたのは、てる子がフランス語をすこしやっていて、フランス旅行によい、ということか。といっても、かれが友人からさんざん借金しているなかでは、「たとひ愚妻洋行いたし候とも内証にて来るやうにし、アララギの消息欄等には書かぬやう願上げ候」（四月一六日、平福、島木あて）。妻はきて、「夜《よる》はやく独逸国《くに》ざかひ通過して巴里《パリー》の朝《あさ》にわが妻と会ふ」（ホテル・アンテルナショナール）。あとは妻といっしょで、まずパリ周辺。

八月八日オデオン地下鉄道近くで、

○せまき処にPaul《ポール》 Broca《ブローカ》の像ありきfondateur《フォンダトウール》の文字を刻《こく》しき（「巴里雑歌　其一」）

ブローカ（一八二四―一八八〇）は、病理学者、外科医で人類学者。一八六一年にブローカは、運動失語の状態にあった患者で、左第三前頭回に軟化巣があったことを報告し、脳における機能局在の問題をはっきりと提起した。「フォンダトウール」とは、機能局在学説の「創始者」ということ。この像のあったのはどこか。浜中淑彦が「P. Broca の脳と患者 Leborgne の脳」(『脳と神経』第三四巻第三号、一九八二年)に、「かつて Boulevard St. Germain Place de l'Ecole de Medecine にあつた、頭蓋を手にする彼の銅像 (Choppin 作) は、一九四二年に撤去されて今は見られない」とかいているのが、これか。

八月二〇日パリをたって、イギリス、ベルギー、オランダ、ドイツ、スイス、イタリー、そしてまたフランス。

九月四、五日とハーグでゴッホの絵、

○ここに来てゴオホの物をあまた見たりいくたびかわが生《せい》よみがへる

九月八日にはライデンでシーボルト関係のものをみ、

○出島蘭館図《でじまらんかんづ》にも眼科の看板《かんばん》にもまめまめしき彼の心しのばゆ

○長崎の精霊《しやうりやう》ながしの図もありてシーボルトむらむらとよみがへる

九月九日―二二日と滞在したベルリンで妻の妊娠をしったのか、

○みごもりし妻いたはりてベルリンの街上《がいじやう》ゆけば秋は楽しも

九月二三日、スイスのツューリヒについた。コンスタンティン・フォン・モナコフ(一八五三―一九三〇、ロシヤの生まれ、ツューリヒでフォーレルについてのち、そこに開業し、また脳解剖研究室をひらいた、脳病理学・神経解剖学について大著あり、日本からは名古屋の北林貞道、仙台の布施現之助ほかが留学した）にあって、

○おとづれてMonakow《モナコフ》老先生の掌《たなぞこ》をにぎる我が掌《たなぞこ》は児童《じどう》のごとし

（ここまでの歌は「欧羅巴の旅」）

一〇月一〇日パリにかえり、一一月二六日までパリおよびその周辺。絵をみることがおおい。この間一〇月二四日に、東京帝国大学医科大学から医学博士の学位をうけた、主論文はもちろん「麻痺性痴呆者の脳カルテ」で、副論文はエルゴグラムの二論文およびヴィーンでの論文。

一〇月三〇日、

○Demence《デマンス》 Precoce《プレコース》の創《はじめ》の論文を借入《しやくにふ》し得てタイプに打たしむ

今日いわれる精神分裂病を、クレペリンは早発痴呆（Dementia praecox）とよんでいた。この語はもともと、フランスのモレル（一八〇九―一八七三）が、累代変質過程の一分症を記載するのに一八六〇年にもちいたもので、その内容は破瓜病型精神分裂病にほぼ相当する。

一一月二日「オウヴエルのガツシエ氏宅にゴオホの絵を見る」

○ヴァン・ゴオホつひの命《いのち》をはりたる狭き家に来て昼の肉食《にくを》す

○脳病みてここに起臥《おきふ》しし境界《きやうがい》の彼をおもへば悲しむわれは

そして三日後に、

○ガツシエ氏訪問せられドクトルの父君《ふくん》のことを話しゆきたり

一一月二〇日、サンタンヌ病院（精神科）を参観して、クロード教授にあい、

○古びたる伝統をもちて巴里《パリー》なるこの狂院《きやうゐん》はおろそかならず

○Bouchad《ブシャー》, Charcot《シャルコー》を経て当代の Claude《クロード》 教授はいまだ老いずも

つづく二一日、大学神経病学教室を参観してギラン教授に面会、

○教授ギーランいまだ若くして巴里なる大学生らもきほひつつ見ゆ

○この教室のピネルを描きし油絵をまのあたり見しことをよろこぶ

サンタンヌはふるい精神病院で、パリ大学の精神病学教室もそこにある。アンリ・クロード（一八六九―一九四六）は、一九二二年から一九三九年までここの教授として、サンタンヌ学派とよばれる独自の臨床学派をひきいた。ジャン・マルタン・シャルコー（一八二五―一八九三）は、フロイトの師でもあってヒステリー研究で有名だが、フランス神経学を世界的にした人。一八七二年サルペトリエールの医長となり、一八八二年にサルペトリエールに神経学教室が創立されると、その教授となった。ブシャーは、おそらく Bouchard の誤りで、サルペトリエールでシャルコーの仲間だった人。フィリプ・ピネル（一七四五―一八二六）は近代精神医学の開祖で、革命期のなかでビセートル、サルペトリエールの両病院で精神病患者を鎖から解放したとされる。神話化されたピネルの事蹟は絵になって、サルペトリエール病院にかざられ、その模写は巣鴨病院にもかかげられていた。ピネルのことは呉への賀歌に「しきしまのやまとにしてはわが君や師のきみなれや Pinel《ピネル》 Connolly《コノリ》 は外《と》つくににして」とうたっていた。ギラン

（一八七六―一九六一）は、パリ大学神経学教授で、ギラン・バレ症候に名がのこっている。当時のサルペトリエールは神経学（日本でいまいう神経内科）の拠点になっていた。かれは、サンタンヌとサルペトリエールとを一部混同していた。

一一月二六日夜にパリをたって二七日マルセーユ着。二九日にはそこの精神病院を見学して、

○中苑《なかには》にむかひてひらく建築のその色どりはものやはらかし
○一時代《いちじだい》過去のごとくにも思はゆるこの狂院に一日《ひとひ》親《した》しむ
○躁暴はマルセーユにても同じにて狂者《きやうじや》乾海草《ほしうみぐさ》の中に居りけり
○男室と女室をつなぐ寺院あり加持力教国の狂院なれば

（ここまでの歌は「巴里雑歌　其二」）

かれがヨーロッパにきて精神病院をゆっくりみて、それをしみじみとうたったのはこれがはじめてである、ヨーロッパをさる前日に。題詞にある Maison de fous はまさに「狂院」である。一九五〇年一月一三日『東京新聞』にのった「新年の回想」（「新年」、『全集』第七巻）にも乾海草のことがとりあげられている。保護室で、ねるための敷き物として海藻をつかうことは、当時の精神病院ではときどきあったらしい。かれは帰国のまえ、これからは病院に力をいれながら、年に一つぐらいちいさな研究をしたいと、ちいさな心理実験の器械もかいこんでいた。だが、いままでみてきたように、有名教授にせっせとあいながら、精神病院見学はすこししかしていない。研究面で名をあげたいという望みがくすぶっていたに相違ない。九月のベル

リンで、「医学の書あまた買求め淡き淡き予感《よかん》はつねに人に語らず」とよんだ、「淡き予感」もそれに関係あるものだったか。

一一月三〇日榛名丸にのってマルセーユ出港。一二月三〇日に香港をでて台湾海峡にかかった三一日午前一時、平福がうった青山脳病院全焼の電報をうけとった。あけて一九二五年一月一日に前田に「病院の財産は全部焼けました。小生のものも全部やけました。ドイツ、オーストリーで買った書物も全部焼けました〔中略〕最終の大兄の御心づくしの本箱も焼けました」とかいた。くすぶっている望みどころではない大火であった。

一九二五年（大正一四年）一月五日神戸港到着、七日帰京。『遍歴』はおわった。

第三章　青山脳病院

一　病院火災から再建へ

病院焼失　青山脳病院は一九二四（大正一三）年一二月二九日午前〇時二五分、餅つきの残り火から出火し、三か所の消火栓は故障で役にたたず、三時二〇分に全焼しおわった。自費五五名、公費二五〇名の患者のうち二〇名がまた老医板坂周活および電気治療室助手も、焼死した。救助された患者は他の五病院に収容された。病院は増築工事が完工間ぢかで、火災の損害は一六〇万円、さらに火災保険は前年一一月一五日できれていた。また養父紀一は政界進出で、かなりの財産をつかいはたしていた。

木造時代の精神病院の火災は頻繁で、一九二四年三月一七日青木あてにミュンヘンから、「王子の失火は実に気の毒の至りに候ひしも、やけぶとりするならんと瑞西のベルンにゐる井村のむすこよりいつてまゐり申候」とかいていた。滝ノ川の王子病院は一九二三年一二月に病棟を半焼し、そのあとに内科・神経科の小峯病院をたてていた。井村は、幡ケ谷にあった新宿脳病院（東京）井村病院の院長井村忠介の息子忠太郎だろう。東京の精神病院では、一八七八年本郷区田町に設立された加藤瘋癲病院は、一八九八年に失火し焼死者六名をだしたことをはじた院長が廃院にした。また一九〇〇年牛込区若松町に開院した戸山脳病院は、一九二九年放火によって全焼し、患者一二名が焼死し閉鎖においこまれた。精神病院火災史は、一冊の本になるほどである。

　かれの帰朝にそなえて、病院の塀のそとに二階家が新築されていて、これはのこった。一九二五年一月七日にかれがかえりついたのはここである。これからの艱難暗澹たる生が『ともしび』（岩波書店・東京、一九五〇年）の世界である。

　○焼あとにわれは立ちたり日は暮れていのりも絶えし空《むな》しさのはて（「焼あと」）

　○焼あとに掘りだす書《ふみ》はうつそみの屍《かばね》のごとしわが目のもとに（「きさらぎなかば」）

かいあつめた本のほとんどがやけてしまった。

　焼け跡にはすぐにバラックで診療所がたてられた。日記一月二七日には「新患者を見ル」とあり、二月一四日には「外来患者一人。（中耳炎）。病室回診」とあるので、病室もできていたのである。そのまえ二月一三日、「青木技師。板坂君三人ト警視庁ニ行キテ病室のコトヲキク。ナカナカラチアカズ」とあるのも、このバラックの病室のことだろう。「病院新築の事は、やはりオヤヂがやる都合にて僕も少々意見をいふが僕の一人意見といふ具合には行かぬ〔中略〕兎に角今度は奮闘するつもりだ。医者の方の為事は僕が主にやるやうになるであらうと思ふ」（二月三日中村あて）と、覚悟はした。

　二月二三日二時五分第一女百子出生。前年二月二四日に中村に、ちかづく出産の祝いをのべたあと、「子は沢山ほどよろしく、小生もふんぱつしてめかけでももたうかと考へること有之候〔中略〕小生も勢力若い者に負けざれども畑がやくざゆゑ子出来ず、大切なる精虫をたゞ棄て、しまひたり」とかいているぐらいだから、この第二子出産はうれしかっただろう。七月二三日受胎してもはやすぎるとの疑いはもたなかったのだろう。早産だったとはしるしていない。

四月一日第二四回日本神経学会総会が福岡でひらかれた。そのプログラムには第一〇席としてかれの「中枢神経系ノ代償（Reparation）機転ニ関スル実験」がのっているが、「旅費無きゆゑ福岡の神経学会総会には行かぬ。たゞ演説だけ友人にたのみ代演してまらふ〔ママ〕筈なり」（三月二四日渡邊庫輔あて）。この学会の抄録号では、かれの演題は八番で「抄録原稿未着」とあり、ミュンヘンでの仕事の概略を代演してもらったのだろう。

松原での病院再建　青山の地に病院は再建したかった。「反対運動もあれども、同情者の方が割合に多いから、何とかなる事と思ふ。ただ地主が反対運動やりをるので困りゐる」（二月三日中村あて）。三月三日、青山脳病院再建反対運動のことが報じられた。「紀一ノ対策ハドーモ実ニ駄目ダ。モウ老イタノデアル」（日記）。四日内務省にいって、同級だった高野六郎、および樫田五郎にあって病院のことをはなす。

六日には本郷燕楽軒で、かれの帰国、加藤普佐次郎の松沢病院医員辞職、内村祐之のドイツ留学、遠藤義雄の留学（？）の歓迎送別会あり。このとき、「樫田君ガ「ヒトツ金子君ニキイテミナイカ」ナド、云ツテ云ハウトシタガドウモ避ケテヰタ。会ノヲハリニナッテ「一寸ハナシタイノデスガ」ト云フト「明後日、午前ニアナタノ処ニアガリマス」ト云ツタ。避ケタ理由ハアトデツケ加ヘル」（日記、このあと日付けをいれた片仮名書きは日記からの引用）。燕楽軒は、赤門から二、三分、いまの文京区本郷四丁目三七番地、本郷通りから菊坂への下り口にあって、精神科関係の会合の多くがここでひらかれた。

金子は八日にかれをたずねてはいないようで、「避ケタ理由」もしるされてはいない。金子準二（一八九〇―一九七九）（図33）は、一九一七年医科大学卒。精神病学教室にはいって犯罪精神病学を専攻し、一九二三年から一九四八年まで東京警視庁技師（のちには東京都内務部医務課技師）として、精神病患者および精神病院に関することをあつかっていた。一九三一年から昭和医学専門学校教授もした。国民優生法にもっともはげしく反対した人である。戦後は日本精神病院協会を設立させ、また一九五〇年の精神衛生法制定に努力した。なお、戦前に衛生行政の末端機関は警察署であった。厚生省設置は一九三八年で、それまで衛生行政は内務省の管轄だった。

図33　金子準二（1969年）

「病院の方は警視庁の方より、改設も修膳〔ママ〕も出来ないやうに宣告ありし由にて実に癪にさはり候へども、いかんとも致し方なく、この際争つては損ゆゑ、涙こぼして辛抱といふ事に相成り申候○郊外に土地さがし居り候」（四月五日、中村あて）。このころの歌に、

○桜ばな咲きのさかりをこもりゐて狂ふをみなに
　物をいふなり（「行春のあめ」）

齋藤平義智（「渡欧前後」、『アララギ』追悼号）は当時の診察室につき、「焼残りの病室其まま玄関もなく、いきなり外からドアを開けて入ると小暗い畳のしいた八畳間で、之も焼残つたジアテルミーが隅の方に置いてあつた。外来患者も多くはなく午前中に診療をすまし昼食を馳走になつて帰る慣であつた」とかいている。

警視庁は、精神病院は郊外でなくては許可せぬとの方針で、五月頃には府下松沢村松原に八五〇〇坪の土地をかりることができた。玉川電車の下高井戸線が三軒茶屋から分岐して開通したばかり、その山下駅にちかい麦畑であった（一九二七年五月小田急電鉄が開通して便利になる）。六月二一日の日記に「地鎮祭ノ預定ノトコロ止メ」とあるが、この数日後にはおこなったのだろう。二二日「新患一人。再来一人。コレニテハ商売成立タズ」。九月一日のように「患者ナシ」の日も。この頃金稼ぎのためもあって随筆をかきだし、それがあたった。

七月一二日三宅先生祝賀会、上野精養軒で。呉は定年のため三月三一日帝国大学教授を、六月三〇日東京府立松沢病院長をやめ、後任はともに三宅鑛一が、六月八日および六月三〇日に就任した。七月二七日比叡山アララギ安居会出席のため東京をたち、高野山・那智・新宮などにあそんで八月一〇日に帰京、つづいて八月から九月にかけて計一〇日ほど箱根の別荘。このあたりはまだ余裕があったが、紀一がやっていた金策がいきづまってきたのは一〇月末からか。新築の病院を担保に金をかりるつもりがだめになって、彼自身がなれぬ金策にとびまわることになる。

一二月四日長崎時代の同僚教授の診察と金策とのため東京をたって長崎へ。五日に診察、「ドウモ早発性痴呆ノヤウナ処ガアル」。八日帰京。

○気ぐるひて居りたる友を一目《ひとめ》見しわれの心はきはまらむとす
○かへりぢの汽車の中にても病院の復興の金をおもひて止まず
○金円《きんえん》のことはたはやすきことならずしをしをとして帰り来《きた》れり

（「長崎往反」）

金がつくれぬと受負師にさしおさえられるところを、年末にブローカーからの借金でなんとかしのげたが、心身ともにまいった（「連日の心痛にて小生の頭も茫乎とし、又頭痛にてこまり居り、小生はつひに長命せざるべし」と一二月九日中村あてに）。一一月一九日に警視庁より新病院の視察あり。

これらの間に平福に絵二点をかいてもらって、一二月七日には呉にわたす。一二月二一日には燕楽亭で、精神病学教室忘年会、「呉先生カイギヤクヲヤル」。二七日には武蔵丸子で、巣鴨の中堅会（樫田、下田、植松、金子、小峯、谷口、栗原、池田）。二六日、「夜、父ニ注射ス。六遍サシテ漸ク成功」。

一二月三一日の日記にはこうかかれた、――

〔前略〕今年ハ実ニ悲シイ年デアツタ。苦艱ノ年デアツタ。帰朝シテ来テミルト家モ病院モ全ク焼ケテヰテ図書ガ先ヅ全滅デアツタ〔中略〕ソレカラ兎ニ角「外来診察」ヲ初メテ一人デヤツタ。病院ヲ何トカシテ改築シヨウトスルト、反対運動ガアルトカ又地主ガ退去ヲセマリテ裁判沙汰ニナツタ。ソレカラ警視庁ニ運動ガ入ツタト見エテ、新築ヲ許サナイ。受負師ニ3000千円《〔ママ〕》ヲ出シテ無駄ニナツタ。サウイフ苦シミノウチに父上ハ松原ニ土地ヲ借リテ、受負ノコトデゴタゴタシタガ兎ニ角工事ニ着手シタ〔中略〕サウシテヰルウチニ九月ノ下旬頃カラ金策ノコトデサシ迫リ、ドンドン話ガハヅレテ行ツテ思フヤウニ行カズ、セツパツマツタノデアルガ、一二月廿八日ノ期限前ニドウニカ片ガツイタ。カクシテ凡ベテノ苦艱ガ兎ニ角切リ抜ケラレタ。コレハ神明ノ御加護デナクテ何デアルカ。天地天明《〔ママ〕》ニ感謝シ奉ル。

恩人。栗本庸勝先生。平福百穂。中村憲吉。岩波茂雄。島木赤彦ノ諸氏。ソノ他、ぶろかー諸氏ニハヤハリ感謝シオカン。コノ苦シミヲ体験シタレバナリ。受負師二人ノ動物ノ如キ処置ヲモニクマザラン。

スツカリ頭ガ悪クナリ。神経衰弱ニナリ。夜ガドウシテモ眠ラレズ。文章ガ書ケナクナツタ。シカシ本年ハ僕ハ歌モ相当ニ作ツタ。漫筆モ書イタ。歌ニ関スル評論様ノモノヲモカキ。講演ヲシタ。本年ハ十年グラヰ老イタ気ガシタ。シカシ最善ヲ尽シタ。

神々ヨ、小サキ弱キ僕ヲマモラセタマヘ。

ところで、日記をみても、焼死した患者・家族への弔慰金のことがでていない。二〇名はいずれも公費で、弔慰金はそう問題にならなかったのだろうか。もちろん、「焼死《やけし》にし霊《たま》をおくるとゆふぐれて庭に低《ひく》く火を焚きにけり」（「閑居吟　其三」）とよまれていて、これには「作歌四十年」中に「焼死した患者のことは永久に忘れがたい。はやくも新盆が来て、悲しみを新たにし、低く迎火を庭に焚いて、その霊を弔ふところである。この歌の『おくる』はもう霊をおくる趣であるから、余計に感じが寂しい。自分はこの一首を時におもひ出して吟ずることもある」と注釈されてもいる。といっても焼死患者にふれられるのが、あまりにもすくない。

年があけて、外来診察はすこしずつ いそがしくなってくる。ときどき注射がうまくいかない。開院前の病院について、ゆすりのようなものもくる、すなわち、「興信所ヨリ若人一人来リテ「投書」ガアツタカラ、内ヲ見セテ貰ヒタイト云フ。コトワル。信念ヲ話シテヤル。開院シテカラナラバ金モ呉ルガ、今日ハ呉ズ」（一月二八日）。二月二日、島木赤彦を神保消化機病院につれていくと、腸小彎のがんで、肝臓に癒着している。四月五日になって、新病院の検査あり、警視庁の金子と内務省の樫田と、後輩二人がそろってきてくれた。七日、病院許可の電話が警視庁からあった。

ところが、新病院につきあてにしていた青木義作（当時、東京帝国大学の精神病科に在籍）をだせといってきた。四月九日、橋（松沢病院副院長）から、青木を高田脳病院長にいかせるよう三宅先生から話しがあったとの電話。紀一は不賛成。一〇日は、青木が松沢病院で三宅にあったところ、「ソンナニ云フコトキカナケレバ下田君ノ処〔慶応義塾大学〕ニデモ行キタマヘ」としかられた。仕方なく、一一日橋よりの電話に、青木の件だいたい承知と返事。一七日

図34　青木義作（精神病学教室時代）（青木典太氏蔵）

「明日（日曜）ニ高田脳病院長〔院主川室貫治〕が来ル由、青木ガ会ヘザレバ僕ニ会ヘト云フ。実ニ人ヲ馬鹿ニシテ居ル。又仙台行キヲ延バセナイカナド、Mガ云ヒシトゾ。Mト云フ男モ好イ加減ニセヨ。兎ニ角、青木ヲ仙台ニ立タセル」。一八日、三宅、川室がきて談合。五月六日、青木は高田脳病院にむけ出発、一年という話しだったが、一二月二日「青木義作無事帰ル」。高田脳病院は石田昇とおなじ一九〇三年医科大学卒業の川室が、現上越市に一九二〇年一一月に設立したもので、呉、三宅を顧問としていた。青木が二代目院長だった。

三宅はちょっとかるい人で、ある医者に某病院への赴任を命じ、その人が破門を覚悟で断わりにいくと、「あの病院はひどい病院で、君いかなくてよかった」とはなしたりした。青木のことでは本気だったようである。これにたいするかれの反応がおもしろい。実は四月一〇日、下田の所へでもいけという三宅のことばをしるしたあとに、「三宅先生ハ坊チヤン也」とかいたが、一七日には「Mト云フ男モ好イ加減ニセヨ」としるす。感情が激しているときのかれの日記はおもしろい。また、三宅はそうひどく教授権力をふりまわす人ではなかったとはいえ、当時の帝国大学医学部教授の権力のほどもよくわかる。

さて、青木義作（一八九三—一九八八）（図34）は、紀一の妻ひさの弟の子で、てる子のいとこである。一九〇八年、学生時代から紀一家に同居していた。第一高等学校をへて、九州帝国大学医学部を一九一一年卒業。あとは、呉の精神病学教室で助手になり、青山脳病院を手つだっていた。高田脳病院からもどると、青山脳病院副院長として、一九四五年の病院売り渡しまでいた。その家はもとの青山脳病院の近くで、一九四五年から診療所をはじめ、一九六二年ごろに調布市に精神科青木病院を開設した。

一九一九年に、それまでの精神病者監護法にくわえて、精神病院法が制定された。これは、内務大臣に道府県知事に精神病院設置を命じる権限をあたえて、精神病患者の保護治療についての公共の責任をあきらかにしたものであった。だが、予算がつかなくて、戦前にはこの法律によって設置された精神病院は数院にとどまった。同法には、この道府県立病院にかわる代用病院の規定があった。代用病院に指定されれば、準公立病院として箔がつくし、公費患者がくるので収入も安定する。その代用病院の許可は六月二二日にとれた。だが、心配もある。五月一一日、「防火壁ト病室ノ間ニヒビ入ル。土台悪キタメナリ」。また、五月二六日、「板坂龜雄君〔「院代」と称された事務長格、焼死した老医の息子か〕来リ、紀一父ノ不平ナドヲ云フ。紀一父ノ行為ハ実ニ非常識ノ処ガアレバナリ」。翌日は新病院で、「診断書ニツイテ紀一父上ハ自分ガ倉橋ニ書カセテ置イテ、「私ハ知ラナイ。ソレハ板坂ガ書イタノダラウ。オトツサアンハイクラオイボレテモ、ソンナニ忘レハシナイ」ト云フ。僕ガ「神経衰弱症」トカイタノヲ「躁狂」トシ、「意識奔走」ナド、書イテヰル。ソレヲバドーシテモ自分デ書カセタノデハナイト言張ル処ヲ見ルト、実ニ変ナ男デアル。サウイウ処ハ実ニ変ナ男デアル」（「意識奔走」は「意想奔逸」とかくべきところだった）。「実ニ変ナ男デアル」とくりかえしているところがおもしろい。

この頃の診療は主として旧青山で、こちらは月曜は齋藤平義智《へいぎち》（一八九一―一九六五、紀一の姉の子、一九〇七年から紀一のもとに寄宿、千葉医学専門学校卒、慶応義塾大学神経科の下田のもとにいた）が、うけもち、木曜は紀一があたり、あとはかれがうけもっていた。新病院へはときどきいく。それに歌のことでいそがしい。また、妻の遊び好きが目にあまってくる。一九二六年二月四日の日記に「輝子ハ在邦西洋人ノ演舞会ニ行キテ夜ノ十時近クニ帰ル。僕ノ機嫌ワルシ」とある。年末からこの種の記事がふえる。

六月二五日、「精神科ノ懇親会ニ行ク。呉先生モ来ラル。齋藤玉男君ハ学位ノ祝ナルガ来ラザリキ。ソレデモ呉先生ハ長々ト祝ヲノベタリ。齋藤君ヨリモ呉先生ノ方ガ素直ナルベシ」。齋藤玉男の同郷の後輩で交友のあった茂木一次（一九一三年医科大学卒）は、大逆事件周辺の関係者だった。そのため呉が齋藤をうとんじており、齋藤がはやくからだしていた学位論文も呉のもとにとめおかれて、その通過は三宅教授になってからだった。八月二八日、旧青山の患者が外出し、そのあとを実母がおい、あわてて交番にとどけたところ、青山署衛生課から福田という人がきて、始末書がいるという。自分が面会して、患者は精神病患者でないことをはなし、それでも始末書はだした。「ソノ福田ト云フ男ノ言ニヨレバ当病院ハ目下、医院ト見做シ、内科ノ医院ノ由ナリ。コノコトハナホヨク警視庁ニ行キテ訊カザルベカラズ」。新病院ができて、旧青山はその分院という形になっていたが、法律面で旧青山は精神病院ではない。脳神経科といったあいまいな形で、精神病患者ではないとして軽症の精神病患者を入院させていた。たとえば、一一月一一日に某「興奮シテ入院ヲ申込ミ来リタルヲ以テ自動車ニテ来タルガ、コ、デハ駄目ナルヲ以テ本院ニ移ス」。

松原の本院についてはいろいろ心配、一一月一五日（月）に、――

○午食後、平義智君リテ、青山脳病《〔ママ〕》ノウハサヲバ去ル土曜日ニ甲府ノ雨宮ガ上京シタノヲ機ニ慶応ノ植松〔下田が一月福岡の教授として赴任しその後任〕ヤ警視庁ノ金子技師ナドモ交ツテ一杯飲ンダサウデアル。ソノ席デ金子技師ハ「戸山ガ悪イナド云フガ戸山ヨリモマダ悪イ病院ガアル、ソレハ青山脳病院ダト云ツテヤツタ」植松「ソンナ病院ナラモツトイヂメテヤツタラドーダネ」金子「ソレモサウダガ患者ガ多過ギルカラネ、」コンナ調子デ、植松ハ「王子ハイーダラウ」ナド、云ツタサウデアル。本院ノ方ハ第一医者ガ何時行ツテモ居ラズ。患者の成績ガ悪イト云フノデアル。僕ハコノ話ヲキ、非常ニ不愉快デ、且ツ沈鬱シ、文章モ何モ書ケナクナツテヰタ。

本院の院長紀一は、病院にいず外泊したり、記憶違いののことをいったり。妻との関係もこじれる。二一日、小田隆二という青年より妻に来書。翌日きくと、一九二三年かれの留学中にしりあって、いっしょに音楽をきいたり、夕食をとっていた仲と。仲直りしようとおもっても、我のつよい女で駄目、不愉快。しばしば眠薬、さらにオピウム丸も。

一九二六年三月一九日結城哀草果に、「小生は四月五六日まで学界《〔ママ〕》でいそがしい」とかいていたが、その頃は新病院認可の件でそれどころではなかった。それよりはやい一月二〇日中村憲吉に、「おやぢはまめの性分にて普新《〔ママ〕》好きゆゑやはり当分任せねばならず候、たゞ小生が院長といふことに相成り申すべく候」とかいていた。新病院についてほぼ話し合いができていたが、いざ病院ができてみると紀一は院長をゆずらなかったのだろうか。

また、この年の三月二七日島木赤彦（久保田俊彦）がなくなった（満四七歳）。

青山脳病院長となる　一九二六年一二月一八日にベルリンの前田に、「なかなか理想的には行かぬので、役人から小言をいはれたりなどして、頭を痛め居り候」とかいていた新病院（本院）の問題点は、二年目にはいって一気に噴出する。本院に接して住居のある紀一が夜にそちらにいないことがしばしば。三月一二日、紀一および板坂が警視庁によびだされ、患者逃亡のため始末書をとられた。三月三〇日本院にいくと、紀一がいて、代用患者がぴったりとまった、という。

四月一日、警視庁松浦警部より「少シ伺ヒタイコトガアリマスカラ」と丁寧な呼び出し。出頭すると、逃走患者の届け出をおこたったために放火未遂と器物破損など、その後の逃走三名も届け出なく、世田谷警察署によりとらえられた。衛生部長、龜岡課長、具体案をだせ、という。四月二日板坂より、警視庁から本院の院長に電話があったが、院長おらず、午前中に具体案をもって出頭せよとのことだったと、電話。世田谷署にいって父をまつがこず、署長などにあって病院の問題点をきく。警視庁には、本日（土曜日）午前中には間にあわぬむね電話、四日、青山脳病院改革案をもって警視庁にきて松浦警部にあう。「届ヲ出シタルニ職員改善ノ点ニツイテ、モット具体的ノ案デナケレバイケナクハナイカト云フ。又事務長（板坂）ハアレデハ駄目ダト云フ。ソノ時ニ金子君モ来リテイロイロ注意スル。「今度ノ病院ノハジマル時ニ遠ニ院長ノ交迭〔ママ〕スベキデアッタ」ト云フ。松浦警部ハ「金子技師モ随分骨折ラレタノデシタガ」ト附加シタ」。紀一に注意しても埒があかぬので、直接の責任者ではないかれにいってきたのである。

四月二五日警視庁に出頭して、院長継承願に字をいれ印をおす。便所の臭気の件で金子から意見がでた。二八日世田谷署によばれていくと、患者に理髪させてはならんとの注意。そして、警視庁からの院長の指令をわたされた。

指令第一二七六〇号　赤坂区青山南町五丁目八十一番地齋藤茂吉　昭和二年四月十二日願
私立精神病院青山脳病院ノ業務継承ノ件許可ス、昭和二年四月廿七日警視総監宮田光雄
警視総監之印

この警視総監は画家宮田重雄の兄であった、つづいて、

○衛医丙一〇八六号ノ一、昭和二年五月二日。代用精神病院青山脳病院齋藤紀一殿、衛生部長、代用精神病院指定ノ期間更新ニ関スル件。首題ノ件ニ関シ曩ニ承諾書御提出中ノ処

別紙ノ通指令相成候ニ就テハ平素病者ノ保護治療及其他ノ施設ニ関シ相当御考慮相成居候コトト被認候モ近時逃走其ノ他ノ事故頻発シタルモノアルハ公安保持上、寔ニ寒心ニ耐ヘザル次第ニ有之候ニ就テハ今後一層諸般ノ点ニ留意シ病者ノ看護並治療上万遺憾ナキヲ期セラレ度（別紙）（東京府、昭和2.4.13.卯、宿直ノ印）内務省発衛第三八号、東京府荏原郡松沢村松原三百番地　青山脳病院経営者齋藤紀一　大正十五年六月十六日附内務省視衛第二九〇号指令其ノ病院東京府代用精神病院指定期間ヲ更新シ昭和三年三月三十一日迄延長ス、昭和二年三月三十一日　内務大臣濱口雄幸　内務大臣之印

かれの院長就任とともに青木義作が副院長になったのだろう。ところで、病院をよくしようとしても、よい看護人はめったにえられぬ（当時「看護人」とは、男女をまとめての呼称であった）。五月一日、「午後ニナリテ看護人志願者十数人来リ、ソレヨリ六人バカリ選抜シテ本院ニオクル、（後記。ソノウチニテ居附キタルハ一人ノミナリ。アトハ無断ニテ帰ルノモアリ、コトワリテカヘルノモアリ。）」。これは、他の精神病院でもおなじだった。看護人は最下級の職業とされていたといってよく、勤務拘束時間がながく、給料は女工なみ、あるいはそれを下まわっていた。なお、この五月一日一〇時ごろに赤十字病院で、妻てる子が男児を出産、平福画伯の提案した名が宗吉である。

患者死亡がおおい。五月中、日記記載の本院患者死亡は計九名か。「今月中ノ死亡患者ハ先月ヨリモ多クナリタリ。非常ニ熱心ニ従事シテヰルニ斯クノ如クナルハ大ニ考慮セザルベカラ

ズト思フ」（五月一八日）。金子には新病院で死亡率がたかいのは仕方ないといわれた（六月二七日）、六月の死亡者は一三名、浮腫ある者がおおい（脚気が関係している）。

七月一二日、「午前中、朝日新聞ニ郊外ノ某精神病院ノ不正事件云々ノ記事アリシヲ以テ僕ノ病院ニアラズヤト思ヒ電話ヲカケタルニサウデハナカツタ」。夕「本郷ノ燕楽軒ニ行キテ宴会ニ列スル、呉三宅両先生ヲハジメ、尼子、森田等ノ先輩ト井村、内村主賓等ナリ。ソコデ保養院ガ警視庁カラ調ベラレテヰルコトガ分カツタ〔中略〕事実ハ作業患者ノ帳面ガヨク出来テヰナカツタト云フノデアツタ」。帰朝した内村の話しでは、クレペリンの死因は狭心症で、乳液〔?〕の注射がわるかったと。七月二〇日、よばれて警視庁にいくと、「松浦警部専三郎氏ハ、僕ノ病院ノ作業ノ「金券ハヤメテ貰ヒタイデスナ」「アナタノ処ノ口賃ハ二割デスカ一割七分ノ処モアリ、三割、五割ノトコロモアリマスカラ一度朝ノ冷シイ時ニ院長諸君ニ来テイタヾイテ相談シタイト思ヒマス」云々」。病院で患者にやらせている内職的作業（だいたい袋貼り）の工賃から病院でひいている手数料が問題になっているのである。あとは、しばらく日記を離れて、『東京日日新聞』をみよう。

精神病院長七名を取調べ／警視庁への投書から／池田、小峰博士等を召喚

警視庁医務課衛生課では最近管下における各精神病院の内容についていろいろの投書あり内偵中であつたが廿五日は午前九時保養院長医博池田隆徳、王子病院長小峰茂之、根岸病院長府会議員松村清吾、戸山脳病院主杉本寛、加命堂主奈良林眞、幡ケ谷井村精神病院長

井村忠太郎、青山脳病院長齋藤茂吉氏等七等を召喚していろいろ聴取してゐる、内容は患者に対する待遇、内職賃銀の処置についてである（七月二五日夕）

　患者優遇を申出る

各精神病院の内情につき保養院長医博池田隆徳、王子病院長小峰茂之、根岸病院長松村清吾、戸山脳病院主杉本寛、加命堂主奈良林眞、井村精神病院長井村忠太郎、青山脳病院長齋藤茂吉の諸氏が警視庁衛生部医務課に召喚警告を発せられたことは既報したが、これに対し病院側では大いに狼狽し前記七院長は廿六日午後本郷三丁目燕楽軒に集会今後の改善事項につきいろいろ協議を重ねた結果最初警視庁から提出された

一、入院患者の内職作業工賃の七割五分を患者に与へること

二、金銭の収支を明らかにすること

三、帳簿を作製すること

四、患者の待遇を改善すること

等以下七ケ条は全部これを承認すると同時に使用人に対しても監督を厳重にし患者を優遇することに決し青山齋藤、王子小峰、加命堂奈良林三氏は七病院を代表して廿七日午前九時衛生部へ出頭諒解を求めて引き取つた（七月二七日夕）

日記をみると、七月二五日警視庁で松浦警部、金子技師の訓示あり。二六日代用精神病院長会議で、二割五分を工賃からひくととを決議。二七日警視庁に出頭して龜岡課長、金子技師、

松浦警部に昨夜の院長決議を報告。「○ドウモ投書ナドノアルノハ保養院、根岸、戸山、青山アタリガ多イ。コレハ何カ欠点ガアルノデハナカラウカ、云々。○青山病院ノ看護人ノ日給ハ安イカラ交代ハゲシイ、云々。根岸ハ30円カラ六円ノ食費ヲ引キ六ケ月ハツミ立テサセル、ソレヲ守ラザレバ返サナイ云々。○昨夜ノ決議ハ元《〔ママ〕》富士署ノ刑事ヲシテ探知セシメ、何デモ分カツテ居リマス、「警視庁ト云フトコロハドウデス偉イデセウ」云々」（わたしがのちに金子にたしかめたところでは、自分はこういった探偵行為のことはしらなかった、と）。警視庁から指摘された点については、「手帖十六」にくわしい。

一九二七年末に警察にかかわる事件があった。一二月一一日警視庁辰巳警部が普請の検分にきて、許可がないのにたててしまったと大怒り。一四日かれが警視庁にいったのち、世田谷署にいって、聴取書・始末書・調査書などで二時間ほどしぼられた。問題はかたづいたとおもっていたようだが、翌年一月二五日になって三新聞から世田谷署が建築法違反で訴告したと、といあわせてきた。翌日新聞に記事がでた。二月六日、東京区裁判所の清水検事のところにいった。検事は同情的で、「病室ニ関係ガナイラシク、別ニ所罰スル必要ガナイヤウニオモフガ他ノ主任ト相談スルト云ツタ」。これで事はおわったらしい。問題なのはむしろかれの反応である。問題がかれに報告された一二月一三日、明朝院長自身が始末書をもって警視庁にも、それから世田谷署にも出頭しろ、といわれたとかいたのちに、「僕ハ歌モ作ラネバナラズ、文章モ書カネバナラヌ。気ガイライラシテヰル処ニコノ始末ダカラ、今夜ハ旨クネムレナカツタ」とかいている。どうも、医業よりは歌作りこそが自分の使命だとかんがえていたようである。つぎに一月二五日には、「僕ハ寐テカラナカナカ寐ツカレナイデ、藤澤ノ相手ノ娘ノ側ノ者ガ間ニ立ツテ通信シタモノダト感ジタ。ナゼカトイフト世田谷署ガ書類ヲマハシタノガ去年ノ十二月ハジメノコトダカラデアル」としるしている。アララギの藤澤古實の恋愛問題がいろいろともめていて、かれをはじめ仲間もこれにまきこまれていた。一月一七日には藤澤の駆け落ち記事がでた。だが、それと建築法違反問題の報道とが結びつくのか?!女の側の秘密探偵が世田谷署のだれかとむすびついている、という推測でもあるなら、まだしもだが。被害妄想とはいえぬが、これは被害的な受け取り方といってよかろう。留学中の教師たちとの関係といい、彼には被害的にうけとる傾向があった。歌にも、「現身《うつしみ》のわれ死ぬるとき気味《きみ》よしとおもはむ人は幾たり居《ゐ》むか」(一九二八年「折に触れて」)といったものがある。

日記記載から精神科に関することをひろっていけば切りがない。ごく重要におもわれるものだけあげることにする。一九二七年一二月三一日の日記に一年のまとめがかかれているなかに、「ソレカラ患者ノ死亡数ガ多イノデコレニモ非常ニ骨折リ、糠エキスヲ作ルヤラ、高価薬ヲ使フヤラ、牧ヨヂン、リンゲル、カルシウム等モ代用患者ニドンドン使フヤウニシタ。秋頃から米モ半搗米ト云フコトニシタ」とある。当時精神病院での死亡原因中、脚気が第二、第三位にあった。白米と脚気の関係は一九一九年にはあきらかになっていた。しかし、京都の岩倉病院で一九一九年半搗き米をつかいだしたときには、患者および家族は経費削減策と誤解して抵抗があった。しかし脚気死亡をみごとにへらすことができた。松沢病院では八分搗き米、半搗き米が使用されるようになったのは、一九二六年度からで、一九二七年から脚気発生がはっきり減少した。代用患者（代用病院としての公費患者）は、一日いくらという、いわば総まるめ請け負いなので、一般にはごくやすい薬しかつかわなかった。

一九二八年三月三一日、五月一日とかれは日本精神病医協会に出席している。これは、精神病医が法律関係その他実務問題を協議するために、一九二〇年四月三日に創立したもので、呉秀三が会長であった。いまの日本精神病院協会の源流の一つといえる。はじめ長崎にいたかれが評議員に、紀一が常議員に指名されていた。事務局担当ははじめ井村忠介、のち小峯茂之。三月三〇日には金子技師の精神病院改良案につき講演あり、五月一日には警視庁の金子技師、松浦警部などが出席して質問にこたえた。また五月一日には、かれは常議員に指名された。このののち、公私立代用精神病院会および精神衛生会ができたので、一九三五年四月二八日にこの会は解散し、その保有金は両会に折半して寄附された。

一九二九年二月二二日の松原本院の現状は、定員三六〇名にたいし、現在三五四名入院（代用が男一七六、女一一六、自費は男四四、女一八）。看護人は有資格五、無資格七八、男五二、女三一。医師五、薬剤師二。勤務は院長月水金、齋藤平月金、青木木土、齋藤爲日・火の夜、並河五郎毎日。看護人は一九二七年には六九名とか五七名とかあるので、二年間にずいぶん充実させたようである。看護人の資格については、免許がなくても、警視庁管内だけで精神病院だけに通用する看做し資格のあったことが「手帳十八」にしるされている。

でも、かれがいくら努力しても本院がまとまっていたわけではなく、いろいろのことがある。一九二七年七月五日、「相当ニ忙シイノニ帝国聯合調査会ノ横山ト云フ男来リテ会員第四種(五十円)ニ入会セヨト云ヒ、ヅンヅン《〔ママ〕》筆ヲ取リテ承托《〔ママ〕》書ト受取書ヲカク、カウイフ寄生虫ノ如キモノハ実際困ルノデアルガ、オヤヂハ第二夫人ヲ持ツテヰルトカ、「何シロほうきナンデスカラヒドイ」「五十円ハ安イデスヨ」「安カツタトオ父サンガ云ヒマスヨ」ナド、云フ」。また七月二六日、「中央新聞記者、(丸の内山下町)中村銀作ト云フ者来リ、投書ガ入ツタカラト云フ談合。イロイロ質問シテ約一時間ニナル、シマヒニ十円グラヰ自動車賃ヲヤラウカト云ヒシニイヤ、23円欲シイト云フ。ソレハイカナイ、サウイフコトヲスレバ私ノ方ニ悪イコトノアルタメニ、ソレヲ塗リツブス料金トシテ払フヤウナモノダ。サウイフ君ノ考ナラバ明ルミニ出シ玉ヘト云ツテ帰シタ」。齋藤(高橋)爲助(一八九四―一九三三)は紀一の養子で、その五女愛子と一九二五年に結婚した医師だが、七月二八日、なにか思い違いして愛子をぶって「僕大ニ怒ル。ソシテ直ニ出テ行ケトマデ云ヒタリ。ドウモ病院ノコトデイロイロ苦労シテヰルノニ病院ノコトニ骨折ラズニサウイフコトバカリシテヰルト云フコトハ許スベカラズト思ヒタレバナリ」、「爲助ノ野郎ノコトガ不愉快デ不愉快デタマラズ」。

このへんで『ともしび』にでてくる、その後のかれの医業をみておこう。

○狂人《ものぐるひ》まもる生業《なりはひ》をわれ為れどかりそめごとと人なおもひそ

○雨かぜのはげしき夜《よは》にめざめつつ病院《びやうゐん》のこと気にかかり居り

（一九二七年、「山房小歌」）

○生業《なりはひ》はいとまさへなしものぐるひのことをぞおもふ寝てもさめても

（同年「韮」）

○狂院《きやういん》に寝つかれずして吾居れば現身《うつしみ》のことをしまし思へり

○むらがれる蛙《かはず》のこゑす夜ふけて狂院《きやういん》にねむらざる人は居りつつ

○ものぐるひを守《まも》る生業《なりはひ》のものづかれきはまりにつつ心やすけし

（四首は同年、「雨」）

○ものぐるひの命終《いのちをは》るをみとめ来てあはれ久しぶりに珈琲を飲む

（一九二七年、「童馬山房折々」）

○病院に来て吾の心は苦しめどこの苦しみは人に知らゆな

（同年七月一五日、日記）

○一夜《ひとよ》あけばものぐるひらの疥癬《かいせん》に薬のあぶらわれは塗るべし

（一九二八年「折に触れつつ」）

○おしなべてつひに貧《まづ》しく生きたりしものぐるひ等はここに起臥《おきふ》す〔公費患者のこと〕

○むらぎもの心ぐるひしひと守りてありのまにまにこの世は経《ふ》べし

（二首は同年「C病棟」）

○ゆふぐれの光に鰻の飯《いひ》はみて病院のことしばしおもへる

（同年「業余小吟」）

○独逸書のこまかき文字は夜ふけて見む競《きほひ》なし老いそめにけり

○心こめし西洋《せいやう》の学《がく》の系統もすでにもの憂《う》し秋の夜ごろは
（二首、同年「折々の歌」）

○ぬばたまのこの一夜《ひとよ》だに病院のことを忘れて山にねむらな
（同年「冬」）

これらのなかで、直接に患者のことをうたっているのは、「おしなべて」の一首だけである。あとの大体は、これが己れの生業と自らにいいきかせて、その生業にたずさわっている心境がしずかにうたわれている。『赤光』、『あらたま』の頃のはげしい息遣いはもうない。「独逸書」、「心こめし」の二首は、ほそぼそとながらも勉強をつづけていることをしめしている。

いくつかの死　一九二七年は宇野浩二の病いのことでいろいろ尽力した。同年七月二四日、〔前略〕夕食ヲうなぎニシテ土屋、久保田健次ノ二君ト夕食スマシ、談話ヲシテヰルト、妻ガアワテナガラ来タノデ僕ハ何カ重大事件ガ起ツタト云フ予感ノタメニ非常ニ心悸亢進シタガ、第一ニ病院ニ何カ起ツタノデハナイカ、家族ニ変事ガアツタノデハナイカト思ツタガ、改造社ノ山本社長ヨリノ電話ニテ芥川龍之介氏ガ毒薬自殺シ、午後八時ニ納棺トノコトデアツタ。驚愕倒レンバカリニナリタレドモ恷ヘニ恷ヘ直チニ妻ヲカヘシ、土屋君ヲ下ノ部屋ニ呼ビ、一円自動車ニテ動坂下ニユキ、直グ芥川氏宅ヲタヅネ。焼香シ、死骸ヲ見タ。門歯ノ黒クナツタノガ二枚出テヰルコト生前ノ如クナリ。静カナル往生ナリ〔中略〕ネムリグスリヲノミテネムル。ソレデモナカナカネムレズ。芥川ノ顔ガ見エテ仕方ナイ。

かれは一九二六（大正一五）年一月一三日芥川を、「神経衰弱ト胃病トガアル」ト診断し、その後睡眠剤ヴェロナル二五グラムをおくってやったりもしている。芥川はヴェロナールおよびチアールを大量にのんだとされた。かれは、作業工賃の件などで警視庁によびだされていそがしいさなか、二五日にも焼香にいき、追悼文をかき、二七日の葬儀にも参列した。八月二三日の日記には澄江堂主人をとむらう歌を工夫したあとがのこっている。できた歌はこういったものだった、―

○夜ふけてねむり死なむとせし君の心はつひに氷《こほり》のごとし
○やうやくに老いづくわれや八月《はちぐわつ》の蒸《む》しくる部屋に生きのこり居り

（「童馬山房折々」）

すこしあとにも、

○むしあつくふけわたりたるさ夜なかのねむりにつぎし死《しに》をおもはむ

（「童馬山房折々」）

ところで、「手帳三十七」の一九三六年三月のあたりに、「芥川ハ自分ヲカケナイ。生命ニ執着シナイ。死因ハ青サン加里ダツタト云フ話ガアル。サンタリス虫ノポーズ」という記載がある。山崎光夫『藪の中の家　芥川自死の謎を解く』（文藝春秋、東京、一九九七年）は、この青酸カリ説である。

紀一の老いぼれ、記憶の衰えについてはすでにしるしてきた。一九二八年になると、身体面の異常もはっきりしてきた。三月九日神保にみてもらうと、肝臓がはれていて、貧血があり、両下腿に浮腫がある、がんによる悪液質のようだ。六月一三日には、父はやせて一二貫になったといっている、とある。一一月にはいり呼吸困難のことあり。一〇日の天皇即位式には、音頭をとって万歳三唱もしたが、一一月一二日には呼吸困難で酸素吸入、最高血圧一一〇。米國をつれていくようにいったが、一四日ひとりで熱海へでかけたか。そして一七日熱海の福島屋で心臓麻痺のため沒した。六七歳。死亡広告には後藤新平伯の名をかり、告別式は二六日。一二月六日の三七日《みなのか》には、入澤、呉、岡田、田代、石川といった医学界の大物がそろい、席順に苦心した。

「籠喪」一〇首から、──

○かぞふれば明治二十九年われ十五歳父三十六歳父斯く若し
○休みなき一代《ひとよ》のさまを譃《たはむ》れに労働蟻《ろうどうあり》といひしおもほゆ
○身みづからこの学《がく》のため西方《さいはう》の国に渡り二たび渡りき
○今ゆのち子《こ》らも孫《うまご》も元祖《もとつひと》Begründer と称へ行かなむ
○おもひ出づる三十年の建設《けんせつ》が一夜《ひとよ》に燃えてただ虚《むな》しかり

師呉秀三にはときどきあう機会があった。一九三一年には、四月二日の神経学会総会懇親会でその顔をみており、また一〇月三〇日の精神病医協会、一二月一六日の呉三宅両先生謝恩会であっている。一九三二年（昭和七年）三月一五日、三宅より呉病気の通知あり、午後呉

図35　呉秀三胸像（松沢病院、最初の位置とはことなる）

（建）内科に呉をみまい、一六日夕にまた。そして、三月二五日には、午後に二回、夜にまたみまって、一一時までいた。二六日午前三時四〇分呉秀三死去。二六日焼香。解剖途中まで、二七日、二八日と通夜。二九日には青山斎場での葬儀にのぞみ手つだった、三浦謹之助に喪章をつけてやった。

　このときに挽歌はない。翌年の三月二六日にでた『呉秀三小伝』（呉博士伝記編纂会・東京）には、長文の「呉秀三先生を憶ふ」をのせた。「呉秀三先生は本邦精神科病学の建立者である。即ち、“Begründer”だと謂つてもいゝ、とおもふのである」とかきだし、最後に「（昭和七年十二月）」とはいっているこの文章は、呉の功業を回顧しクレペリン教科書各版における早発癡狂概念の変遷などをくわしく論じている。精神病学史の記述といってよいその内容は、いまでこそ精神科医にとっては常識ともいえるが、当時においては先駆的な、しかも内容たしかなものであった。かれの精神病学上の最後の学術論文といってもよい。一九二七年の「心こめし西洋の学」がかなりの実りをもたらしていたと推測できる。養父にも呉にもベグュンデル（建立者）の語をつかったことに注目しておきたい。

一九三九年（昭和一四年）になって、三月二五日、日本医事新報社の座談会「呉秀三先生を偲ぶ夕」（『日本医事新報』第八六号）に出席し、また一一月一九日には「自動車ニテ松沢病院ニ行テ呉先生ノ銅像除幕式ニ出席ス。雨少シフリ寒シ」（図35）。このときに二首、―

○功業《いさをし》は光のごとく成りたまひさながらにしてこれの御姿《みすがた》
○御額《みひたひ》のひろくいましましありし日の師の御像《みすがた》に吾等ちかづく

（二首「随縁」、『のぼり路』）

呉が講義する「デメンチア・プレコックス」（早発癡呆）は当時の新知識だったが、学生たちは呉の額の広さを「クレコップス」と称していた（「コップ」はドイツ語で頭）。

島木赤彦につづき、歌の仲間もしんでいった。一九二七年八月一一日、古泉千樫、四〇歳。一九三三年一〇月三〇日、平福百穂、五五歳。一九三四年五月五日、中村憲吉、四五歳。とくに平福、中村は、かれの金策にも応じてくれた、よい相談相手だった。しかも、あいついだ二人の死は、かれに大打撃となった事件に前後していた。また、かれの幼時に多大の感化をあたえた佐原窿應は一九三一年八月一〇日死去、六八歳。一番上の兄守谷廣吉は同年一一月一三日に五七歳で死去。義弟爲助は一九三三年二月四日死去（穿孔性腹膜炎）。

そして医学の仲間の死もそれらにつづく。一九三六年四月一八日、橋健行、五三歳。この年の七月箱根で、「弔橋健行君　うつせみのわが身も老いてまぼろしに立ちくる君と手携《てたづさ》はらむ」とよんだ（一九三六年「雑歌控」、『暁紅』）。一九四一年五月一一日には、健行の父健三がきて、『

抄」）にある、――

〇手ふるひつつ書きをはりたる墓碑銘《ぼひめい》をわれ一人《ひとり》のみ見るは悲しも

〇亡き友の墓碑銘《ぼひめい》かくと夜《よる》ふけてあぶら汗いづわが額《ひたひ》より

墓碑銘の撰と書とを依頼した。苦労してその字をかき、一字なおして糊ではいったり、苦労した様が日記にしるされている。そして「橋健行君墓碑銘」の二首が『霜』（一九四一年「雑歌

一九三八年一〇月二九日、神保光太郎死去。一九三九年七月二五日、大成潔死去、五四歳。「大成潔君を憶ふ」（一九三九年）がある。松沢病院にときどきみまっていた石田昇は、一九四〇年五月三一日死去、六四歳。翌年六月一〇日の追悼会（「予は風邪デ欠席ス」――「手帳四十九」）には、「鳴滝《なるたき》をともに訪ひたることさへもおぼろになりて君ぞ悲しき」とよんだ（『霜』、一九四一「雑歌抄」）。

もちろん、慶事もあった。一九二九年一〇月二五日、第二女昌子がうまれた、末子。

そして、かれ自身の健康もおびやかされてくる。一九二九年一月一七日、「試ミニ尿ヲ検査シタルニ蛋白ノ反応著シ一寸悲観セリ」。二一日、杏雲堂で佐々廉平の診察をうけたところ、慢性腎炎との診断で、食事療法ほかの養生法、薬（錯剝液）を指示された。一九三一年八月には喘息がひどかった。一九三三年三月には「心臓変ナリ」。一九三四年三月二三日中村憲吉あてには、「小生の尿の蛋白も増加し、血圧も一八〇から一七〇あたりに有之候。これは賢臓《ママ》の方から来てゐる血圧らしく御座候、仕方なき故食養生いたし居り候」とかいている。一九三六

年五月一二日、「コノゴロ余リ大儀ナノデ尿ヲ検査シタラ糖尿ヲ発見シタ」、一八日「富太郎カラ糖尿病ノ食養生ヲシラセテ来タ」。その後ずっとみていくと、養生し薬もときどきのんでいる。一九四四年二月一五日の日記には、「今日ハ腎臓ヲイタハルタメニ食養生ヲナシ、塩分ヲ減ジタルガ、体ノ具合ヨキヤウナリ」とある。減塩食はつづけてこそ効果のでるもので、一日やってから調子がよくなるものではない。かれの養生法は医者らしくない。日記から薬をどうのんでいたか的確には判断できないが、それもつづけて服用してはいないようである。

その頃の医業　さきに、一九二九年の頃本院の院長勤務は月水金とかいたが、これは届け出上のことだったようである。だいたいは、火水金の午前中は青山で診察し、水曜の午後本院にいき、ときにはそちらにとまる。もちろん、事があれば随時本院にいくが、かれの本拠は青山のほうである。本院では警察の取り締まりがきびしいだけでなく、衰弱死した患者が実は縊死だったろうなどと、金をせびりにくる記者がいる。青山、松原とも土地のことで紛争もつづいている。それになんといっても、齋藤家の戸主は義弟西洋である。山形高等学校をへて東北帝国大学を卒業した西洋は、一九三一年三月に三宅のもとでまなぶことになった。西洋が一人立ちできるまでの、自分は中継ぎである。一九三〇年一月一九日に「朝カラ輝子ヲ叱リトバシ」「鎌倉アタリニ移転センカトオモフ」とかいたように、松原も青山も自分の本当の居場所ではないとの思いはつよかったのだろう。

青山は、焼け跡につぎたしたものから、一九二九年六月七日に新診療所にうつった。一九三一年になって、青山のほうの「青山脳病院分院」、「青山脳病院診療所」という呼称の問題が指摘された。「元青山脳病院」といった案内標示もだしていたようである。六月二五日、警視庁金子技師の意見で、「青山脳医院」ならよいとなった。一九三二年にでた小冊子についている「全国精神病院広告欄」には、青山脳病院の広告に青山脳医院も付記されている。なお、別の広告で青山脳病院は、神経病科、脳脊髄病科、精神病科となっている（当時標榜科名についての規制はあまりなかった）。

一九三二年七月二七日、「西洋トモ話シテ青山ノ分院ノ設計ヲ依頼ス」。翌年一月二〇日、「午前中ハ移転シタル方ノ診療所ニテ診察ス」。一九三五年二月には、青山のほうがさらに増築されたものを、青山脳科病院と称した（精神病院である青山脳病院といちおう区別できる名称なら、警視庁もみとめたのだろう）。院名はさらに、一九四三年一二月に「内科神経科青山養生院」と改称したようでもある（「手帳五十三」）。こちらの定員は四〇床ほどであったらしい。日記でみても、こちらには軽症の人をいれ、興奮したりすると松原の本院におくっている。松原のほうは、その後増床していて、一九四〇年一月一日現在の『精神病者収容施設調』（厚生省予防局）によると、定員四〇五、うち代用病床二五〇、現在員三七〇、うち代用二五〇、保護室五である（くりかえすが、青山は精神病床ではないので、この施設調には記載されていない）。一九三六年六月一〇日には、「四時ニ銀座裏ノ小林医院ニ板坂院代ト共ニ行キ、医院ヲ一覧ス」。これは、青山、松原をもはなれて診療にあたろうか、という心づもりがあったことか。

いずれにしても、かれはたいへんに努力して医業にもあたり、一九三一年末には、「世間ハ僕ヲニクミ目ノ上ノ敵トシタガ、力量ニ於テ僕ヲ征服デキズニシマツタ。病院長トシテモ、アレハ歌ヨミデ医者デハナイナドト云フガコレモ力量ニ於テ実際ノ成績ヲアゲルノダカラ信用ガアルノデアル」と、一年のまとめにかいた。といっても、一九三〇年には二か月にちかい満州旅行をしたり、避暑ほか長期に東京外にでることがおおい。青木副院長などがいたからそれも可能だったのだろう。精神鑑定もかなりおおくやっている（しばしば青木を助手として）し、往診にもはげんだ。だが、つきはなしていえば、歌人にしては院長として頑ばってはいるが、本来なら院長業務にもっと力をいれるべきでなかったか。

一九三二年一一月三〇日、「本院ノ板坂ヨリ電話アリ、警視庁ヨリ出頭セヨトノコトナリトゾ。板坂ト二人出頭シタルニ、1患者ノ分配ヲモツト完全ニスルコト、一処ハコミ一処ハアキヰル、2患者ト看護人トノ数ノ合ハヌコト、3布団ノキタナキコト等、シカシ万事ハ算術的ニシテ情味ナシ、ソレユエ実際的デナク面倒ナリ」。病院の不備を指摘されたことを、かれは素直にはうけとれない。自分はこれだけ努力しているのに、と、おもいこんでいるようである。

関連する挿話をいくつかひろっておこう。一九三〇年六月、来日したヴァイガントの接待に参加した。そして、一九三三年八月一四日には、樫田五郎が訳したヴァイガントの日本印象詩に手をいれた（「山と海から」、『神経学雑誌』第三六巻第九号、一九三三年）。

一九三三年には、たいへんな金満家を青山脳病院に入院させた。三月一二日、「半田勇博士ト□□家ノ家令本院ノ部屋ヲ見ル。板坂ヨリ電話アリテ母上ノ部屋ヲ借リタシト云フ〔中略〕四時スギニ□□□□□氏宅ニ行キ、三宅先生、半田博士ニアフ」。三月一三日、「午後ノ三時ゴロ青木君□□家ニ行キタレドモナカナカ入院出来ズニ、夜ノ十一時ゴロニ至リテ漸ク入院シタリ」。その後かれはこの人を診察に本院にいき、また三宅、半田もしばしば診察にきている。その人は七月二九日に「全治退院」した。

この人はどうも、わたしたちが精神科医療史研究会で懸田克躬氏（一九〇六―一九九六、学校法人順天堂の理事長もした）からうかがった「流れ流され大学生活五十年」にでてくる人のようである。懸田氏は一九三七年に仙台から東京にでてきて、翌年三宅が所長をしている脳研究室にはいり、一年ほど三宅がみていた患者の家に宿直でいっていた。麹町の広大な邸には、患者のために二〇名ほどがやとわれており、精神病医も四六時中複数でついていた。被害妄想や幻聴のひどい人で、なにをしかけられるかわからないというので、夜になっての布団敷きも医者にやらせていた。身のまわりの世話をさせる半玉も、始終そばにいた。ここに一晩とまると三〇円ぐらいになった。ま、こういう人を三宅が青山脳病院にたのんだのは、かれの力量をある程度信頼したからだろう。

かれの先輩齋藤玉男は、一九三一年六月二一に東京府松沢病院副院長に就任した。八月一四日、「夜ハサメズノ川サキ屋ニテ中老会ノ齋藤玉男君ガ松沢病院副院長ニナリタル祝賀会ヒラク。小峰、植松、金子、僕、江村、齋藤ノ六名ノミ」。一九三三年四月一八日、「三宅先生ノ処ニ行キ、府庁ノ輕部氏ト齋藤玉男ノコトヲ話ス。小生ハ気乗セザレドモ若手ノ説ニモ少シハ顧慮セザルベカラズ」。実は、巣鴨―松沢をはなれてひさしい先輩が副院長となってくることには、当時の医長以下に歓迎しない空気があった。府のほうには、大学教授と兼任ですこしかよい三宅院長にかえて専属の院長をおきたいとの意向があり、府庁の輕部修伯は齋藤玉男をおそうとしていたのである。一九三六年一月二一日には、「三時半ニ松沢病院ノ關根医長来リテ夕方マデ談合ス」とあるのも、このことだろう。間もなく三宅院長が定年になるときに、また府庁の策動があってはこまると、關根眞一が先輩のかれに相談にいったのである。かれが後輩からかなり信頼されていたことがわかる。齋藤玉男は、ずっと年下の内村祐之院長のもとに一年つかえたのち、院長がやりにくいだろうと一九三八年三月三一日をもって副院長を辞した。

一九三二年五月二〇日、精神病院長会議、「保養院ノ看護人争議ノ件ナリ」。二一五日、「午后本院ニ至リ。保養院ノ事務長、看護人代表来ル。院代アフ」。一九三三年四月二四日、「根岸病院ノ争議ドーニカ片ヅキタラシ」。二一五日、「根岸病院争議持越シ」。戦前の医療労働運動史では、精神病院における労働争議が比較的突出していた。松沢病院でも何回かそれがくりかえされた。まえにもかいたように、精神病院における看護人の待遇は最低といってよかった。保養院における争議の具体的事実はたしかめてない。一九三三年の根岸病院における争議は、看護人が患者に傷つけられたのを私傷としたことから、男女看護人、賄いがたちあがった。ここでの労働運動は全国労働組合同盟（日本労農党系、中間派）に属するものだった。おなじ頃の松竹レビュー争議団に根岸病院争議団看護婦が激励にいくという挿話もあった。一九三六年には保養院で、飲酒して交通事故をおこしたボイラー係の解雇から労働争議にいたった。青山脳病院に争議の動きはなかったが、院長おおいに神経をつかったに相違ない。

「茂吉われ」の歌境　このあたりの、医業に関する歌をみておこう。『たかはら』（岩波書店、東京、一九五〇年）、『連山』（同上）、『石泉』（岩波書店、東京、一九五一年）、『白桃』（岩波書店、東京、一九四二年）のものである。

○幻覚《げんかく》のことあげつらふ吾さへや生産《せいさん》などといふ事を云ふ

（一九二九年「日常吟」、『たかはら』）

これは世情を反映しての感想だろうが、義弟米國が中心でやっていた畜産などの作業治療も念頭にあったのだろう。

○自殺《じさつ》せしものぐるひらの幾人《いくたり》をおもひいだして悪《にく》みつつ居り

（同年「一月某日」）

どうにもとめられない自殺もあるが、あのときこうしておけばよかったとおもう例のほうがおおい。当時の警察署の厳しさ、事故をいいことにゆすりにくる記者などもかんがえると、精神病院長として「悪」みたくなる気持ちはわからぬでもない。だが、これはあまりに経営者的感覚である。こういうものを正直にだしてしまうところが、かれらしいか。

○気《き》ぐるひてここに起臥《おきふ》しし老人《おいびと》の癒りて去るを見おくらむとす

○ここにして大学同級の友ふたり大成潔《おほなりきよし》、森川千丈《もりかはせんぢやう》　（同年「をりにふれて」）

一九三〇年の満洲旅行で、一〇月二四日奉天着。森川は外科医で、当時日本赤十字奉天病院にいた。大成の家に二泊したか。一九三〇年に直接医業にふれる歌はみつけだせなかった。

○きほひつつ飲みけむ酒も弱くなりてこのともがらも老いゆかむとす

○若くして巣鴨病院にゐたるもの見れば老ゆるにもはやきおそきあり

（二首、一九三一年「機縁小歌」、『石泉』）

「医学会総会には処々より同学の友集りぬ」の詞書きがあるが、これは一九三一年四月一日の日本神経学会総会。午後出席し、夜の懇親会のあと巣鴨中老会、大成、齋藤玉、林、中村隆、橋、後藤、金子、植松、小峰、樫田、横浜の栗原清一、沼津の谷口本事とかれ。これらのまえに、「泥《どこ》のごとく酔《ゑ》ふこともなし」の一首も。巣鴨中老会はときどきもよおされていた。

○狂者《きやうじや》らをしばし忘れてわがあゆむ街《まち》には冬の靄《もや》おりにけり　（同年「冬靄」）

兄廣吉の葬儀のあと小旅行してかえっての歌、「病院長といふ観念を暫時わすれて、扱つてをる精神病者のことを暫時わすれてである」（「作歌四十年」）。

○気ぐるへる人をまもりてくやまねど山河《やまかは》こえむ時なかるべし　（同年「銀杏」）

もっと旅にすごしたいというのだろうか。

○ものぐるひのあらぶるなかにたちまじりわれの命《いのち》は長《なが》しとおもはず

（一九三二年「折に触れたる」）

「職業ではあるが、所詮長命といふわけには行かぬであらうといふ感慨述懐である」（「作歌四十年」）。

一九三二年には世田谷区が東京市に編入された。青山脳病院がその東端に、松沢病院をその西端にもっていた松沢村も世田谷区にはいった。それをいわって「世田谷」一五首をつくった。

松沢病院

ものぐるひここに起臥《おきふ》しうつせみに似ぬありさまもありとこそいへ

おそるべきものさへもなく老いゆきて蘆原金次郎はひじりとぞおもふ

青山脳病院

茂吉《もきち》われ院長となりいそしむを世のもろびとよ知りてくだされよ

図36　都立梅ケ岡病院門前歌碑（「茂吉われ院長となりいそしむを世のもろびとよ知りてくだされよ」）

芦原金次郎のことはのちにくわしくしるすが、誇大妄想をもってなり「将軍」、「帝」と自称していた有名患者。おそるべきものなき患者と、「茂吉われ」との対照がおもしろい。一二月六日の日記には、「夜ハ世田谷区ノ歌十五首ツクル、コレハナカナカ面倒ナリシガ、狂歌ノ如クニシテドーニカ作リタリ」としるされている。青山脳病院をひきついだ東京都立梅ケ丘病院の院内施設全面増改築が完成したのを記念して、「茂吉われ」を刻した歌碑（図36）が、一九八七年三月同院門前にたてられた。

○気ぐるひし老人《おいびと》ひとりわが門《もん》を癒《い》えてかへりゆく涙ぐましも

（一九三三年「早春独吟」、『白桃』）

一九二九年の「気ぐるひて」の類歌だが、「作歌四十年」には、しんみりとした（この頃のかれにはめずらしく患者の身をおもいやる）解説がある、――

自分は精神病医だから、これまで随分沢山の患者を診療してゐる。その千差万別のむづかしい病者のうち、この老人の精神病者が全快して退院したとき、非常に自分も嬉しく感動したのでこの一首を作つたが、この歌はわけもなく直ぐ出来た。『涙ぐましも』の結句は今ではもう珍しくないが、この歌では割合に自然に据わつてゐるやうにも思ふ。またかういふ歌は身辺小説のやうなもので大作とは謂へぬが作者自身にとつては未練のあるものが多い。精神病医は多くの場合感謝せられるざる医であるから、かういふ場合には先づ珍しい特殊の場合と謂はねばならない。

朝寒

朝ざむきちまた行きつつものぐるひの現身《うつせみ》ゆゑに心しづまらず
ひと夏に体《からだ》よわりしが冬服《ふゆふく》をけふより着《き》つつ廻診《くわいしん》し居り
まぢかくに吾《われ》にせまりて聞くときは心は痛《いた》しものぐるひのこゑ
（同年、『白桃』）

東京に帰つて来て、いつものやうに医業に従事した。そしてあづかつて居る病者のことをおもふといろいろと気を使ふことがあつてぼんやりしては居られない。けふははじめて冬服になつて廻診をした。既に医になつてから三十年近いとおもふし、専門医として相当の修練を積んだとおもふが、それでもこの身に近く、妄想に本づく要求を執拗に迫つて来られると、心を痛ましめないことがない。それを、『こころは痛しものぐるひのこゑ』と表はしたのであつた。
（「作歌四十年」）

このときは、九月一五日妻と軽井沢にいき、草津、川原湯温泉、四万温泉とまはり、九月二〇日に帰京したのだった。九月三〇日には富士五湖にいっている。とすると、「朝ざむき」は九月下旬のことで、寒さがはやく身にしみる年齢になっていたのか。

二　うちのめされて、いきる

妻との間　かれが陰毛に白毛をみつけたのはミュンヘン時代であった。一九二六年（大正一五年）四月二四日の日記に「夜ハ百子ヲ相手ニアソブ。百子アマリキカナイカラ、タンゼンヲカブセテヤリタルニ奴ハ苦シマギレニ小便ヲ陰門ノ処ヨリ噴水ノ如クニシタ。僕ト茂太大ニ笑フ」とある。ここ、普通なら「陰部」とかくだろうに、「陰門」としているところに、かれの性意識の特異性がほのみえる。同一〇月一三日、「輝子ノ奴、シキリニウナリテヰル。部屋ニテ日記ヲ書キ居ルニ入リ来リテ「オー臭イ！」ナド、云ツテ舌打チヲシテ出テ行ツタ。コレハ僕ノ体臭ヲ云フノデアッタ」。ながくつれそってきた亭主を、「オー臭イ！」というとは、二人の関係も察せられる。

　この頃、よって登楼することがときにあったが、一九二七年あたりは、たえず浅草にいっては、玉の井散策。のちのことだが、佐藤佐太郎『童馬山房随聞』（岩波書店、東京、一九七六年）の一九三六年七月六日のところには、「先生と玉の井へ行ったことがある。先生がある家にはいられ、私は出入りの見えるていどの近所に立って待ってゐた。あまりおそいのでさきにおちあうことにした場所に行ってみると、先生が立っていて、恥かしいおもいをした、といってしかられた」とあり、また、「僕が玉の井を書けば荷風（永井荷風「濹東綺譚」）よりうまいな」といったこともしるされている。その後も、たとえば、一九四二年四月一六日にも、玉の井にあそんでいる。新宿よりは玉の井があっていたらしい。すきな浅草にちかいせいもあったか。

齋藤茂太『回想の父茂吉母輝子』（中央公論社・東京、一九九三年）には、こんな場面がある、――

　小学校低学年の頃かもうさだかでないが、私は朝目ざめた。灯籠があり、芝生があり、松の木があった。立派な庭だった。いま考えると日本旅館のようであった。母がいた。母に連れられてその宿に泊まったに違いなかった。

　もう一人男性がいた。洋服を来た立派な紳士のようにみえた。奇妙なことに私はその人の顔を覚えていた。いや、その人に会ったのがその時だけでなく、その後何回か会ったから印象に残ったのかもしれない。その場の一つは神宮球場の早慶戦の日で、早大側のスタンドにその人と母と私が坐っていた。

早大文学部関係者らしいその人の素性を茂太はのちにしったが、その人が小田であったかどうか、しるされていない。一九二八年一月三日、「朝、小田ト云フ人ヨリ輝子ニ電話カヽル。出デ行キ、僕ヨリ早ク起キタ。ソシテ「今日ハ小田サンニ行ツテヨ」ナド、云フ。ソレカラナグリツケル。百子ヲモナグル。百子ハイカニモ怪訝ノ顔ヲシテミテヰタ」。百子にどうしてとばっちりがとんだのか。

一月廿九日、仰臥、耳に心臓の鼓動をきく
こその年あたりよりわが性欲《せいよく》は淡《あは》くなりつつ無くなるらしも　（「所縁」、『たかはら』）

とよんだこれは、一九二九年のものだが、一九三一年四月二一日には「手帖二十五」につぎの歌をしるした（万葉仮名は片仮名になおす）、――

○むラムラトヲトメニヨリテイキリ立つあまつ麻羅やうつしまらや
○夜光珠ト言ふといへども未通女ノフトノ価ニあにシカメヤモ
○うつしみは老いつつゆけばひなさぎの動くをみれば忽ち若し

同年五月三一日の日記（熱海滞在中）には、
○妻とふたり床を並べて寐しことも幾年ぶりかこよひねむれず（ぬ）

一九三三年になって、
○とげとげしき心おとろへてわが妻と親《した》しみゆくもあはれなりけり　（「早春独吟」、『白桃』）

とうたい、日記の三月二五日、五月二五日に妻の月経のことがしるされている。月経がかれの関心事となるような関係をしめしているが、この種の記事はたぶんこれが始めてで、終わり。「輝子ヲ叱ル」の記載は一時期よりぐっとへっていたが、一〇月九日、「輝子ヲ叱ル。安達ト云フ青年遊ビニ来ル」とある。

うちのめされて　かれは一〇月二五日から三〇日まで秋田県横手で、重態の平福百穂の看病をしたが、その臨終をみるにしのびず、昼過ぎに出発し、夜上山でその死去の電話をうけた。一一月一日帰宅、翌日平福の遺骨を上野駅にむかえた。六日、青山斎場で葬儀の準備世話にあたった。

一一月八日の新聞は有閑マダムのダンスホール事件を報じた。『東京朝日新聞』の見出しには、「医博課長夫人等々／不倫・恋いのステップ／銀座ホールの不良教師検挙で／有閑女群の醜行暴露」とあった。記事には「青山某病院長医学博士夫人」もでていて、その談話には、不眠症の治療に主人にもすすめられたが、ダンス以上の関心はもっていない、とあった。だが、そのあと、某博士夫人は去年九月七日に横浜磯子の待合に投宿してから密会をくりかえしていた、などと報じられた。いっしょにかきたてられた吉井勇夫人徳子は、すぐに離婚になった。かれの日記は一一月七日から一三日までが（おそらく妻の手で）やぶりとられていて、かれの直接の反応はわからない。一三日づけ中村憲吉あてに「正に昏倒せり」とあるのが、その反応だったろう。つづいて、「小生も不運中の不運男なれど今更いかんともなしがたし、大兄の御手紙みて涙流れとゞまらず目下懊悩をば何にむかつて愬へむか御遥察願ふ」とある。

ともかくも、これから一九四五年の疎開寸前まで、かれは妻と別居していた。妻の行状が、ちょっとした遊びではない、とかれは判断したのである。当時のものらしいガリ刷りの地下本『魔境』は、そのはじめの「有閑マダム乱行記」に、S・M医博夫人の性愛ぶりをかきたてた。打撃をうけながらかれは、一二月二四日、二五日と問題のフロリダダンスホールをみにいった。

かれの探究心である。

妻ははじめ、母の生家秩父や、かれの弟高橋四郎兵衛の経営する上山の旅館山城屋にあずけられたりもした。かれは一九三四年一月二三日から二月二日まで、上山で弟と相談した。三月九日の弟あてに、「謹慎ゆゑ、外出いかぬ。新聞等不要。手紙類一切いかぬ。○部屋は蔵で外から錠かゝれば一番よいが、さしあたり、一室、どんな処でもよいから、御心配願ふ。○人と交際させないやうに一室に閑居する必要あり」とかいた。このあと、かれがまた上山にいき、三月末から妻が山城屋にあずけられたのだろう。そのあとの弟あて手紙にも、「ゲンヂューにて、マチガヒのないやうに」などとくりかえされた。

妻は年なかばまで上山にいて、そのあとは松原の青山脳病院に母、弟と同居した。松原でもはじめは鍵をかけて、てる子の外出を制限しようとしたようだが、そんなことにめげるてる子ではなかった。のちにみるように、青山脳病院の従業員のかなり多くが、松沢病院分院（↓梅ケ丘病院）にのこり、松沢病院と分院との職員の入れ替え、交流もあった。「『楡家の人びと』にかかれているような、なまやさしいものじゃなかったよ」、「奥さんは鍵のかかった脇をこわして遊びにでてましたよ」などきいたし、またかのじょにあったことのある医師は、「もし患者としてきたならば、マニーとつけたでしょうね」とかたった。

かれは一九四六年一月一日に金瓶から義弟西洋にあて、「輝の問題もあの時に離縁の小生の印も捺したのでしたが」とかいている（齋藤淑子『兄茂吉の手紙』齋藤淑子・横須賀市、一九九三年、このあと西洋あて書簡はこの本による）。そこの文章の続き具合いからは「あの時」は、疎開のまえだが、離縁することにしたのなら、そのあと疎開先で同居するはずはない。「あの時」は事件当時だったろう。充分な財産をもらって守谷姓にもどってよいところだった。

かれが和歌の弟子として永井ふさ子にあったのは、一九三四年であったが、一九三六年から二人は恋愛関係にはいり、永井は孤独になったかれの拠り所となった。一九三六年一一月二六日に永井に手わたした手紙に、「ふさ子さん！　ふさ子さんはなぜこんなにいい女体なのですか。何ともいへない、いい女体なのですか。どうか大切にして、無理してはいけないと思います。玉を大切にするやうにしたいのです。ふさ子さん。なぜそんなにいいのですか」（永井ふさ子『齋藤茂吉・愛の手紙によせて』、求龍堂・東京、一九八一年）とあるように、二人の関係は性愛としての面がつよかった。熱烈な関係は一九三七年末までで、一九四五年五月一九日にかれが金瓶からだした葉書きが、永井あて文通の最後になった。

その後の医業　青木義作「青山脳病院焼失再建当時の茂吉」（『アララギ』追悼号）には、こうある、――

それから数年の歳月は流れて昭和八年十一月のある日先生は私を書斎によんで、自分は家庭の事情で今度院長をやめたいから君が代つて院長になつてくれと沈痛な面持で云はれた。しかし私はかくまで深刻に悩んでゐる先生の心情を察し、かつ今迄の恩顧を思ふとき、どうしてもこれを受諾する気にはなれなかつた。そして私の出来ることなら何でも先生に代つてやりますから院長の名儀だけは其儘にして頂きたいと申上げて辞退したのであつた。かくして先生は本院分院と週一回診察するだけで、病院のことは殆ど私と事務長とにまかせられた。

日記では、一九三四年一月二〇日、「夕方、青木、西洋来リテ、院長ノ名ヲコノマ、ツヾクルコト、一週間ニ一日診察スルコトヲス、メタ、少シ話ガス、ムト、「モーソレデイ、デセウ」ト西洋帰リヲ急グ」とかかれているが、それまでに青木義作を通じて話しはかなりにつまっていたのである。それからは、火曜午前は青山で診察、水曜午後は本院回診という診療がほぼ定着する。青山脳病院（本院）はかれが院長のもとに、青木義作副院長、板坂院代、守谷誠二郎薬局長が中心になっていた。板坂は事務長だが、ときどき院長のかわりに会議に出席したりもし、文字どおり「院代」であった（まれに、「代診」もした）。守谷誠二郎は、かれの第一兄廣吉の子、明治薬専を卒業。本院の薬局長ののち、青山のほうに勤務した。齋藤平義智は青山と本院と両方で診療にあたり、青木義作も青山で半日診療。さらに、義作の弟信夫（一九〇八年うまれ、一九三三年東北帝国大学医学部卒、そののち慶應義塾大学医学部薬理学教室で研究し、一九三六年からは同精神科教室にうつっていた）も、卒業後青山脳病院の診療にくわわり、一九三八年からは常勤になっていたようである。ほかにも、この同胞はつとめていた。青山には慶應の精神科から医師がきていた。

ここで、紀一のあと齋藤家の戸主となった齋藤西洋（図37）のことをみておこう。一九〇一

図37　齋藤西洋（1955年ごろ）
(齋藤淑子『兄茂吉の手紙』より

年六月二日、浅草区東三筋町にうまれた。山形高校から東北帝国大学医学部を卒業。三宅鑛一の精神病学教室にはいり、一九三二年から松沢病院医員、のち作業医療科医長になった。一九四八年から、青山脳病院をうけついだ都立松沢病院梅ケ丘分院院長。一九五二年、独立した都立梅ケ丘病院長。同院の整備に力をつくし、一九五八年一二月八日死去。趣味人で、はじめ自動車に熱中し、のち狩猟にこった。包丁の腕もよかったようで、戦中戦後の食糧難の時代に、その腕で同僚をたのしませた。わたしは何回か顔はみているが、あだ名の「ダンナ」（ややしぶい）にふさわしくみえた。梅ケ丘病院では父ににた建築好きの才能をもって、児童精神病院にふさわしい新工夫をこらし、また保母やソーシャルワーカをいちはやく採用した。西洋は、青山脳病院が東京都に譲渡されるまでは、正門左側にあった二階建ての院長宅（これは戦災にあわなかったので、わたしもその外形はみている）にすみ、譲渡後は、松沢病院内の公舎にすんでいた。

二月一〇日、「夜ハ三宅先生ニ招ガル。氏家、池田、小峰、菊地、スワ軍医、後藤、栗原、僕ナリ。僕ノ慰労ノタメナリトゾ。大先生〔秀〕大奥様モオ見エニナリ、感謝ス」。

一九三七年一〇月五日、「午前中〔青山〕診療ニ従事ス、公爵ト云フ振込ミのウーラツハといふ者の妻、廻診中、院長たる僕の頰を打つ。僕忍んで通弁たる山田某と手塚某といふ女に交渉す」。六日、「通訳ノ手塚、渡邊、青木ニ今日中ニ毛唐人ヲ退院サセルヤウニ話シテ本院ニ行キ、帰ツテ来タトコロガ未ダ退院シナイノミカ、山田某ガ失敬極マル言ヲ弄スルノデ大ニ罵倒シテヤツタバカリデナク、明日必ズ退院セシメルコトヲ念ヲ押シタ」。七日、「毛唐人ノ妻、今日松沢病院ニ入院ノ手筈ノトコロ部屋ガドウノカウノト云ツテラチガアカナカツタガ厳命シテオイタ。夕五時、毛唐ノ女退院シテ松沢病院ニ入院シタ。ガイドノ山田某モ天罰ヲ受ケルダラウ」。二月二四日、「読売ノ随筆ヲ書キカク。（その下、ツヾキ）ウーラツハノコトヲ書キハジメテ中止ス」。二九日にかきおえたらしい「一瞬」は発表されぬまま、一九四〇年刊行の『不断経』におさめられた（『全集』第六巻）。そこには、松沢病院にいって復讐してやろうと、その有様を幾晩も空想したこともしるされている。

同年の二月二日、「午後〇時三十分松沢病院ノ芦原金次郎死亡、八十八歳。そして、

○朝刊の新聞を見てあわただしく蘆原金次郎《あしはらきんじろう》を悲しむ一時《ひととき》
○入れかはり立ちかはりつつ諸人《もろびと》は誇大妄想《こだいまうざう》をなぐさみにけり
（一九三七年「春寒」、『寒雲』）

○われ医となりて親《した》しみたりし蘆原《あしはら》も身まかりぬればあはれひそけし
（同年「余響」）

いままで何回もその名のでた芦原金次郎（戸籍上は「芦原」がただしい）（図38）のことを、

図38　芦原金次郎（松沢病院本館玄関で）

ここでみておこう。一八五〇年四月一六日越中高岡の生まれ。維新後は深谷の櫛問屋にひきとられていた。正三位勅任官勲一等左大臣蘆原将軍藤原の諸《もろ》味《み》という名が『東京自由新聞』にのったのが、一八八〇年六月一二日である。そののちも将軍として新聞をにぎわし、また東北巡幸の明治天皇の馬車にちかづこうとしたりした。一八八二年一〇月東京府癲狂院に収容されたが、翌年元日に脱院。同一一月二九日再入院。こののち将軍、帝と称し、勅語をかいた（多くは代筆）。誇大的時事放談をするので、新聞記者は記事がなくなると、かれを取材してかいた。一九一〇年には、廃兵院経営の参考に巣鴨病院を見学した乃木将軍とはげましあった。面会料、写真のモデル代をとり、勅語（図39）をうって、その金で部下に菓子をくわせたりした。運動会の仮装行列では、将軍の馬車が呼びものだった。将軍の礼服はだれかが韓国のそれを芦原におくったとされている。かれは、巣鴨病院—松沢病院の特権的広告塔であったが、この点は呉院長が、「精神病といってもこわいものばかりではない」としらせようとしたのか。かれの死がせまると、半ページの紙面をさいて将軍一代記をのせる新聞もあり、院内には新聞社のテントもはられた。一九三七年二月二日死亡、半世紀あまりを精神病院ですごした生涯であった。同年一一月一三日の東京精神神経学会で「要スルニ将軍ノ脳髄ニハ生理的老耄性萎縮以外ニ著シキ病的所見ヲ認メ得ズ」と報告したのは、齋藤西洋である。

その病気についいては、分裂病説と慢性躁病説とあるが、興奮気味でないときも妄想が持続し、ときにその内容は荒唐無稽で、生活態度がだらしない、などの点からわたしは分裂病とみている。進行麻痺との説をなす人もいたが、昔の進行麻痺は数年で死亡していた。『サンデー毎日』一九三七年九月五日号にのった「職業随縁」（『全集』第六巻）は、この人にすこしふれている。

同年六月には、テュービンゲンにたずねたことあるショルツが来日した。六月二二日にこの講演をきき、夜の歓迎会で演説し、翌日も講演をきき、二四日にはショルツを東京駅にみおくり、小筥をおくった。「ミュンヘンのScholz《ショルツ》教授が立寄《たちよ》りて嘗ての顔をおもひ出でしむ」（一九三七年「手帖より」、『寒雲』）。同年七月一四日の『読売新聞』にのった「ショルツ博士」（『全集』第六巻）には、その講演をきいていると「昔知つた女のやうななつかしさがあつ」た、ショルツは「ただ僕が余り老いた

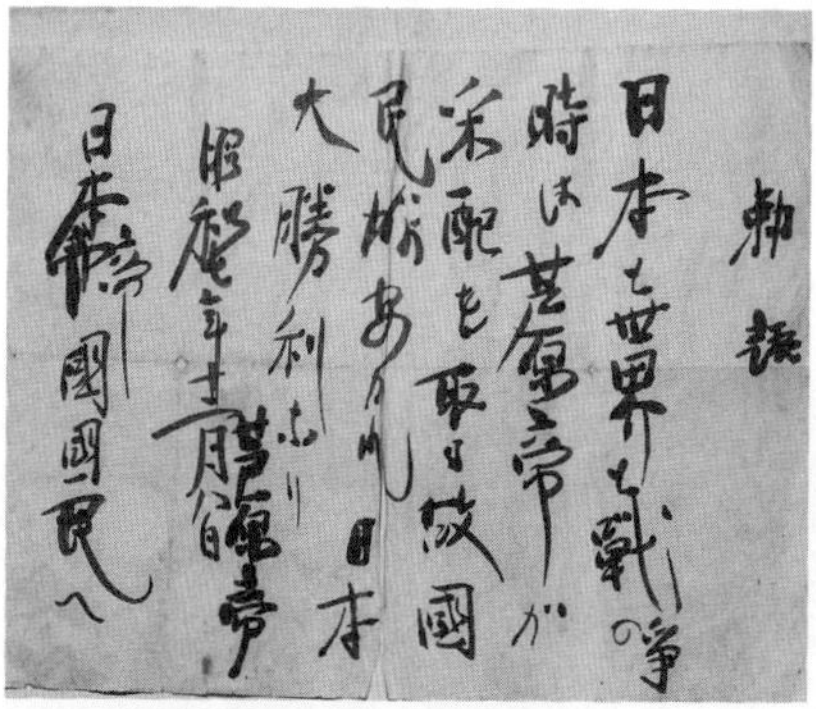

図39　芦原帝勅語（副官の筆による）

のに驚いてゐた」などとある。

これらのあとで診療面でおおきかったのは、小宮豊隆に依頼された患者のことである。一九三三年一月二四日小宮あてに、──

□氏一度御電話おかけ下され、火曜の午前に一度御いで被下候、その日あいにく来客多く、しみじみ御話も出来ず候ひしが、その時、精神病学の簡単なものがなきやと御たづねになり、二三申上げ候ひき。そのときも病症のことをたづねるわけにもまゐらず挙止もさうかはらず、別に病的の点も発見出来ず候ひしが、ただいくらかソワソワしてゐられ候。今回の御手紙により何かフェルフォルグングスワーン〔追跡妄想〕があるらしく候が、それが実際Wahn〔妄想〕の程度になりしものか、或は夏目先生の場合の如き、さういふ不安なるIdee〔考え〕或はVerstimmung〔気分変調〕の程度か不明は御座候。しかし病人扱にされるのが非常にいやらしく候ゆゑその点が寧ろWahn形成のはじめにあらずやとも掛念いたし居り候〔中略〕心配なのはデメンチヤ・プレコックス（シツオフレニー〔分裂病〕）なれども、只今のところは、不明に御座候。

つづく五月二三日の手紙によると、その人には幻覚も妄想もあるが、それは断片的にしかはなしてくれない、親戚にひどいことをされるとか安倍も小宮もそのことはしっているなどといわれる、どうも早発性痴呆の初期のようだが入院させることも困難だ、姉〔同居しているよう〕がいるときは臭素剤はのまれるようだが、といったところ。そのあとこの件は途だえていたが、ふれている。

一九三九年一二月二三日から翌年五月二九日にかけての小宮あて手紙がこの人の件にくわしくふれている。

千葉のほうに入院していたが、フロイドなどばかりふりまわして実際の手当てをしらぬ医者だったので、ひじょうに興奮してあちこちぶっつけて皮下出血していた。病気はヒステリーに分裂病的傾向を混入しているもので、インシュリン・ショック療法がよい。やるとすれば一か月あまりかかり、入院料のほかに二五〇円ぐらいかかる。インシュリンは品不足だが、特約してあるので、和製のものが入手できる。ということで、おそらく一月始めからやりだした同療法は、一月二二日づけ手紙では、完了したとある。ただ、さめてからさせる食事をはいたので、後ショックをおこした。この療法の一番の主張者は京城〔久保〕、一番の反対者は仙台〔丸井〕で、自分はその中間で、よくきくときもあるが、無効のこともある。病状では、キリスト、マリアの内容の幻視幻想があり、その命令で服薬せず、食事もとらぬことがある。二月九日ののでは、よくなっていたが、また興奮し、ことばのつながりが支離滅裂、宗教的内容、性欲のことなど、幻覚もあり、薬も注射もこばむので人工栄養。医局の意見では分裂病。すこしよくなったところで、帝大の病室でインシュリン療法をまたするか。五月二九日のものでは、全快したので退院させたい、「早発性痴呆にては無之と信じ居候、診断は躁鬱性の一型にて、Manie〔躁病〕ならむと存じ候、従って再発可能に有之」、とある。

「大奥様」、「大切な御病人」などのことばがあるので、どういった人だったか、ほぼ察しられる。病気は、かれの「信じ居」ったのに反して、分裂病だったのであるまいか。日記の一月八日のところにも、この件とおもわれる記載がある。「午後二時半頃眠クテ午睡シカケタコロ本院青木カラ電話アリ□□（□□）□□重態ノ報ニ接シ、青木義作同道、本院ニ行キ手当ヲナシ、午後八時過ギヤウヤク愁眉ヲヒラキテ帰宅。インシユリン療法ノ遷延シヨツクハハジメテナノデ心痛、努力極度ニ達シタ」。精神科のインシユリン療法とは、インシユリン注射による低血糖で昏睡状態にさせ、ある時間たったところでブドウ糖注射をして覚醒させ、さめたところで糖水をのませ食事させて覚醒を確実なものにする方法で、これを何回かくりかえさせる。ブドウ糖注射がおくれると、脳は回復不能な打撃をうけて、死にいたることもある。ブドウ糖注射をしてもなかなかさめず昏睡がつづくのが遷延ショックで、一旦さめてまた昏睡にはいるのが後ショックである。

　日記の一九三九年三月一日に、「粟生医員来ル」とある。わたしが粟生《あお》敏春氏（一九〇八―一九九四、のち岡崎市の羽栗病院長）からうかがったお話しのなかに、このときのことがでてきた。粟生氏は当時脳研究室にいて、そこでの研究のため府中刑務所にいって調査して、その帰りに週に一、二回青山脳病院にいっていた。その娘さんは分裂病で千葉の佐々内科（佐々廉平の弟貫之が教授）に一時いたのを、青山でインシュリンをやることになった。何回目かに遷延ショックになり、看護婦がよびにいったが、医者が将棋をさしていてなかなか腰をあげずにいた。自分も義作さんによばれて応援にいくと、茂吉先生は「こまった、なんとかならんか」としょげていた。ビタミンや糖を上、下からいれて、それがうまくいった。「君きてくれてよかった、ありがたかった」といわれた。茂吉先生はそういうときもろにありがたがる。そのあと医局一同でご馳走になった（二月二九日、「夕方ヨリ医局慰労会、予五十円寄附、渋谷鳥店松風」とあるのがそれか）。

ついでに粟生氏のみた茂吉先生の一端をしるしておこう、――

最初にあったというか、みたのは三宅先生の謝恩会で、帽子の横のリボンを正面にしてかぶっていて、自分のまえにすわってはなしかけてくる。その人とはしらずに、「ハ、ハ」と返事していた。

「一つハイカラに西洋流でいくか」とよくいうが、自分ではハイカラでなかった。浅草へいっしょに女剣劇をみにいったとき、焼き芋屋があって「あれかってこいや」。そして、たべながらあるいた。

激情家で頭から湯気をたてておこって、あとはケロッとする。よく院代をおこっていた。遠慮なくおこる。そういう最中にいくと、院代はさっそくにげだす。「なんですか」とうかがうと、「大したことではないんだけど」。おこって処置のないときには、病院ではうな丼をいれて戸をしめておく。たべおわる頃にはご機嫌がなおっていた。青木義作さんのことは「義作」とよんでいた。

歌をつくるには苦吟していた。つくっては「ここどうかならんか、なにかいい言葉がないか」と看護婦にも意見をきかれる。できあがると、長谷川さんという人に「うたってみてくれ」とたのみ、その人が浪花節のような口調でうたうのを、じっときいていた。

第一高等学校で万葉集の話しをたのんできたのをことわったので、「後輩だからいってやんなさいよ」といったら、「じゃいくか」といかれた。訥弁だが、いい話しだった。講演などは、「いくとさらしものにされる」ときらわれた。

聞き上手で、周りの者にみんなはなさせた（診察でもおなじだった）。銀座のカフェーにつれていってくれというので、地下室のカフェーにいった。ついた女給が茂吉論をやりだしたところ、先生はだまってきいていて、ときどき「そうか、茂吉っていうのはすけべだな」とたのしそうにきいていた。

字をかくときは筆をなめて、掌で穂先をいつまでもならしていた。「さらしものになる」とよくいわれた。だから歌も変なものはつくれない。南胃腸病院の看板をかいてほしいともってこられた板も、「かくとさらしものになる」と、半年は板がそのままになっていた。

一九四〇年九月二一日に石川貞吉死去。二三日の朝刊でそれをしって夜弔問、二四日は「石川博士葬儀三時マデ立ツ」。一二月一日にかいた「石川貞吉先生」（『荘内医学会々報』第一八〇号、『全集』第七巻）には、石川が昔の青山脳病院に診療にきていたこと、医者になりたての自分が研究部門として組織学をえらびたいといったのにたいし、「それは歎はしいことだ」、「あれでは精神病は分からん」といったこと、石川が広義の証候学をおい、さらに性格学にもすすんだことなどがのべられている。石川貞吉《ていきち》（一八六九―一九四〇）（図40）は、かれとおなじ山形県の生まれで、一八九五年医科大学卒。はじめ内科学をおさめて、山形病院済生館などにつとめた。一九〇三年から一九〇六年まで巣鴨病院医員。一九〇四年からは警視庁医務嘱託もした。一九一三年巣鴨脳病院を設立して院長。一九二八年には病院を巣鴨病院と改称して、その顧問になった。一時期『神経学雑誌』の編集にあたっていた。精神療法についての著述もある。組織病理学が精神病学的研究の主流であったとき、証候学を中心とした臨床的研究に徹し、社会精神病学面も手がける、当時としてはまれな存在であった。かれが心理学的研究に目をむけたについても、石川の影響がいくらかあったことだろう。発表論文をみても、その学識が深遠広大であったことがわかる。当然教授になってよい人であったが、ご子息にうかがうと、若年から耳がとおいので教職はあきらめていたということであった。

図40　石川貞吉（1911年）『記念帳』より）

かれの身辺のことをみておくと、一九三七年六月二四日に帝国芸術院会員をおおせつけられ（二七日の日記に辞令をしるしたあとに、「ナルホド、仰付ケラレルト云フ」モノトミエル」）、一九四〇年五月一四日に『柿本人麿』の業績にたいし帝国学士院賞が授与された（同年七月一〇日、精神衛生会での祝賀式には、三宅会頭が体調わるく欠席、石川がかわって祝詞)。一九四一年七月三一日には西洋に「百子だんだん悪くなり、輝子や愛子そつくりと相成候」とかいた。ついでにかいておくと、一九四六年九月三日に西洋にあて愛子のことを、「何せ助平の悪いタネの出ですからこまりものです」とかいた。

当時の歌から　ここで、一九三四年から一九四一年にいたる歌で、医業および心境に関するものをひろっておこう。

○二十年《にじふねん》つれそひたりしわが妻を忘れむとして衢《ちまた》を行くも　二月十七日
○かなしかる妻に死なれし人あれどわれを思へば人《ひと》さへに似ず
（二首、一九三四年「折に触れたる」、『白桃』）
○一日づつ経《へ》ゆかむときにいたいたしき心も褪《あ》せて行くにかあらむ
（同年「寒月」）
○ものぐるひの声きくときはわづらはし尊《たふと》き業《なり》とおもひ来《こ》しかど
（「残暑偶成」、同年「雑歌一束」中）
○小さなる病院を建てて心和《こころなご》む火難《くわなん》にあひしより十年《ととせ》か経たる
（一九三五年「春雲」、『暁紅』）

青山のほうの小病院こそが、わが病院だったのである。

ミユンヘンなるシユピールマイエル先生を悼む
業房《げふばう》をわれ去りし十年《ととせ》経てSpielmeyer《シユピールマイエル》先生悲し
（一九三五年「踰矩の歌」）

一九三五年二月一四日の日記に「平義智君ヨリ数日前ミユンヘンノSpielmeyer先生死去（二

月六日死去の由）ノ電報三宅先生宛来リシトゾ」。

○たのまれし必要ありて今日《けふ》一日《ひとひ》性欲《せいよく》の書《しよ》読む遠き世界《せかい》の如く

（一九三七年「余響」、『寒雲』）

この頃にはまだ永井ふさ子との熱烈な関係はつづいていたのだが。

○横浜の成昌楼につどひたる友等みな吾よりわかし　七月十七日

（同年「出動」）

これは日記とはあわない。

○脳病院火事としいへば背筋《せすぢ》よりわれ自《みづか》らの燃ゆらむとせり

（同年「随縁雑歌」）

○新しき源泉課税《げんせんくわぜい》の拡《ひろ》がりをおもひ居りつつ廻診《くわいしん》すます

（一九四〇年「行春」、『のぼり路』）

○「錯迷《さくめい》は死したり」といひて自《みづか》らのこころ和ぎしを諾《うべな》ふべしや

（同年「山房雑歌」）

○日々幾度《いくど》愚《ぐ》なる行為《かうゐ》をわれ為《す》れどその大《おお》かたはものわすれのため

（同年「万年青」、『のぼり路』）

○わが家のまえを通《とほ》れる騎馬隊《きばたい》より「脳病院」などといふ声きこゆ

（同年「冬」）

○いささかの所有物《もちもの》も振りかへりみずこの日ごろわれ癡呆《ちはう》のごとし

（「初冬某日」、同年「昭和十五年雑歌控」中）

戦いの影こく　かれはなかりはげしい愛国主義者で、ニュース映画をよくみ、時局講演会などにもいっている。戦いは医業にもその影響をつよめてくる。

○狂者《きやうじや》らの残しし飯《いひ》もかりそめのものとな思ひ乾飯《ほしいひ》にせよ

（一九四一年「折に触れつつ」、『霜』）

老いもふかまり、衰えを感じる。一九四一年二月一〇日「エナルモン注射第一回。体衰弱感ナリ」。エナルモンは男性ホルモンである。一一月一六日、「トランクノ錠ノトコロヲ開クコト出来ズ、健忘（老耄）ノノ《〔ママ〕》タメナリ」。一九四二年四月二三日、「築地、東劇近クノ楠幸ト云フ家ニテ巣鴨病院同僚ノ還暦自祝（池田、黒澤、後藤、氏家、齋藤）ス、新潟ノ中村、仙台ノ木村男也ハ遠イタメ来ラズ」。

還暦

日々幾度《いくど》にも眼鏡《めがね》をおきわすれそれを軽蔑《けいべつ》することもなし

還暦にならば隠退《いんたい》せむとして口外《こうぐわい》せるを君も聴きつや

（一九四二年、『霜』）

○還暦になりたるわれは午前より眠《ねむ》しねむしと感じ居るのみ

（同年、「山中偶歌」）

ところが、一〇月二日、「午前五時少シマヘ本院火事ノ電話アリ。直チニ自動車ニテ行ク。五時半ツク、第四病棟（女室代用）、下段全焼、上段以下無事、防火壁ノタメナリ。患者行方不明五名」。このことでは、世田谷署から始末書をとられたりしたが、警察側もそううるさくはない（一九三八頃から日記に、金子をはじめ警察関係のことはそうでなくなっている。金子氏にうかがうと、「病床も全体にへってきて、そううるさくいえなくなっていた」とのことであった)。

十月二日払暁病棟火事

ものぐるひのわざとしいはば何人《なにびと》も笑ひて過ぎむわがこころ痛《いた》し
きびしかる時といへるにあはれあはれまがつ火災《ほのほ》は夜をこめてもゆ
この日ごろ心ゆるびもありつらむことを思ひて夜《よる》も寐《い》を寐《ね》ず　（同年「雑歌」）

日記をみると、それほど打撃をうけているようではない。ともかくも、すぐに「青山脳病院看護者服務心得」（『全集』第二五巻）をかき、山口茂吉にたのみ印刷させ、職員に配布した（この内容のほとんどは、管理的なことである）。とうぜんのことながら「空襲時の心得」もつけられている。また、同年九月二六日、第一男茂太は昭和医学専門学校を卒業、四年間皆出席でその総代として賞状をうけた。

一九四三年一月二七日、「午後本院行、総回診。自費モ死亡セル患者アリ」。食糧配給期にはいると、まず公費（代用）患者に死亡がふえ、食糧事情がさらにきびしくなると自費患者もしにだしたのである。一二月八日大東亜戦第二周年記念日には、本院の職員一同にたいし板坂院代が大詔奉読、かれの歌二首が朗誦され、青木信夫が訓示をのべた。

また、三月一七日には「午後本院ニ行キ、総廻診、院代風邪気味　松沢婦長ノタメノ軸ヲ持参シタ」。これは石橋ハヤ婦長のための、「うつつなる狂者の慈母の額《ひたひ》よりひかり放たんごと

図41　石橋ハヤ記念碑（松沢病院）（『うつつなる狂者の慈母の額よりひかり放たんごとき尊さ』）

き尊さ」の歌である。石橋ハヤ（一八八一―一九六一）は、一九〇四年から巣鴨病院につとめ、男子部の清水耕一看護長とともに、巣鴨病院―松沢病院の看護科の中軸であった（「至宝」とさえ称された）。一九四三年三月に石橋の永年勤続の表彰式があり、そのときにこの歌がおくられた（『全集』第四巻でこの歌が一九四二年とされているのは誤りだろう）。一九五五年にはナイチンゲール記章がおくられ、翌年七月一五日その受章記念碑が松沢病院内に建立され、この歌がきざまれた（おくられた軸は戦災で焼失したが、その写真によってかれの字である）（図41）。定年後も顧問として院内公舎にすみ、死の直前まで回診していた。「愛情と忍耐」が、石橋がよく口にするモットーであった。

一九四四年二月五日、茂太が応召し、国府台陸軍病院に入隊した。市川市にある精神病院で、諏訪敬三郎中佐が院長であった。ここには院長はじめ、多くの著名精神病学者があつまり、学問的水準もたかかった。

三月一日、「午後本院、総回診、院代ト病院ノ将来（東京都民政局衛生課ノ問ニ答フ）。帰宅、掃除、書物ヲ少シク本院ニ移動シタ」。三月四日、「西洋、板坂院代ト病院ノ件協議」。このあたりから、戦災対策あるいは疎開が、真剣に検討されだしたのである。一〇月一日、「本院ニ行キ、午食ヲスマセ、金子準二氏、二宮氏ト会談（西洋、坂坂《ママ》同座）、病院譲渡ノ件ナリ」。わたしが金子氏にうかがったところでは、都としては山手圏、下町はもえてしまうものとして、患者収容先をかんがえていた、長野県、神奈川県は食糧事情がわるい、青山脳病院は廃院したいといっていたので、居抜きで都がかうことにした、ということである。

一〇月四日、「曽根光造氏来リ、イロイロ疎開ノコトヲ聞イタ。医師ハ年齢ノ如何ヲ問ハズ疎開出来ズ、ソノ他イロイロノ注意ガアッタ」。この禁令はいつまでつづいたのだろうか。

あけて一九四五年（昭和二〇年）一月三日、「夜茂太ト共ニ本院ニ行キ輝子、西洋ト会ツテ談合スルトコロガアツタ」。一月一〇日、「分家その他ニツイテ西洋ト談合」。一月二三日（火）、青山で「診療ニ従事。外来患者ナシ」。一月三一日（水）、本院「総廻診（患者減ジタ）、寂寥ヲ感ジタ」。二月二六日から三月七日と、上山で弟高橋四郎兵衛と相談し、疎開の件をきめた。三月九日、青山の病院玄関に焼夷弾の器が落下し、コンクリート破壊。すぐ近くまでやける。青山は三月一杯で廃院の予定だったというが、かれは疎開にたつ四月一〇日午前まで診療にあたった。三月一一日、「義作内証ニテ荷ヲツクリ貞重ニモ手伝ハセ、一荷車（二〇〇〇円）ニテ秩父ニ運ブヨシ也、イマイマシ」。三月一五日疎開の荷づくりに着手。三月二〇日高橋四郎兵衛あて、「茂吉はひよつとせば、疎開の許可になるかも知れない」。三月二九日に妻は青山のほうにもどったが、このことは日記にしるされていない。そのまえ、茂太の誕生祝いには、てる子も参加していた。

松原の青山脳病院は三月三一日をもって東京都に譲渡され、四月一日都立松沢病院（内村祐之院長）梅ケ丘分院（村松常雄分院長）として発足。五月二一日現在患者数一〇〇（男四三、女五七）、職員数四四。職員はほとんどが居残りであった。譲渡価格は一〇七万円。

四月九日、「西洋来リ、財産分配ノコトニ関シ話シテ行ツタ。併シ、コノ際七面倒クサイモノバカリデ、且ツ語気ニ不愉快ナコトガ多カツタ」。このとき分家のことが最終的にきまったのだろう、分配金一九万円。四月一〇日、午前中診療に従事し、午後四時出発。上野駅は人の山、人の波、特別入場券でかろうじて乗車、七時二〇分発車。翌一一日、午前六時半無事上山着。

第四章　晩年

一　疎開

一九四五年四月一一日に上山についたかれは、四月一四日から金瓶の齋藤十右衛門方土蔵をかりてすむことになった。妹なを（一八八一―一九八〇）がとついだ、守谷家の上隣りの家である。青山の自宅にのこっていた妻てる子も六月一〇日にはここにきた。疎開生活をのべるまえに、病院のその後をみておかなくてならない。

病院のその後　四月一日から五月二〇日は、松沢病院梅ケ丘分院の暫定期間だったようで、都立病院としてちゃんとした体制がととのったのは五月二一日である。女医二名をふくむ青山脳病院残留者計三七名のところに、松沢病院から村松分院長、齋藤徳次郎・立津政順両医長、看護者四名が着任した。定床三五七床。五月二五日、内村松沢病院長ほかが来院して、簡単な開院式をおこなった。同夜二二時二三分ごろ空襲警報発令。午前一時半前後に院内建て物に八箇の焼夷弾落下、それはけしとめたが、二時三〇分ごろ二〇〇発をこす焼夷弾がおちて、病院は八棟のうち全焼五、半焼二、本館の大部分、炊事場など燃上した。患者の死亡は二名。その他行方不明者をのぞく八四名の患者は松沢病院に避難した。七月中に八〇パーセントの患者が、焼け残り病棟にもどり、また松沢病院から労働能力のある患者が何名か転入してきて、病院復興を手つだった（この記述は、東京都立梅ケ丘病院『三十周年記念誌』、一九八二年、による）。

病院買収の交渉にあたった金子は、民政局長から無駄な買い物をした、といやみをいわれた。戦後、松沢病院にも空きがでていたので、都には売却の意見もでたが、金子および村松分院長が児童精神病院とすることをつよく主張し、結局その方向が実現した。

おなじとき、松沢の本院も戦災にあった。医局落書き張『大東亜雑記』には、こうある、―

> 遂に!!遂に!!　松沢病院　大空襲
>
> 午後十時過ぎ、警報、当直林医局長、石川君他主事松沢東南方に数編隊、「今日は当《アタ》りが悪いや」と見物一先づ本日は之迄と思う中、八王子方面より続々と来襲次第に松沢へ接近ガーグワンのはぢまり、中一、西七、舎宅二、弓場、動物小屋等々焼失。死者二、傷者二。

つまり、病棟二がやけて患者の焼死二名、また負傷の従業員一名は二〇日後に死亡。

ここで、東京都の精神病院の被災状況をみておこう。いずれも二三区内のもので二三区外の病院でやけたものはない。下谷区下根岸町の根岸病院本院（代用）は、三月九日―一〇日、四月一三日―一四日の空襲で焼失。前年一二月に廃院となっていた滝野川区田端町の田端脳病院の建て物は四月九日に焼失。豊島区西巣鴨の保養院（代用）は四月一三日焼失。滝野川区西ケ原の滝野川病院（代用）は四月一三日焼失（同院と一体をなすコンクリート造りの小峰病院〔内科で、いわゆる脳病科患者もいれていた〕のほうはのこった）。渋谷区幡ケ谷原町の井村病院（代用）は五月二五日焼失。豊島区巣鴨の巣鴨病院は四月一三日焼失。精神病院に準ずるものとして神田区小川町の佐野神経科も空襲で焼失した。二三区内でのこっていたのは、板橋区にあった東京武蔵野病院、練馬区の慈雲堂病院、世田谷区にあった松沢病院の大部分と烏山病院とであった。松沢病院は当時かなり空床があったので、やけた代用病院の患者の大部分は松沢病院に収容され、そのほとんどは栄養失調で死亡していった。

　青山のほうの病院・自宅は五月二四日夜の空襲で、二五日にはいりやけおちた。当時こちらにいた家族（妻、茂太妻、宗吉、昌子）は青山墓地に避難し、そのあとは、近くだが焼失をまぬかれた青木副院長宅に厄介になった。かれの蔵書三万冊のほとんども、疎開できぬまま灰となった。こちらの病院は休診で、そのあとは日本医療団次第で、勝手に処分できない状況にあった。

のこるのは、病院職員への退職手当ての件である。六月二〇日に西洋にあて、「それから板坂でおもひ出し候が、これは戦争さへなかつたなら、表彰会を是非やりたいとおもつてゐた矢先に戦争になつてしまひし事なるが、松原の創立には坂板は如何に骨折りしか、これは未だくはしく話いたす機会なくして過ぎたるものに有之候。／よつて、退職手当はいくらになりしか不明に候へどもそのほかに／薄謝として参万円〔行間書込〕「これは、御考にて増減ありてよし」／ぐらゐやつていたゞきたく、その名は齋藤茂吉、齋藤西洋両名の名にしていたゞきたく候　これは西洋と二人の分配の額より平等に差引いてくださればよろしく御座候」とかき、さらに守谷誠二郎についても配慮をしめしている。

ところが、副院長の青木についてはきびしい。守谷誠二郎あて、五月一六日には、「青木博士、守谷の解職手当のないのは不満至極であるが、将来を期して、我慢して下さい」とかいた（「至極不満」とは、自分がきめたことでないというのか）。西洋あて七月に、「青山の方は青木は一文もやりませんでした。これは従来の関係上やりませんでした。それから守谷には今回金瓶で三百円やりました。渡邊婦長は千円、その他はその割で全部すみました次第です。」一九四六年一月一日には西洋にあて、「青木来書、不平だらだら、青山脳病院に副院長になつたことを後悔し、自分で開業してゐたなら、もう相応の財産家になつた筈だの何のと、実にいやになつてしまつた。中学から大学、大学の助手、誰に世話になつたかも知らずの態度です。おばゞが甘やかして青木々々といつたものだから、こんな者になつたのでせう。又彼は書物一冊戦災にかかつては居らない点などをちつとも勘定に入れてをりません」。青木義作が戦災にあわなかったのは運なのに言いがかりというしかない感情である。

齋藤茂太『回想の父茂吉母輝子』には、「母にはもう一人嫌いな人がいた。それは空襲で青山脳病院が全焼するまで長い間副院長を務めた青木義作先生である。母もすでに他界したいま、その理由を完全に分析することは困難だが、いずれにしてもその言動が都会的なスマートネスとは正反対であったことや金銭的におおらかさをあまりもっていなかったことも要素の一つに挙げられよう〔中略〕父も青木さんに対して、とくに戦争末期の病院の危機にさいして不快感を持っていたことは我々家族や他の人の証言で分かっている」とある。

図42　童馬山房跡歌碑（Oji Green Hill Apartments 入り口）（『あかゝゝと一本の道通りたり霊剋る我が命なりけり』）

戦争末期の問題というのは、日記などからよみとれない。いずれにしても、不在の日がおおく、さらにしょっちゅう旅にでている（偉大な歌人であったとはいえ、医者としてはあまりに度をすごしている）院長の病院をささえてきた副院長としての功績をかえりみないのは、身勝手すぎる。

この辺のことを義作の息青木典太氏にうかがった。すなわち、父は茂吉先生を尊敬しきって、正月もないぐらいに院務に精をだし、自分とはなす時間もあまりなかった。父が勝子にかわいがられるので、山形系の自分はかわいがられぬとの思いが茂吉先生にはあったようだ。義作が四度目にひっこした家は、将来齋藤家からもらえるという土地にたてたが、その土地は西洋名義のままで戦後に西洋からかった。これも父がもらっていたと茂吉先生はおもっていたかもしれない。信夫夫妻は本院の舎宅にすんで、信夫の妻は西洋の妻と仲よかった。その関係もあってか、信夫には退職金がでで、父はそのことでおこっていた。茂吉先生があんな気持ちを自分にいだいていたとしったら、ひどいショックだったろう。青山の童馬山房跡の碑（図42）も、精神病院の跡地とはっきりさせるのはいやだと王子製紙株式会社の専務がいうのを、父と守谷誠二郎とが一〇年がかりではたらきかけた結果である。なお、義作家では荷物をすこし秩父にはこびはしたが疎開はしていない。

疎開先で　五月二七日、「午後三時頃「ヤケタ、ミナブジサイトウ」神田発信「オタクツチヤセツタクリサイミナブジサトウ」ノ至急報トドイタ。〇致シ方ガナイカラ荷物片付ヲシタ」。その用意はしてこなかったが、無医村でときどき医者の仕事。

八月一五日、「正午、天皇陛下ノ聖勅御放送、ハジメニ一億玉砕ノ決心ヲ心ニ据ヱ、羽織ヲ着テ拝聴シ奉リタルニ、大東亜戦終結ノ御聖勅デアッタ。噫、シカレドモ吾等臣民ハ七生奉公トシテコノ怨ミ、コノ辱シメヲ挽回セムコトヲ誓ヒタテマツツタノデアッタ」。九月二四、「西洋ヨリ来書、板坂龜尾、九月一五日午後〇時三〇分淀橋病院ニテ死去。享年72（?）」。（帰京して、一九四七年一二月一日には青山墓地のその墓にもうでた）。

一九四六年二月一日には、大石田の二藤部《にとべ》兵右衛門家の離れにうつった。妻は二月一一日に上山をひきあげて、前年一二月に杉並区大宮前六丁目に家をかっていた茂太のところにうつった。三月一三日左湿性胸膜炎発病、五月上旬まで臥床療養。

「新年」（『東京新聞』一九五〇年一月一三日号に「新年の回想」の題でのる、『全集』第七巻）につぎのようにあるのは、この療養中のことだろう、――

私は大石田といふ寒いところに疎開してゐたのであつたが、冬の最中長くわづらつて寝た。下熱してから、だいぶ経つてからも、寝たり起きたりしてゐると、精神病院の夢、自分が院長になつてゐる病院の夢を、毎晩のやうに見たものである。もう空襲のために病院が焼けてしまひ、事実上病院が消滅したので、院長も何も無いのだが、夢の中ではやはり院長になつてゐるところである。

ある夜、新年になつて、私が病室をまはると、丁度空襲警報か何かの場面のごとく、私も壕の中を歩いてゐるところであつた。ある患者が私のまへに来て、院長さんおめでたう云つたか、云はぬか、その刹那にいきなり私に抱きついて、どうしても離さない。私は難儀してやうやくなだめすかして離したのであつたが、夢ではそんなこともある。その患者は、母親がどうしても狐に見えて為方がないので、母親殺しの罪を犯した中年の男であつた。そんな夢をも見たのであつた。

「手帳五十九」にのる、「わが病院のいまだ焼けざるところの夢を見つ合併症を処理するところ」は、三月一日のものでこの頃病院の夢をよくみていたのである。

九月一日に茂太は世田谷区代田にうつった。

一九四七年二月六日、「役所ニ行ク前カラ左手ブラントナツタ。神部氏ノ処ニ着イタガまんとガ脱ゲナカツタ（左側ノ不全麻痺）」。二月九日に、「朝　小便ヲ便器ニシヨウトシタトコロガ左側ノ体ガバターンバターンと前方ニ倒レテドウシテモ旨ク行カズ、ツヒニ小便ヲ洩ラスニ至ツタ」としるしたあと、この種の記述はない。一過性で終わったようで、二月一七日、「夕方後藤国手診察。助膜ノ方タイヘンヨイ。脳血管ノ Krampf〔攣縮〕位ノ程度デアツタダラウカ」。二月二八日茂太に、降圧剤の「ハセスロールは幾らか持つたゐるから、いづれ試みる」とかいた。三月二九日、「後藤医院ノ辻村君ニ往診シテモラフ、血圧 110-195 ヤ、高シ、散薬三包ヲモラフ」。五月二五日には、秋田赤十字病院内科部長坂本稲次郎にあて、四月末から眼前に黒い物が躍動している。蛋白尿性網膜炎ではないか眼科にきいてほしい、と依頼。六月二八日には阿部次郎に、「四月末に眼底出血がありました」とかいた（眼科を受診してはいない、坂本から返事があったか）。

茂太は復員して、まえに入局していた慶応の精神科にもどっていた。まだ修行はつまねばならないが、くっていかなくてはならない。一九四六年一月一八日に茂太に、他の病院に就職するのが一番だが、週に、一、二日見習い生として内科をまなぶのも一策、とかいた。茂太は、教室にかよいながら夜間開業する道をえらび、かれもそれに同意した。「齋藤医院、一人でもあれば有望だ。ゆつくりやつて下さい。一寸評判になれば患者があつまるものだ」（一九四七年二月二八日、茂太あて）。しかし、開業したからすぐにはやるものでもない。「神経科では将来生活がむつかしくなつたから、この際、決心して、」内科の実地修練をして、内科の実地の大家になり、小手術もした方がよい、曲り角にブリキに白エナメルで齋藤医院とかいたのを釘でうちつけるようにたのみなさい（茂太あて四月二四日）。かれの名も「顧問」としてだしていた。

動物学を専攻したいという宗吉にも、一〇月四日に、「目下では神経科は見込がありませんから、宗吉には外科をでも専攻させて、茂太と別に独立して生活させようかと、父は夜半の目ざめなどに予想してゐたのでした」とかいた。

『精神科医三代』によると、茂太は看板に「神経科」といれて、父にいわれて「内科」をつけくわえた。ところが、保健所から「神経科という診療科目はないからけせ、といわれ、看板の「神経科」の上にうすく（字がはっきり見える程度に）白ペンキをぬった。

一九四二年一〇月三〇日の国民医療法施行規則の第二六条は、医業に関する科名として、神経科、精神科をふくむ一七科を、同第三六条には、医業に関する診療科名として、精神科をふくむ一一科をあげ、こちらに神経科ははいっていない。それぞれが国民医療法の第一三条および第一四条に関するもので、前者は主務大臣の許可をうけて専門として標榜できるもの、後者はそういう手続きなしで広告できる診療科名であった。つまり、神経科と広告するには特別手続きが必要だったのである。精神科の標榜は、特別手続きを必要としない。しかし、「こころの時代」などといわれる今でも、精神科診療所で、「精神科」と一番にかかげるところはすくない、「神経科」、「心療内科」などと看板にかくのである。

八月一六日夜には、東北巡幸の天皇に拝謁して、歌の話しをもうしあげた。翌朝はやく天皇をお送りした。そののち河野與一夫妻と話しし、「夜桑原ノ第二芸術論ヲ罵倒シタトコロガ河野ガ京都カラツレテ来タ野郎ノヨシ子五人アルヨシ、失敗シタ」。子どもの数でまけた、とくやしがっているのである。

一一月三日に大石田をさり、東京にむかう。

ここまでの、関連の歌をひろっておくと、おおくはない。

○前川《まへかは》に溺れむとせる穉子に往診をしてつかれてかへる

○焼けはてし東京の家を忘れ得ず青き山べに入り来《きた》りけり

○疎開者の家族気狂《きぐる》ひになりたれば夜のあけあけに往診したり

(三首、一九四五年「疎開漫吟(二)」、『小園』)

○いきどほる心われより無くなりて呆《ほ》けむとぞする病《やまひ》の牀《とこ》に

(一九四六年「春より夏」、『白き山』)

○ねむりかねて悲しむさまの画《か》かれたる病《やまひ》の草紙《さうし》の著者しなつかし

(同年「寒土」)

これは、精神神経疾患に関する何葉かもはいっている「病の草紙」中、不眠症の女をえがいたものである。

○ああかなしくも精神病者の夢われにすがりて離しきれざる

○脳病院長の吾をおもひ出《いだ》さむか浊々《だくだく》として単純ならず

(二首、一九四七年「山上の雪」、『白き山』)

○気ぐるひが神と称するカーズスを礼拝せむと人さやぎけり　（同年「東雲」）
○ありふれし誇大妄想のゆきかかりすさまじき代の人礼拝す　（同年「手帳六十五」）
この二首は璽光尊のことだろう。

二　のこされた日び

代田で　一九四七年一一月四日世田谷区代田で茂太宅に着いた。「大石田ニ比シテ暖カク、兎ニ角、安眠シタ。○茂一〔茂太第一男、一歳六か月〕ハハジメ変ナ顔ヲシテヰタガ、抱カルヤウニナリ、一シヨニ食べ物ヲ食ベサセタ」。一一月一五日、「松沢病院ニ至リ〔公舎の〕母ニアヒ八十二歳ノ母、顔色可良〔中略〕松沢病院ニ寄リ、石橋看護婦長（68歳）ニアフ」（このとき医者たちにはあっていないのか、松沢病院では、たずねてきた先輩の何人かは看護科にはよるが医局にはよらぬということをきいている）。

一一月二七日、「一一時ヨリ梅ケ丘病院（元青山脳病院）ニ行ク、二区四区、五区六区七区全部焼ケテヰタ。板坂喜《〔其〕》一、若林萬作、貞重等ニアフ。内村夫人ニ挨拶ス。板坂ノ処ニテ小豆飯ヲ馳走ニナリ、焼芋ノ馳走ニナツタ。林彰《〔暐〕》院長・齋藤篤《〔徳〕》次郎（齋藤玉男養子）、小野女医、等ニアヒ、紅茶ヲ馳走ニナツタ」。この板坂はまえの院代の息子か。松沢病院の内村院長は、やけだされて、この頃は梅ケ丘の公舎にすんでいた。林は村松のあとこの年の五月九日から分院長。小野は青山脳病院からの医師。ここは代田一丁目の齋藤宅から、老人の脚でも二〇分とかからぬ所、しかも昔の職員が何人ものこっている。その後も何回も足をはこぶ。ビタミン注射をしてもらいにいくこともあった。

たまに、茂太不在のときに診療にあたることがあった。また、かれは普断は診療にあたることはしていなかったが、かれの診療をもとめて不意にくる人がいた。

義母勝子は一九四八年（昭和二三年）一月二六日午後死去。八一歳。六月二三日、「加藤淑子サン来リ、ストレプトマイシン代二万四千円ワタシタ」。加藤は医師で、山口茂吉門下の歌人。かれの几帳面な秘書役であった山口がきわめて重症の結核であった。当時はいりはじめていた高価なストレプトマイシンを購入する金をかれがつくったのである。山口は東京逓信病院に入院し、腸の手術をうけストレプトマイシンを注射されて、治癒した。かれは何回か山口をみまい、また治療費や謝礼の相談をうけている。

八月一二日から強羅の別荘でニーチェの病気につき読書し、抄記しきり。「手帳六十三」にしるされているのは、メビウス、ベンダ、ヤスペルスの論文からの書き抜きで、また「手記雑二」の一四にも、ニーチェ年譜の一部分がしるされている。八月一八日に「ニイチェの病気」をかきおえ、これは「茂吉小話」の一部分として、『アララギ』の一九五〇年一月号にのった。かきあげたのちの二〇日にも、フェルステルの関連論文をよんでいる。二三日に西洋に「松沢病院のパラリゼ〔進行麻痺〕の患者にて死の転帰とる迄、最大年限は何年位でせうか。それから大多数は普通何年位でせうか。大体の処を至急御知らせ下さるやう御願いたします。最近の療法で年限が長びきましたでせうか」ととい同三一日には、「先日パラリゼのこと伺いましたが、さういふ事ちつとも存じ上げず失敬いたしましたから、これは中止にします」とかいた。

ニーチェにつきかいたことへの傍証をかためようとしたのだろう。栄養失調死などがおおくて、個別疾患の転帰はみきわめられない、といった返事が西洋からとどいたものと察しられる。

ニーチェは早くからかれの関心をひいてきて、留学中にその故地をおとづれ墓にもうで、また一九二五年に「ニーチェの墓を弔ふ記」（一九二六年『思想』一月号）を、一九三七年に「ニーチエの病」（「童馬小筆」中、一九三七年、『中央公論』四月号）をかいていた。今回の文章がもっともくわしい。麻痺性癡呆（進行麻痺）の診断法が確立されていなかった当時であるが、ニーチェの病像は麻痺性癡呆に相当するものであった、しかし、発病から死までの経過がながすぎる点疑問である、とかれはのべている。もうすこし詳細にかけば、学術論文としても通用するほどの内容である。進行麻痺としては非定型の長すぎる経過、というかれがなげかけた疑問はいまもとかれていない（今後もとけることはないだろう）。

一二月一八日、「食養生（Salzarm〔減塩〕）ヲハジメタ、oedem〔浮腫〕ナシ」。減塩食をはじめると即座に効果がでたかのような書き方。減塩食はつづけなくてはならないのに、ここにしるすのは、それまで中断していたということである。

一九四九年一月二三日になって分籍届をかいている。一九四六年一月一日の西洋あて書簡では、疎開前に捺印して区役所にとどけたはずだが、区役所焼失で分籍が実現していなかったようである。その後放置してあったのか。

三月二三日には、「氏家信氏、脳溢血ニテ死亡」。巣鴨での二年先輩。八月一五日にかいた

「氏家信君を偲ぶ」は同年の『勁草』一九巻六号（氏家信追悼号）にのった。氏家は一八八二年仙台の医家にうまれた。医科大学在学中佐佐木信綱についたが四年生のときに作歌を中断。一九〇七年に医科大学卒業。一九〇八年から一九一二年まで巣鴨病院医員。一九一二年に呉が経営する音羽療養所院長となり、一九二七年その小金井移転にともない、小金井養生院院長。呉死去により、一九三二年に同院を継承した。歌の面では一九二〇年から窪田空穂につき、のち勁草社の指導者となっていた。一九四六年に東京医科大学教授となった。

四月三〇日、「慶応神経学会（脳波）」。植松七九郎会長でおこなわれた第四六回日本精神神経学会総会。このときは、三題の宿題報告のうち二題が、本川弘一「脳波の基礎研究」、掛川康次・澤政一「脳波の臨床」と脳波に関するものだった。日本では一九三七年ごろに研究のはじまった脳波が、この頃にはひろく利用されだした。かれは、あったことのあるベルゲルの面影をしのんでいたことだろう。またこれが、学会に顔をだしたりする最後になった。

八月二四日（別荘で）、「一昨夜、蚤一ツ、寐グルシ、夢、眼ノツブレタ女等（沢山）ノ夢、昨夜モ気味ワルキ夢。今夜モ寐グルシイ。自殺犯ノ夢」。自殺はよほどこたえていたらしい。

一〇月一四日、「青山ノ焼処ニハジメテ行ツタ」。

一九五〇年五月二九日には、一月三〇日発行の歌集『ともしび』に読売文学章が授与された。

七月一四日から九月七日にいたる箱根強羅別荘滞在中に、心臓喘息の兆があらわれた。この間に七月二五日から九月六日にかけて、阿片丸を服用している。まえにもかいたが、戦前の精神科では亜片はわりあい普通につかわれていたが、敗戦後は進駐軍によって阿片などは没収されていた。氏家信をついだ鐘一氏（内科外科）にうかがったところでは、小金井養生院にもずいぶんの阿片があり、あれを横流ししたらかなりの財産になっていたろう、ということであった。青山のほうの病院は敗戦前に休院になったので、阿片についてのやかましい禁令がとどかぬ形になっていたものか。

一〇月一八日、第二兄守谷富太郎が北海道で没した、七四歳。そして翌一九日、「不快臥床、左手利カズ」。今日は一九四七年のものとちがい、本格的な左不全麻痺で絶対安静となり、附き添い看護婦をたのんだ。一一月三日までの日記は、家人代筆。ここだけ本人筆の一一月二日には、「半分意識不確カナリシ如シ、西洋、松沢婦長、（七十二歳）夜半ヨリ息グルシクナル、安眠ナラズ　半眠状態ニアリテ「死ノ恐怖ナシ、死ノコトヲ半バ意識シテ居ル、只息グルシグ〔ママ〕イカントモシガタシ」。心不全の症状もかなりでていたのである。十一月九日には佐々廉平の往診。佐々が「大学時代の茂吉・往診記」（『アララギ』追悼号）にしるすところでは、—

> 私が茂吉を病人として初めて見舞ったのは、昭和二五（一九五〇）年十一月九日、当時世田谷区代田仮寓中のことである。その時本人や家族の方々から聴いた所では、茂吉は長兄が五七歳アポで逝き、次兄が七五歳で老衰死してから非常に力を落とした。今年に入り夜一睡後息苦しくなることがある。ジウカルチンを眠前に服用するとよい。十月十九日は朝洗面時脳貧血性発作あり左手足重感を生じ、それから床に就いているが食事には起出る。

舌がつれて左手足の具合が悪いことが主訴であつた。私の診察所見は次のようである。顔色良。舌に眞直〔ママ〕に出て言葉に縺れはない。脈五六至整、血圧二三〇〜一二〇。心臓の心尖搏動は第五肋間乳線直外、上界第四肋軟骨、右界正午〔中〕線を越ゆ、第二動脈音可なり亢進し有響性がある。肺臓の左下部浊音を呈す。腹部異常なし。下肢軽浮腫、膝蓋腱反射左側亢進、膝蓋足踝試験左側不調法。上肢でも左三頭搏筋腱反射亢進の気味、左指鼻試験不器用等。診断は腎硬化症兼左半身アタキシーである。

わりあいよく回復して、一一月三〇日の日記および一二月一日の半分は家人代筆だが、一二月二日には佐藤佐太郎がつきそって大京町からちかい新宿御苑を散歩した。左足はかるくひきずっていた。

この間に茂太家は一〇月二二日に、新宿区大京町に新築の家にひっこしていた。かれは一一月一四日午後に寝台車で、看護婦、猫チロとともにうつった。

ここまでの関連の歌をみておこう、――

○二十五年の過去《くわこ》になりたり勝ちし国の一人《ひとり》なるわれミユンヘンに居き
（一九四八年「帰京の歌」、『つきかげ』）
○青山の南町なる焼けあとを恐るるごとくいまだ行き見ず
（同年「東京」）
○罪業妄想といへる証状ありこの語は呉秀三教授の訳
（同年「赤き石」）
○新風の歌会に行きて禁煙の説教したること思ひいづ
（一九四九年「無題」）

○活動をやめて午前より臥すときに人の来るは至極害がある
○あひたしと思へる友が来ずなりてけふも日すがら諦めて居り
○人に害を及ぼすとにはあらねども手帳の置き場所幾度にても忘る
○俗にいふ睾丸火鉢《きんたま》もせずなりてはや三十年になりにけるはや
○神経の太き彼らもへとへとになり居るらむかハンブルクにて
○ひる寐《い》ぬること警《いま》しめし孔丘は七十歳に未だならずけむ
○四十日ここにこもればあな果《はか》なカバン明けかたも時々わする
○同学《どうがく》の杉田直樹《すぎたなほき》の死したるはこの老身《らうしん》いなづまに打たれしごとし

（二首、同年「無題」）
（同年「無題」）
（同年「三年味噌」）
（同年「冴えかへる」）
（同年「鍵」）
（二首、同年「強羅雑歌」）

杉田は一八八七年うまれ。一九一二年医科大学卒、翌年精神病学教室にはいり、間もなくドイツに留学したが大戦がはじまって帰国。つづいて一九一五―一八年と合州国に留学。もどって医学部講師、ついで助教授。呉は自分の後任にとのぞんでいたらしいが、三宅が教授にきまって、一九二七年松沢病院副院長。一九三一年名古屋医科大学教授。東京医科大学教授就任（氏家の後任）がきまって、一九四九年四月に名古屋をさったが正式発令の直前八月二九日に狭心症のため東京で死亡。

○ねぐるしといふは不眠《ふみん》のためならずわが腎臓もやうやくよわく　（同年「無題」）
○一月になればなべての人は楽しくて狂者のむれもしばし怒らず　（一九五〇年「象」）

○臥処《ふしど》には時をり吾が身臥《ふ》せれども「食中塩《しほ》なき」境界《きやうがい》ならず　（同年「夕映」）
○肉体の衰ふるとき朝食後ひとりゐたるがものおもひなし
○友をれど言問《こととひ》もなく身のまはり空《むな》しくなりて二時間あまり臥《ふ》す　（二首、同年「朱実」）
○教室もち助手多くもてる有様を我国にてもわれは見たりき　（同年「雪ふぶき」）

これは、精神神経学会総会に出席しての感慨かともおもえるが。

○おとろへしわれの体《からだ》を愛《は》しとおもふはやことはりも無くなり果てつ　（同年「自体」）

自らの老境をうたったものをおおくえらんだが、時間がうすくなってきている様がでている。精神科に関することのほとんどが回想であるのは、当然だが。

大京町で　一九五〇年一二月四日からの日記は代筆。

茂太は「『足』」（『アララギ』追悼号）に、「二十六年二月九日に、最初の大発作がやってきた。この発作で、心臓喘息といふ診断が確実になつた。呼吸困難の症状が六日にわたつてつづいた」としるす。ここをふたたび佐々廉平「大学時代の茂吉・診察記」によると、―

次は翌二六（一九五一）年二月十三日吃逆の主訴の下に、新宿御苑傍の只今の新宅に見舞つた。聴く所によれば、その後元気であつたが、二月九日特別の食傷なしに夕食後から水様下痢が三回あり、腹痛も熱もないが、下痢と共に吃逆が起こつて折々二〜三時間止まるだけで殆んど連続して出る。そのために三晩眠られず、全身痛み食欲がない。便通は十二日からないが、吃逆は相変わらず止まらず、ビタカンファーが動〔効〕かぬので、十二日夜、アトモヒ半筒注射した所漸く十三日朝四寺頃納まつた。朝の内は鼾声を発して眠り午後醒めて始めて気分が良くなつたとのことである。当時も顔色良く、舌は湿潤し綺麗である。脈六六至整、肺に水泡音なく下肢浮腫もない。日ならずして元気になられると言うて別れた。

その後は元気を回復してきたが、この夏は強羅の別荘にいくことはなかった。つぎの二首は一九五一年のはやい頃のものとおもわれるが、この年宮中にいったほかはおおきな外出はしていないようである。永井ふさ子がすんだ桜ケ丘は渋谷駅にすぐちかい。おもいだしての歌か。

○われ七十歳に眞近くなりてよもやまのことを忘れぬこの現《うつつ》より
○わが色欲いまだ微かに残るころ渋谷の駅にさしかかりけり

（一九五一年「無題」）

一〇月一八日文化勲章内定して、一一月三日には「宮内庁の長い廊下を杖を突いて、汗をふきふき歩いた」（齋藤茂太「『足』」）。一一月二〇日には日本医事新報社の「齋藤茂吉翁の文化勲章を祝いて――茂吉翁を囲む会――」が自宅でひらかれた。佐々廉平（「大学時代の茂吉・診察記」）が「茂吉をその自宅に訪うて久振りに逢つて、その著しき衰弱振りに誓いたのであつた」とかいているように、出席した第一高等学校および東京帝国大学の同級生より一〇~二〇歳ふけてみえる（『日本医事新報』第一四四四号写真）。

一九五二年三月三〇日には自動車で、青山墓地、青山焼け跡、銀座をみ、浅草観音に参詣、金田鳥屋で食事、日輪寺参詣、墨田方面をドライブして帰宅。そして夜は原稿を口述しているから、比較的元気があったのである。四月二日、宗吉の東北大学医学部卒業祝いなどで、家族一同で新宿の鰻屋武蔵野へいく。これが最後の外出となった。

四月六日・一九日と心臓喘息の発作。「冷汗がたらたらと流れ、浅く早い呼吸の間に父は苦しい苦しいとあへいだ。口唇、手足にはチアノーゼがあらはれ、時には意識も溷つた」（齋藤茂太「『足』」）。

歌集『つきかげ』にのる一九五二年の歌は八首だけで、その最後にかれの歌人生活をしめくくるかに、「いつしかも日がしづみゆきうつせみのわれもおのづからきはまるらしくも」がおかれている。代筆による日記は一二月三〇日でおわっている。

一九五三（昭和二八）年一月にはいって、終日臥床の状態となる。二月二一日大雪、そして喘息性呼吸となり、二月二五日午前一一時二〇分、心臓喘息で死亡。七〇歳。

二月二六日午前一一時三〇分から東京大学医学部病理学教室で剖検。執刀の三宅仁教授は三宅鑛一の息、そして介補の平福一郎助教授は平福百穂の息。その平福が「齋藤茂吉先生剖検所見概要」（『アララギ』追悼号）をかいている。身長一六一センチメートル、体重四三キログラム、脳重量一二六〇グラム、主要所見は、左側のひろい気管支肺炎、全身性の高度の動脈硬化症。気管支肺炎はかなり広範囲で、これが直接心臓の負担となり、右肺や、肝臓などの欝血をおこして、直接死因となった。肺にはほかに、両肺尖部の陳旧性硬化性結核性結節（現在活動性ではない）および左側胸膜炎のあとがある（胸膜炎は非結核性といちおうかんがえられる）。脳は全体にややちいさく、脳底動脈の硬化性変化がいちじるしく、右尾状核、内包、被殻、蒼球部に軟化巣ができていて蜂窩状。腎臓の動脈・細動脈性硬化症もいちじるしい。

臨床経過からすると、蛋白尿が一九二一年からつづき、ついで高血圧にいたっている。慢性腎炎から腎性高血圧にいたったか、と想定されるが、平福の記述からはその点がよみとれない。顕微鏡による検査をへていない、肉眼所見による記述のためだろう。

図43　茂吉之墓（青山墓地）

三月二日築地本願寺で仏式による葬儀および告別式。戒名はみずからえらんでいた「赤光院仁譽遊阿暁寂清居士」。六月四日、青山墓地の1種イ2号片側の墓地に埋骨、墓碑にきざまれた「茂吉之墓」（図43）の字は自筆。この墓地は大久保利通顕彰碑の敷き地をわけてもらったそうで、そのすぐ手前にある。

三　齋藤茂吉という人

精神病医としての面を中心に、かれの足跡をたどってきた。かれはどういう人だったか、かきながら感じてきたことをごく簡単にまとめておく。

かれは精神病医であるには歌人でありすぎた。歌人であり、また身辺多事であったとはいえ、精神病院長となったならば、もうすこしその業務に集中すべきだったろう。とはいえ、三宅がその特診患者をかれに託したことからみても、医者としてたのみ甲斐のある男とみられていたのである。かぎられた時間のなかではかれは、まじめで、腕もよい臨床医であった。

その生き方は、まじめで、深刻にかんがえぬくほうで、集中力があり、不器用でもあった。激しやすい点、またときにはそれが鰻でおさまるなど、おさまりやすさもともなっていたことは、いままで諸家が指摘してきたとおりである。だが、ときには、自分のおもいどおりにならぬことを、相手の敵意の現われとみる、被害的傾向もみられる。歌壇での論争し方はどうだったのだろうか。

日記・書簡などひじょうにおおくの資料がのこされたためか、かれの生活の表と裏とがよみとれて、それは滑稽でもある。それは人だれにもあるものかもしれないが、かれのばあい、裏、表の乖離が目だつ。齋藤玉男が指摘した、「突拍子もないデカダンにもなりますしね」という点は、重要だろう。眉をひそめて沈思しながらペニスをたてている、『卯の花そうし』中の絵は象徴的である。

性欲問題についてのかれの論説、また性問題をかかえていた患者にはどう対したか、といった面にふれる余裕はなかった。全体に性欲問題についてかれはかなり率直であり、当時の精神病医としてはこの問題にもとりくんだほうである。かれの性欲観は即物的、身体的にすぎたようである。また、その性意識にはいくらか過剰なものもあったようである。かれの売春行動はときどき仲間とつれだっておこなわれていた。その売春行動は、おそらく当時の平均的男性のそれだったのだろう。

かれは不眠や神経衰弱状態(医者仲間ではノイラステニーからの「ノイってる」と称された)がしばしばあった。かれは睡眠薬・阿片丸などをよくつかっていた(もちろん、依存にはいたっていない、禁煙のことをみてもかれは意志がつよかった。)老いや頭の衰えについては意識しすぎていた。

かれの生涯の病いは慢性腎炎が基礎にあるとおもわれるが、かれはまったく不養生であったようである。自分の結核についても、その判断はあまく、素人なみともいえる。また、胸部および腎機能について、くわしい検査をうけた形跡のみられぬことはふしぎである。諸検査が今のように簡単ではなかった時代とはいえ、自分の病態についてもっとたしかな認識をもてたはずである。かれがあまりにはやくおい、七〇歳でその生をおえたことには、いろいろ困難な状況があったとはいえ、かれ自身の責任がおおきいという気がしてならない。

おわりに

1

まず齋藤茂吉とのかかわりあいの経過からのべよう。

はじめにかいたように、『呉秀三先生―その業績』（呉秀三先生業績顕彰会・東京、一九七四年、これは刊行がおくれた）をあんだときに、「第3部　呉先生に関する評伝」中に、かれのかいたものの抄録をいれたのが最初である。なかでも日記の衝撃は強烈だった。とくに精神病院長としてのかれに焦点をあてて、一九六七年の第七回医学史研究会総会で「戦前の私立精神病院長の日記から―精神科医齋藤茂吉の苦悩―」の報告をし（抄録は『医学史研究』第二六号、一九六七年）、同題の論文は『医学史研究』第三〇号（一九六八年）にのった。

ついで、雑誌『6号線』（尼子会、いわき市）に連載していた「その人たちの横顔」の第二回（第五号、一九七七年）に「齋藤茂吉の肖像―ある精神病院長の苦悩―」をかいた。これは今回のものの要約ともいえる内容であった。一九八一年にだした『私説松沢病院史 1879-1980』（岩崎学術出版社・東京）では、「巣鴨病院の内部生活」の章の「『赤光』、『あらたま』

から―齋藤茂吉の巣鴨病院―」の項で、関係する歌二〇首ほどを掲載した。

さて、この本は、かれの歌、日記、書簡、手記をくみあわせて、精神病医としてのかれの生涯をたどろうとしたものである。年をよみちがえたりして、いわばボタンの掛け違いになっていること、また精神科に関する重大な記述をよみおとしていることをおそれる。じつは、精神科に関する記述はここにとりあげたものにかぎらないが、本をおおきくしすぎないために、とりあげなかったものもおおい。たとえば、一九四〇年三月七日「小峰茂之君令嗣南寧戦ニテ陣没セルヲ弔ヒニ行ク」。そして「小峰善茂《よししげ》軍医中尉を悼む　おほきかりし南寧戦にみいのちを献《ささ》げし君を悔いて思《も》はねど（「昭和十五年雑歌控」、『のぼり路』）といったものもある。この小峯善茂も精神病医で、精神科医療史を研究している小峯和茂氏の父君である。

2

わたしは、「『狂』および『瘋癲』の語」で、かれの態度を批判した。だが、自分にそう恰好よくいえぬ弱みのあることをしっている。というのは、一九八六年一二月七日榊俶先生開講一〇〇年記念の墓前に二つの献歌をよんだ一つが、かれの「呉芳溪先生莅職二十五年賀詞竝正忏心緒詞二十五章」にならい仏足体の、

　東洋にはじめてといふ癲狂学講座おかれける大人《うし》の御霊にぬかづくぞけふ

であった。

「癲狂」とは、江戸時代には立派な医学用語で、江戸時代後期には日本の伝統医学のなかにも癲狂科が独立する寸前のところにきていた、とわたしは論証していた。その続きというつもりで、榊につき「癲狂学」をつかったのだが、ここは字余りがはなはだしくても「精神病学」とするべきだったろう。

要は、形をととのえようとして、心をわすれてはならぬということである。とくに差別問題に関しては。

3

この原稿をかきあげる寸前の春日にわたしは、松沢病院—梅ケ丘病院—童馬山房跡—青山墓地とめぐった。

三部会会友石川確治による呉秀三ブロンズ像は三基つくられ、一基は東京帝国大学精神病学教室に、一基は呉茂一氏宅におかれ、一基は松沢病院西門脇の土をもりあげたところにすえられた。うしろに自然石、樹木もあって、趣ある景をなしていた。それが、散歩の途中その像に小便をかける人もあるとかで、本館前にうつされた。下からみあげる形になったこの像は、まえより俗っぽくみえるようになった。

梅ケ丘病院にかれの歌碑がたてられたのは、藤原豪氏が病院長だったときである。

さて、青山墓地からみた青山脳病院はどうだったのだろうか。表からみて華麗だった建て物の裏を谷をへだててみる。あるいは、その建て物自体が「邪宗来」の異様さを感じさせせなかったろうか。

4

ここに、『月刊東風』第三巻第一二号（一九七四年）にのった、哲学者山崎謙による「我が心の生い立ち」（第九回）の一部分がある。山崎の家にいる秘書塚原辰男は、かれの落胤だというのである。かれが一人の看護婦（この人につきよんだものがかれの最優秀の傑作といわれる）にそそいだ愛の結晶だが、懐妊中にかれは留学にでかけ、後日のためのこした「お墨附」がちゃんとある。子は生後一週間で母をうしない、塚原家に養子にやられた。この父子をあわせようと、服部子總に相談していたが、服部が詮索に手間どっているあいだに、かれがしんでしまった。山崎はこうかいているが、この筋では年のあわぬところがある。またこの人についてほかに言及されたものはみていない。

わたしが医者になって間もない頃に、かれにひじょうにちかかったある方をうけもった。その方は、当時としてはよくしられていなかった髄膜炎（脳膜炎）でなくなったのだが、まだ意識がしっかりしているあいだに、「医師なる齋藤茂吉を憎みけむ病む人々をわれは思はむ」の歌をわたしにしめされた。これはもちろん、わたしの診察態度への非難をこめているのだが、この人が自分の師の診察ぶりをそういう目でみていたのか、とおどろかされた。

思文閣出版でこの本を担当してくださったのは、長田岳士および後藤美香子のお二人である。

二〇〇〇年八月三一日

岡田靖雄

思文閣出版既刊書案内

岩城之徳監修
遊座昭吾・近藤典彦編
石川啄木入門
● B5判変・164頁／本体 1,942円

300余点に及ぶ写真資料を中心に構成した目で見る伝記。作品鑑賞の手引となる名作事典、啄木の足跡をたどる歌碑めぐり文学紀行、研究史、年譜などを収録。

ISBN4-7842-0743-0

和田茂樹監修
和田克司編
正岡子規入門
● B5判変・120頁／本体 1,942円

豊富な写真で子規の生涯をたどる「目で見る」伝記。子規の創作活動や、漱石との交友をはじめとする周辺の人々との関わりなど、子規の全体像に迫る。

ISBN4-7842-0768-6

与謝野 光 著
晶子と寛の思い出
●46判・270頁／本体 1,748円

与謝野晶子没後50年に際し、明治35年生まれの長男が、家庭における寛（鉄幹）と晶子、そして新詩社に集まった多彩な浪漫派歌人たちの思い出を語る。

ISBN4-7842-0668-X 【好評再版】

岡田靖雄編・解説
呉秀三著作集〔全2巻〕
● A5判・平均450頁／揃本体 29,000円

明治35年日本神経学会を創立、わが国の近代精神神経学を開拓し、医史学領域でも広範な研究を残した氏の業績を集大成。
第1巻・医史学篇／第2巻・精神医学篇
ISBN4-7842-0074-6/0075-4

磯貝 元 編
明治の避病院
駒込病院医局日誌抄
● A5判・530頁／本体 13,000円

わが国の代表的な避病院であった駒込病院の勤務医が当直時に書き記した医局日誌全11帖（明治32～42年）から脚注を付して抄録、当時の様子が活写される。

ISBN4-7842-0998-0

（表示価格は税別）

岡田靖雄（おかだ・やすお）
1931年生まれ。1955年大学卒。翌年医師免許を取得してより、東京都立松沢病院、東京大学医学部、荒川生協病院に精神科医としてつとめ、また精神科医療史をしらべてきた。
『精神医療』（編著、勁草書房、1964年）、『差別の論理』（勁草書房、1972年）、『精神科症例集』（上下、編著、岩崎学術出版社、1975年）、『精神科慢性病棟』（岩崎学術出版社、1979年）、『私説松沢病院史』（岩崎学術出版社、1981年）、『呉秀三　その生涯と業績』（思文閣出版、1982年）、『呉秀三著作集』（編、思文閣出版、1982年）などの編著書がある。

精神病医 齋藤茂吉の生涯

2000年（平成12年）11月9日発行

定価：本体3,000円（税別）

著　者	岡田靖雄
発行者	田中周二
発行所	株式会社　思文閣出版 京都市左京区田中関田町2-7 電話　075－751－1781(代表)
印刷所	株式会社　同朋舎
製本所	株式会社　大日本製本紙工

© Printed in Japan ISBN4-7842-1056-3 C1091 ¥3000E

人名・事項索引

（人名を中心に主要なものを選んだ）

え

お

か

き

し

す

に

ね

の

は

ひ

ふ

へ

ほ

初句索引